世界终将会如你所愿

李柯
2017.7.13

世界终将如你所愿

著 赵晨霏

中国出版集团 现代出版社

图书在版编目（CIP）数据

世界终将如你所愿 / 赵晨霏著. -- 北京 ： 现代出版社，2018.3（2024.1重印）

ISBN 978-7-5143-6827-7

Ⅰ . ①世… Ⅱ . ①赵… Ⅲ . ①散文集－中国－当代 Ⅳ . ①I267

中国版本图书馆CIP数据核字(2018)第019816号

世界终将如你所愿

作　　者	赵晨霏	
责任编辑	杨学庆	
出版发行	现代出版社	
地　　址	北京市安定门外安华里504号	
邮政编码	100011	
电　　话	010-64267325	010-64245264（兼传真）
网　　址	www.1980xd.com	
电子邮箱	xiandai@vip.sina.com	
印　　刷	成都市兴雅致印务有限责任公司	
开　　本	880mm×1230mm　　1/32	
印　　张	8	
字　　数	185千	
版　　次	2018年3月第1版　　2024年1月第3次印刷	
书　　号	ISBN 978-7-5143-6827-7	
定　　价	39.80元	

目　录

世界终将如你所愿

　　人的一生，要经历多少悲喜情愁？恐怕无人知晓。每一个人的成长，都是一个瑰丽的世界。这个世界里，既能看到草长莺飞、鲜花盛开，也能看到严寒酷暑、草木凋零。每一种不可或缺的景色，叠加成人生的色泽。生命景致日新月异，是一种平凡的美丽。然而，长途跋涉久了，极有可能撞见"异域风情"，那会撼动生命存在的意义，甚至是存在的决心。但是，当越过那些山峦沟壑、趟过那些江河流水，你会推开另一个世界之门，你会捕捉到另类人生，享受无限风光在险峰的美好。

世界终将
如你所愿

第一节　枯木欲逢春

医生的话对病人而言，可能是"促死咒语"，也可能是"金玉良言"；可能是"催命符"，也可能是"还魂丹"。一切取决于医生想怎么说，病人想怎样听。

天快塌了

治病此词，指的应该是从肉体到心理的双重医治。

人生走过四十余年，却有二十年在抗争，与病魔做着殊死搏斗，就像过去的抗日游击战，此起彼伏。

过去的四十余年，有多少次进医院我已无法统计。在青春靓丽的人生旅途里，在奋斗不止的长途跋涉中，病痛一直就是一个忠实的伴随者。可我很庆幸，经过了那么长久的磨砺与摧残，现在依然活蹦乱跳，真是奇迹。

我一直不想提笔写自己的故事，总怕写完自己故事的日子，就是生命终止的那天。

从支气管腺瘤做纤支镜手术，到肺小细胞瘤砍断一根肋骨截掉两页肺，再到肺癌晚期，而后治愈，似乎二十年就那么一瞬。

还记得查出肺癌晚期时，那个如天使般的"江湖医生"在我心中留下的五年期，那个让我一直坚持的目标已实现好几年了，如今矫健如初的我心头总算松了一口气。

这才是我生命真正意义的一次开始，感觉已经没有胆怯。最恐惧的日子已经过去，我已经不需要再在过去的担忧中度日。

"肺癌"这个词，写在自己的病历单上时，恐怕大多数病人都会害怕。如果写成"lung cancer （LC）"或"肺Ca"时，我想大部分不识英文的病人就不会那么恐惧了。

但我是众多的肺癌患者中的少数例外，因为，我是英语老师。所以，我遭遇了比普通大众更多一点时间的煎熬。

一个人认不清自己时，活着是懵懂的，也不会很恐惧。

活到24岁时才知道，原来我是一个先天性残疾人——肺发育不完全；25岁时患支气管腺瘤，28岁查出肺小细胞瘤，终于把自己变成了后天性残疾人——割掉了两页发育不完全的肺。本以为，舍去两页肺与一根肋骨能换来余生的安宁，但事与愿违。2006年，上班途中骑脚踏车把手臂摔断了，于是残疾从内部终于凸显到了外面。这还不算最大的打击，末日般袭击自己的，还是2007年暑假我跨进医院查出肺癌晚期的那一天。

舍掉肺的原因是长了肺小细胞腺瘤导致肺不张。"小细胞腺瘤"这个词我也没有太在意，为我做手术的医生同学曾笑着说，你那肺本来就是多余的，割掉绝不影响呼吸。所以，我一直坚信，自己还是一个正常人。

但是，跨进医院，我终于坠落进了万劫不复的深渊。

那一日艳阳高照，一个好朋友听说我要去检查身体，还特意叫了一辆车送我。对于经济拮据的我们来说，那是值得感恩的事情。

一路风景并不好，夏日炎炎惹人昏昏欲睡，到达医院时，我才强打精神，抖擞一番去挂号见医生。

医生是一个五十岁左右的专家，她简单询问了我的病史后就撂给我一张单子：去做个全面检查。

检查并不是第一次，但这次，我没来由地胆怯，因为我的病因是咳血。

老公是一个油嘴滑舌的人，那一刻也有点儿心事重重。不过，很快他就调整了心态，又开始编笑话逗我。

我是一个不苟言笑的女人，少有风情万种的时候，严厉的家教与一直以来的好学生、好教师形象，让我总显得循规蹈矩、少年老成。

在去CT室的途中，老公强势地摸了我一把，美其名曰："老虎的屁股摸不得？我偏要摸一摸。"

我属虎，此刻却没有光鲜的虎威。

我含羞带嗔地怒视："你丫的，找虐啊？"

一路嬉笑到达CT室时，心情没来由地又紧了紧。好多人啊，悬着的心被同类们那忧郁的表情送到了嗓子眼儿上。

很想告诉老公我害怕，但看到他强装笑脸的样子，我也只好咽了咽唾沫笑："哇，好多伙伴啊。"

他撸了撸我的头发，我更加骄傲地把马尾束往身后甩了甩，那是我最骄傲的资本。黑而亮的齐腰长发，也是唯一让我感觉自己像淑女的标志。

等待是漫长的。三十几岁的人，在众多的病患之友面前，怎么也想表现稳重。所以，我们一直站在旁边看着进进出出的影子，或悲或怜，偶尔无话找话搭上一两句。

好不容易等到我体检了，有一种进入鬼门关的感觉。CT机那偌大的滚筒就像科幻小说里记载的那些时光机，让我幻想它会把我带到一个遥远而陌生的地方，或许还会让我改头换面身强体壮。

不过，医生在几十秒后让我快下来的话，令我立即清醒过来，我还活在地球上，我还要继续现实的生活。

大医院的检查是很耗时的。我们被告知要第二日下午才能得到结果。之前的就医经验让我们也没有什么失落，反倒是觉得终于有了点时间可以到处看看。

我是五进这所医院了。第一次查出腺瘤就是在这里做纤支镜手术完成的。之前在县医院没有检查出来的病因，终于搞清楚了。也生平第一次挺过了手术管从鼻孔进入气管的难受，那是一种肉体被侵略的强烈排斥感觉。

医院的山很高、很大、很美。我们沿着台阶拾级而上，郁郁苍苍的树木傲然屹立于山林间。山上人烟稀少，我们有步入世外桃源的惬意。

风景之美只在依稀间，很快，还是又回到病魔这个话题上。若干论战后，老公终于说服我当日就住进医院。

于是，昏昏糊糊之间，我们已经赶到了住院部的内科。到达这里冒进脑袋的第一个词是：蜗居。

住院部大楼的过道上密密麻麻排满了病床。男男女女老老少少胖胖瘦瘦，全部都用木讷、惶恐、绝望、同情的眼神盯着我挪到一张刚刚空出来的过道病床上。

过道很挤，病人就像非洲难民一样抱被或卧或坐。我感觉还是比较轻松的，尽管医院那消毒水的味道并不好闻。

护士过来给我做常规检查，往那病床一躺，还真有大病来临的感觉。漂亮的女护士离开时，老公调侃一句，是不是美女都很冷冽啊？护士小妹妹终于被老公逗笑而去。

轻松的氛围并没有持续多久。楼道尽头那加护病房里突然传来一阵号哭，把过道里本来还算安静祥和的局势一下就打破了。邻床一个老太太哀叹一句："怕是又有一个人上天了。"

我想到了丹麦著名童话作家安徒生的大作《卖火柴的小女孩》，一颗星星落下来，就有一个灵魂要到上帝那儿去了。过道上看不到星星的陨落，但悲恸的哭声传递着有人赶着去见上帝了。

很快几个绿衣工人推着担架从电梯里出来，他们进了那重症监护室，里面的场景不言而喻。我一直呆坐在床头没有动，怔怔地盯着那走廊尽头。

监护室里家属的哭声、吵嚷声盖过了医生的劝解声。我被他们闹哄哄的声音刺得脑袋快速运转，如果有一天我也进了那重症室，如果有一天我也被担架……

没有给我过多时间想象，监护室里推推搡搡一群人终于把病人弄了出来。担架上病人的遗体被白布覆盖，不知是男是女。那一刻，我心中没来由地塞得很紧，有种呼吸被堵的感觉，眼泪不自主地一涌而出，击垮了我刚才还极力克制的神经，一种垂死挣扎的恐惧油然而生。

老公伸手拍了拍我。我的眼睛已经迷糊，看不清那尽头一群人是怎么把那具遗体推进电梯的。

"死了好，死了不用受折磨。"邻床一个三十余岁的男人喃喃自语，那声音似幽灵，在寂静的过道上又似扔下一磅炸弹。

"生命诚可贵。"我缓缓回过神来，不就是一个人死了吗？生老病死人之常情。

"爱情价更高。"老公在一旁补充，我被他的话逗笑了。虽然笑是酸涩的，可心脏的温度总算略有回升。

很快，人们不再关注那个话题，一切又恢复有序状态。

晚上，我与老公一起躺在病床上，虽然有点挤，有点热，但对于我们来说，这样节约点钱也是很好的。

第二天很早我就醒了，比我早起的病人很多，我想他们或许知道了检查结果睡不着吧。

对面床上的那个三十几岁的男人已经与我老公聊得火热。原来他是一个长途汽车司机，某天因为同伴不在，他冒着感冒多开了四五个小时的车，导致他咳嗽不止，到这里查出肺上有阴影。

我想到自己以前在县医院，一直把肺小细胞腺瘤当肺炎医治心头就来火，要不是医生误诊延误病情，我也不会舍去两页肺的。

不过，木已成舟，怨恨已经没有办法。

医生来查房，我这状况让那个主任的小眼睛更加眯小了。我的心头又紧了几分，看来不是好兆头啊。

果然，不一会儿，那个漂亮女护士又送来几张检查单子。

望着大大小小四五张单子，我的心头是惊恐的。除了怕查出什么，最大的问题是，这检查费又得花多少啊？

我们这次只带了几千块钱，没打算要住多久的，那已经是我们的所有积蓄。

老公不等我多想，拉着我就闪出了狭窄的过道病房。

居然又要做纤支镜手术，想着这个我就头皮发麻。可还是在极度恐惧与紧张中完成了。

看着那么多与我一样遭受同样苦楚的病友，心里是很平衡的。天下与我一样备受煎熬的人多着呢。尤其看到那些比我还年轻的病友，被搀扶进来也要做同样的手术时，心里就更加地平衡和安静了。

送检纤支镜留样时，有些问题难住了我与老公。医生说的学术用语我们不懂，问半天，医生不耐烦地说，就是要不要查是不是癌症。

癌症？我的脑子一下不好使。

之前，只想过是不是肺小细胞腺瘤又长出来了，至于是不是癌，压根儿就没往那方面想过。

医生的解释让我脾气一下子暴躁起来，恨恨地憋屈到一边不再理会。

老公在送检窗口与缴费处来回跑了几趟后，终于来陪我坐下。

"怎么？平时不是视死如归吗？医生说'癌症'这词就把你吓蒙了？"

"谁说的？"一贯要强的性格让我一下就反驳回去，"我是心疼钱。"

"好啦，检查一下，如果不是也就更放心啊，是不是？"老公那毫不在意的口气让我紧张的心情松懈不少，也就随他很自然地回到了病房。

回到病房已经是下午三四点钟了。对床那个年轻小伙子急切地问我是否有什么问题，老公向他做了详细汇报。

完毕，那个小伙子不断唉声叹气，我好奇地问："你的结果已经知道了？"

他看看我，又看看四周那些病恹恹的伙伴，忧伤地说："医生说了，我这十之八九是肺癌。"

"没有家属陪你来吗？"我很生气，影视剧里不都是演的，这种重病不告诉病人的吗？

"我老婆要带孩子，孩子才一岁多点。"他的声音很无奈。

是啊，我们也有孩子呢，她马上就要进初中了。想到这里，心里温暖了不少。

"没事，不就是估计吗？等检查结果出来才知道呢。"老公摸了摸烟，但很快又压抑下去。

我们谈了很多，人生、家庭、病情、未来，那个小伙子也很健谈。

老公很快与四周的人都聊了个遍，不时还弄些笑话逗得大家嘻嘻笑。

我也被老公幽默风趣之言吸引，暂时忘记了自己可能是癌症患者的忧虑。

次日医生来查房过后，护士通知我老公到主任室去，说有些情况与家属聊聊。我心底猛地揪紧，感觉"判官"正拿着生死裁决书在那边等着我。甚至还感觉"黑面罗刹"就在身边晃动。于是，我偷偷尾随老公几弯几拐到了医生办公室门口。

里面，主任医生很沉痛地告诉老公我的病情。有几句话我听得很清楚："你是病人的家属，我们和你谈谈关于家属的病情。昨天送检的病灶已经查出，她是肺癌晚期。"

我看不清楚老公的脸色，但我的脑子一下就成了糨糊状态，整个人蒙了，下意识地"啊"了一声。

主任办公室里的医生与老公都发现了我，他们惊慌地看着我，我也傻愣愣地盯着他们，完全忘记了悲喜。

主任医生最先反应过来："你知道了也好，可以更好配合我们治疗。"

我本是近视眼，此刻更加地看不清楚老公的面容，眼里浸满的泪水让我视线模糊，我把手死死掐住自己的大腿，不让自己哭出来。

"你怎么来偷听啊？"老公终于缓过神来，拿着检查结果单走向我。不过，很快他就把那单子藏到了身后。

"给我。"良久我伸出手，哽咽着咆哮。

医生在一旁安慰："你别难过，现在我们这里，像你这样痊愈的病人多的是。"

我没有理会他，只愤怒地盯着老公："你给不给？"

老公被我的极度愤慨吓着了，慌忙递给我化验结果单，我一把摘下眼镜抹掉眼里的泪水查看。很多字都看不清楚，却看清了最下面的一排字：肺Ca晚期。

真的石化了。那一刻我没有思想，没有灵魂，没有喜怒，也没有恐惧，静静地站在那里。全世界都已经消失了，我这具躯体已经没有生机，一下子时间也静止了。

一个护士经过，同情地看了我一眼。这是后来老公说的。

主治医生与主任医生立即宽慰，但他们的话我一句也没有听进去。老公把我推进了主任办公室，不断宽慰我这病能治。

能治吗？

不知道是怎么回到病床上的，我低落的情绪让周遭的病友一下就知道了情况不妙，他们立即过来宽慰。

谁说了什么，我一句也没听进去。脑子里最后只盘旋着：我得了肺癌？而且是晚期？难道我要死了？

究竟木然了多久我并不知道，但傍晚时分，我终于缓过神来了，突地嘤嘤哭泣起来。

走廊里终于炸开锅了。病人及家属开始叽叽喳喳讨论，我的耳朵居然选择性地失聪了。除了哭泣，谁的话我也没有听进去一句。

很幸运的是，我哭着哭着居然睡过去了。

怀着惶恐的心情睡觉并没有像电影电视上演的那样做噩梦，而是一觉睡到了凌晨五点多。那是我习惯性醒来的时间，是一直以来读书养成早起学习的生物钟。

当睁开眼看到老公在一旁紧蹙双眉熟睡的脸时，心里很痛。

缓缓坐起来，抱住双腿。经过一夜睡眠，人精神了许多。走廊里大家都还在睡觉，偶有少数翻身的人似睡得并不踏实。

与其这样惶恐地生活，还不如死了算了，我闭着眼思考着生与死的问题。

如果就这么死掉，妈妈一定会难过，我的父亲两年前因为食道癌去世了。她的丧夫之痛还没有抚平，难道又要让她经历白发人送黑发人的痛？我的眼泪又淌出来，就这样死掉怕是不孝顺的啊！

如果死掉了，我的女儿怎么办呢？她只有十一岁，以后会不会学坏呢？都说没妈的孩子像根草，她一定会很可怜。眼泪加剧，女儿不能没有妈妈，我应该活下来。

老公的呼吸声很均匀，他的睡眠一直很好，心宽体胖没心没肺的样子。而此刻，我明显地感觉他睡得并不踏实。或许我死了老公可以解脱，可以重新找个女人过后半辈子，可想着刚还完的住房贷款，心里又有点不甘，凭什么我吃苦让后面来的女人享福？

胡思乱想了好一阵才有人起来，看着我坐在那里也没有多问，大致也能猜出我是睡不踏实的。不过，他们的响动惊醒了老公，他猛地坐起来，看到我还在身边，似乎大大地松了一口气，惺忪地问："醒了？"

我点点头，涩涩地笑："你继续睡吧，还早。"

笑很假，我自己能感觉得到。

"我们出去走走吧。"老公把我拉了起来，没有脱衣服，起来倒是很方便的。

早晨的医院里空气很清新，不过，落入眼帘的景致让我并不舒服。因为到处都是晨起锻炼的病人，有的被人搀扶，有的独自游走；有的头上绷着纱布，有的身上吊着液瓶；有的挂着拐杖，有的扶着轮椅。五花八门无奇不有，形色各异的病人着实让我不想欣赏。

我们又回到了病床上。医生来查房时，看到我已经精神大好，笑着问："怎么样？准备接受手术了吧？"

我看看老公，手术的事情已经说过了？

哦，想起来了，昨天我是啥也没听进去的。

"你们会诊的结果是什么呢？"老公显然已经带我住院住出经验来了，学会了一些医学术语。

医生又把我老公请去了，我也毫无例外地紧跟而去。

主任医生是持刀的，面相上看却并不凶悍，可我还是有点害怕这样的人。他拿出CT胸片插在了一个透光的壁盒上，指着一凸处说："经过我们的会诊，发觉你的囊肿离肺叶主气管很近，况且以前肺部手术的地方有很多点状阴影，不能判断癌细胞是否已经扩散，所以我们建议做化疗。"

"我不做化疗！"我一口回绝了。我想起了父亲生前做化疗时的样子，他痛苦而无助的眼神深深刺激着我。我记得他最后一次做化疗后告诉我："我坚决不再做化疗了，我宁肯死去。"

我也不要做化疗，我不要变成一个僵尸一样的女人。我摸着自己漆黑的长发，我不要做秃头女人！

医生与老公劝解了好久我都没有松口，最后医生们让我先去休息一下。

临出那办公室时，我听到主任医生对我老公说："你好好劝劝你家属，她的生存意识很弱。"

是吗？我自嘲，我还没想过让自己这样就死去呢。

我在假设，如果此刻我听从我们校长的吩咐，到学校开会参加那个传统文化教材的编辑，我哪里会知道自己已经得了肺癌晚期？

不知就不惧。

我因为不愿意化疗，也就没有液体可输。望着病友们的吊瓶，我又开始漫无天际地遐想。

如果我是一个医神，我要让人类的疾病全部解除；或者，有病就直接死掉投胎，重新做人，绝不让他们经历如此痛苦的周遭。

我的父亲本盼着手术康复后过上太平日子，可手术后癌细胞转移，又进入化疗，折腾了好几年，最终疼得刺骨钻心，瘦得皮包骨头。虽然在临死前母亲才告诉他是食道癌，但他所经历的痛是可圈可点的。

难道我也要像父亲一样，过几年在病床上的日子，然后理所当然地死掉？

我望着那一个个输液瓶发呆。不，我的人生不是这样，我的人生不应该只有这点东西。

那些发牛皮癣广告的人又来了。医院的管理并不严，前面一拨儿发牛皮癣广告的大婶们刚扔下广告纸，后面立即有拾废纸的阿姨过来好心地把那些东西捡走。我今儿是没输液，眼疾手快才抢到一张宣传单可看的。

或许是命运的安排，或许是阴差阳错命不该绝，反正我看到了一则广告。那上面打着成都华西医院的招牌，还列举了几个使用一种中药水剂痊愈的癌症患者病例。

我的父亲生病时，我曾到西安某医院为他买药。虽然最终他还是离开了我们，但我还是愿意相信，是因为那药太贵，他是舍不得吃更多而离开我们的。我从来没怀疑过那药的治愈功效。

无论是心理作用的原因，还是阿Q精神作祟，我都相信，某

些特殊药具有治愈癌症的功能。所以，当我看到那广告时，就像见到了救世主，看到了自己疾病痊愈的曙光。四页广告纸我反复看了好多遍，最后向老公提出要转院到华西。

主任医生听说我愿意去华西看看，很是高兴。临走时还把华西胸外科一个医生的电话号码给了我，让我们去找他帮忙。

我很感谢那医生，让我阴冷的心里有一角射进了一缕阳光。

但我们退出办公室时，老公等我转身走出了一段距离才又问了主任医生一个问题："她这病做手术能熬多久？"

医生严肃地说："也就最多半年。"

他们以为我没有听到，其实我听力好着呢。

我憎恨自己听力怎么那么好。可是，"半年"这个词，着实很刺激我。

所以，我又哭了。老公赶过来时，不知我是因何又掉泪而急得不行，我只好擦干眼泪告诉他："但愿以后我都不进这里了。"

"那是当然！华西能医好你，再回来干吗？"老公笑得很酸涩。

我没敢看他，只默默流泪走在前头。

两个孤零零的身影就这样在烈日下踽踽而行，怀里少有的几千块钱与身体中的癌细胞就像两座大山压得我们难以动弹。

江湖医生

来到华西医院附近，按照广告上面所写的地址找去，发现原来那仅是一家很小很小的药店儿，里面就三四个售货员。

失望也就油然而生。

没有进去，在外面徘徊了好久，周遭不断有到华西看病的人经过，一个个心思凝重的样子让我又开始胡思乱想起来。

或许，明年的今天我已不在人世，无缘再看那些失意风景。

"要不，我们进去看看吧。"老公掂量着我的感觉。

我摇摇头："先去华西找那个医生吧。"

掏出号码联系那医生，很幸运，他居然答应立即见我们。

找到那医生时，我们是兴奋的。而且，医生告诉我们的话也是令我们振奋的：我的情况能做手术，而且情况并不是很差。

虽然他没有说我能痊愈，但"不差"这词足可以让我像抓住救命稻草。良久才痴痴望着他问："需要多少钱？"

他告诉我们至少要四五万元，一下又把我们打回了失望的原形。

老公向医生说我们准备好钱就去找他，我则根本不想说话就拉着老公走了。

医生似乎早就对我这种病人见惯不惊了，笑笑并没有再说什么。

华西医院里人满为患，这里足可以与香港地铁出口那人来人往的拥挤景观媲美。

怎么就有那么多人需要进医院呢？走出华西我一直思考这个问题。

"你要不要再去看看那边？"老公指着我们已经去过的那个小药店问。

站在华西门口，我极目四望，一个身着僧侣服饰的女人来到我面前，她双手合十，轻言细语地说："大姐，请一尊护身符吧，保你一生平平安安，身体健健康康。"

老公没有赶她走，他知道我需要转移注意力。

"多少钱一个？"我是很节约的人，首先询问了价格。

"护身符是免费的，只要你捐点香火钱就是。"

好吧，我愿意花点钱买个吉兆。于是，我大手笔地掏了八块钱买了一个护身符。

凝望着那个有观世音菩萨的护身符，又摸摸脖子上的银项链，老公善解人意地为我取下又戴上。

红绳子是中国人喜欢的吉祥之物，戴在脖子上我也突然感觉心情轻松不少。虽然我知道那仅是心理作用，但我愿意将这种偶然视为天意。

人们常说，佛是信则有不信则无，此刻我是相信佛的。

摸着脖颈上的吊坠，坐在华西医院外的花台上，心思是不能用一个两个词就能形容的。如今已经过了绝望期，倒是很有闲心地开始欣赏这座城市的喧嚣。

其实之前我已经来过这里好多次，但因为是路盲，总是找不到参照物，所以总感觉是陌生的。

也想起了自己收到的川师大在职硕士研究生入学通知书，那些似乎都是浮云神马的了。

如果健健康康的，我该这个假期怀揣这几千块钱进川师大读研的。然而，此刻我却坐在这里想着自己慢慢萎缩的生命。

当生命不再延续，其他的还有什么意义呢？

救护车呼啸着冲进了医院，我望着那闪烁的灯光笑了，死又有什么可惧怕的呢？

走吧，回去了。

我起身，向老公投去很假的一个笑，"我们回去吧。"

"不拿点药吗？"老公应该有点怕我。

"要不，去那里看看吧。"我指着那个小药店，也不想让老公太受煎熬。

我们来到那小药房里，一个三十几岁的男医生接待了我们。

他居然与我同姓，这一下子让我对他的好感倍增。后来我想，也就是这种好感让我坚信了他的话，让我真的记住了力挺五年的约定。

我们把检查单一股脑儿扔到他面前，他仔细看过后为我把脉。望着他少年老成的样子，我感觉看到了自己的影子。

良久，他让我张口给他看，随后他说："你的身体脉象很好啊，我给你开一服中药，你配合我们这个中成药剂吃，应该会痊愈。"

病急乱投医，我就是如此。

不过，我并不是一开始就相信他，所以犹犹豫豫看了好久，还是没有决定要不要抓几服中药和买点那个中成药剂。

就在我们犹豫期间，来来往往有好几个病人都来买了药。看他们一抓一大摞付钱的样子，才问医生药价。

结果，一样令我们倒吸一口凉气。一瓶药居然要五十多元，而且，最初一天要吃两瓶。

对于我们这个双职工家庭来说，那时两人一个月两千余元的收入可想而知。

天价，我就是那么感觉的。

似乎看出了我们的拮据，家门儿医生居然与另外几个人商议，是否要拿折扣给我。

不知道他们是不是真的利润很高，反正，最后他们答应1980元一大盒的药，1580元给我两大盒。

但是，这个价格于我而言，依旧是天价。最根本的是，不知道是不是有效果。

如果出钱吃药没有效果是会延误病情的。就医生为我判断的半年光景，经不住我折腾几次。

"你就大可放心，你把手拿出来，我再为你诊断一次。"那个年轻医生似乎怕我这个病人跑掉,再次捉住我的手开始探脉。又问了我一些情况,这次判出了好几个病症。比如说我总是便秘、很容易上火、睡眠不是很好等。

我心中的抵御意识慢慢开始解除。

良久,他放下我的手臂信誓旦旦地说:"不是吹牛,我这么多年中医把脉经验,你身上的病我至少能道出百分之六七十。"

我有点相信了。

后来他趁热打铁,进一步讲解了此中药治疗医理。其实,他讲得再多我都不是很相信的。不过,他最后告诉我的话却让我牢牢记在了心间:"你加强锻炼,每天做深呼吸,每天坚持吃药,五年你身体里的液体就全部大换样了,你的病也就好了。"

中药扶持加锻炼,真的能让我改变?我都跃跃欲试了。

老公在旁煽风点火,更加让我坚信五年后我一定是健康之人。

所以,我们倾其所有,买了几大盒几大包药。

临别时,那个医生还千叮万嘱我老公三点:"病人不需要特殊照顾,要像常人一样,该干吗干吗去,吃好喝好;不要成天忧郁寡欢,不是避而不谈,要理性对待,尽量开心点;要尽可能少的人知道她的病,不要给她造成心理压力。"

我在旁边听着百感交集、五味俱全,真想悲声痛哭,以泄心闷。

在回家的路上,遥遥三百多公里路似乎就那么弹指一挥间就到达了。我已经迫不及待要参与锻炼,要吃药实验,五年是不是真能改变自己的身体机能,还我健康。

死马就当活马医。还是一样的病,还是一样的人,心情也就随那个年轻家门儿医生那几句话而动荡开来。

期待、企盼从此扎根于我的生活。

憋屈的心灵

我不知道老公是怎么看待这件事的,但我是深信不疑了。

回到家里,老公完全遵照那个家门儿医生说的话,把我直接"忽视"了。让我该干吗干吗,一点也不照顾我这个病人。或许他表面看起来若无其事,内心依然恐惧不安吧,毕竟肺癌晚期,谁都知道前景堪忧。

但是,我的心却不能一蹴而就达到一个较高境界,我还是沉沦在一个人的世界里悲悲戚戚。

我想起了苏轼吊念亡妻的词《江城子》:"十年生死两茫茫,不思量,自难忘,千里孤坟,无处话凄凉……"越悲越吟,越吟越悲。独自站在明镜前思绪:"小轩窗,正梳妆,相顾无言,唯有泪千行……"诗词歌赋的感染力真的非同一般,很快我发觉,这首词让我越陷越深,完全沉浸于自己的悲惨世界里。

工作,不想干,也没心思干。

孩子,不想理会,觉得她烦人。

屋子,不想收拾,但看着哪里都碍眼。

每天喝着那五十多块钱一瓶儿的中药合剂,再加上熬的药汁,心情是满含着苦楚的。总感觉有一个无边的黑洞就在前面,随时都可能吞噬我的躯体。

亲朋好友都知道我去看了医生,都问我病情如何。我总是酸涩地笑,没事没事,身体倍儿棒呢。

其实,我很想说:真害怕不久于人世啊!

那个"半年存活期",就像一根针一样扎在我心坎上,挑动我的每一根神经。我不知道那段时间死掉了多少细胞,每一天都抑郁寡欢,诚惶诚恐地过日子。虽然在别人面前我并无异样,但

我自己知道，恐惧从没有溜走过。

原来，比未知更可怕的是预知。我甚至想到了自己丧礼时，朋友惋惜的脸庞和亲人绞痛的模样，耳边似乎萦绕着"节哀顺变"的叹息声。

继续胡乱想下去估计要被吓死。我努力改变自己的注意力，寻找着一切可以打消胡思乱想的事情。

有三件事情成为我强迫自己必须参与的乐趣。

第一件事是锻炼，第二件事是上网，第三件事是看书。

锻炼身体是那个家门儿医生给我的抗癌武器。所以，每天一大早我就起来去江边跑步。我所生活的县城在长江边上，素有"万里长江第一城"的美誉。清晨空气清新、人烟稀疏，沿江而行，大有振奋心灵、舍己烦恼的作用。

上网是倾诉最好的地方。上QQ，找几个陌生人，遥不可及的那种，告诉他们我得了癌症，并且是晚期，肆无忌惮地吐露自己的惊恐和不甘，把心中的积郁倾吐，心中总算找到一点慰藉。

其中有个叫"难得糊涂"的小男生一直叫我姐姐，天天宽慰我，并约定，五年后他赚钱了就邀请我去北方旅游。不管是不是真心，不管能不能实现，那暖心窝的话，就像冬日暖阳，让我整个人都精神起来。

人世间，心善的人无处不在。虚拟与现实不可分割的网络，成了我最迷恋的地方。

看书本是我的嗜好，可自从知道自己患重病后，心智处于完全惊恐中，哪里还能静下心思读书？所以，我强迫自己每晚睡觉前必须看书，从四书五经到各类小说，想看啥就看啥，让思维承载更多的外界信息，占据独立思考病痛的时间。

老公对我除了要求按时休息，什么都不干涉，就连我上网与他人聊得热火朝天他也视而不见。

那年暑假，是我的人生最阴暗的日子。但触摸过黑夜般的日子后，也是人生开启曙光的日子，生活从此改头换面。心态随着时间的磨砺而逐渐变化，心智或许可以用真正成长描摹。

工作工作

炎热的暑假在我们校长邀请我参与校本教材编写的活动中拉开序幕。那天我到学校时，校长已经与其他几个同事等在了那里。几个同事都是语文老师，我是英语老师，校长选择我估计是想尺有所短寸有所长，取长补短吧。

我们学校是一所县属小学，校长与我老公同姓，是个比我小一岁的瘦高帅男，戴着一副无框眼镜，神清骨秀、文质彬彬，意气自如、淑质英才。他过往在政府打过滚儿，很想回到学校干点实事。

我对想干事的领导是很尊重和敬佩的，所以他分配的任务我分外用心，寻思着一定要竭尽全力去完成。

"嘿，美女发呆呢？"我闪神的当儿，其中一个周姓的男老师调侃了一句。他是一个四十余岁的瘦高男人，有着单薄嘴唇和鹰钩鼻子。

我与他不熟悉，只淡淡地笑了笑："看到帅男都挪不开步了。"其实我不善开玩笑，不过，那种大家都嘻嘻哈哈的境况下，心态也就自然地放宽松了。

"'关关雎鸠，在河之洲，窈窕淑女，君子好逑'。哈哈，男女搭配干活不累，我的精神都倍儿棒了。"另一个戴着眼镜的壮实男老师也调侃起来，他是办公室主任，学校的笔杆子，姓杨。

我放眼一看，发觉是三男两女的搭配。另一个女老师姓霍，是学校的大队辅导员，她嫣然而笑："嫂子，别理他们，来，这里坐。"

霍老师的老公与我的老公以前在省上的校长培训班里结拜成了兄弟，所以她呼我嫂子。

"五人研发小组。"我忍俊不禁，昂首阔步走到霍老师面前，猛虎出山般坐了下去。

"啊，有气场。"周老师左手画圆右手画方，一副神机妙算的样子。

我斜眼瞄向他，我们很熟吗？

"老周你看，你惹得美女勃然变色，真是罪大恶极啊。"办公室杨主任双手抱在胸前，倚靠在椅子上，看笑话的样子。

我直眉瞪眼，阴晦的心情一哄而散，"主任，你皮痒痒了？"

"哎，君子敏于事而慎于言，千古名言啊。"杨主任耷拉下脑袋，假装失策。

大家哄笑，校长正色道："今天邀请大家来，是关于我们校本教材的编写……"原来他想在学校推广传统文化，想编辑一套适合小学生的国学启蒙经典诵读教材。

这个想法令我惊喜欲狂，我终于找到了自己的近期目标。

一个人有了自己的目标是非常值得庆贺的事情。我爱读书，编辑这套教材必须要阅览很多经典书籍，这是我非常乐意做的。

校长的话让大家纷纷议论开来，我也怀着一颗激动不已的心侃侃而谈。我一直认为自己钝口拙腮，哪知道居然能口吐珠玑，罕譬而喻。惹来校长对我频频点头，大加赞赏。不过，其他同事也是八仙过海各显神通，淋漓尽致地抒发自己的见解，足足一天的讨论才拟订了编辑教材的思路。

晚上回到家里，我心情激越，上网找那个"难得糊涂"的网友聊天。可惜他不在，倒是本县城有个叫"飞哥"的网友发来了一个搞笑表情。这个"飞哥"是个男士，是我们县城里供电局的一个中层干部，四十岁左右，他是我以前在乡下认识的，因为学校停电问题咨询过他。

对于身边的网友，我不是很热衷与他们聊天，自己的事情还是不要让圈子内的人知道为好，我总是这么告诫自己。尤其是我隐约感觉，他的婚姻似乎出了状况。

与这样的男人联系是危险的，就像会沾上癌细胞，我这么认为。

"飞哥"发来一条信息：主任怎么不说话？好久不见。

看着屏幕上跳跃的文字，居然没有想要聊天的冲动，思索良久，直接忽略。

我的网名是读书时英语老师取的，一般情况下不聊天。所以，没有找到自己想要倾诉的对象，也就到网络中溜达去了。

忍不住的，又在网上搜索关于肺癌的相关信息。跳出来的信息上亿条，令我瞠目结舌。

科技的发展会带来一些美好的新事物，也会增加很多负面的东西，比如，那一刻我搜集的信息，让我诚惶诚恐、楚弓遗影。

似乎没有人能惩治这个恶性的肿瘤，我能做的就是挣扎着多活一会儿。

大量的信息浏览结果都指向一个词：死亡。越看越灰头土脸、触目惊心，干脆到聊天室溜达去。现在已经想不起来那个聊天室是怎么进去的，反正就在里面装扮成御姐，稀里糊涂一阵乱杀，犀利的语言把那些找我聊天的帅哥们杀得片甲不留。

炮轰男帅们的结果是大家都避而远之，最后只剩下一个叫"随风"的男士还敢与我搭讪。

"随风"要了我的QQ号私聊，经过一番彼此喋喋不休的闲扯才发觉，我们居然是同一个地方的人。随便找一个聊天室，随便找了一个人聊天，这人居然与自己相隔不远，那种感觉是很奇怪的，大有机缘巧合的侥幸。

东拉西扯到晚上十点左右，老公严厉呵斥我上床睡觉，我只好余兴未了地与"随风"道别，哪知他居然在最后丢下这样一句话：我感觉你有心事，很不愉快，下次告诉我吧，我的手机号是×××。

我说话时疾言厉色，尖嘴薄舌，他不但没有介意还能洞察我心里的恐惧，此人心胸开阔着实不可小觑。我萌生了想与他继续交流的冲动，所以，我生平第一次记下了一个陌生男人的电话号码。

人，是一种需要发泄的动物，适当的时候遇到对的人，于人生是一种助力。

拒绝生命的际遇

曾子言曰："鸟之将死，其鸣也哀；人之将死，其言也善。"而我却不是那样的。整个暑假，网络里的我简直就是一个刺猬，说话尖酸刻薄，做事雷厉风行，大刀阔斧劈人，精雕细琢造势，此刻回想起来，那是恐惧在作祟。

白天在学校加班，鞠躬尽瘁，晚上在家里上网，毫不忌讳，老公也不拦我，任我发泄。我有时像一个充足气的气球，弹性十足；有时又像一个泄了气的皮球，无精打采。真不知道这时间要怎么耗下去，生死不明的感觉真的很让人害怕。

但是，我又总是问自己：真的就只想活那么点时间？

答案当然是否定的。所以，我就开始细细思索，今生今世生命的价值与存在的意义何在？

我遇到了生命里的甑尘釜鱼，某些神经已经短路，拦住了生命延续的马力。可又想做个追赶朝阳的人，责无旁贷地让生命延续。

生活就在无限纠结中踽踽而行。

在盛夏的最后一天，我早早出门，沿着长江边那唯一一截修好的护江堤来回跑了好几圈，直到朝阳缓缓升起，才坐在江边发愣。

那是东方，是太阳升起的地方，代表希望，代表新生，代表朝气，我却望着波涛滚滚的江水举步维艰，心情无法平复。

前几日，一个同学告诉我，有个曾经要好的同学就是从这个地方没入长江的。他得了抑郁症，曾牵着他的妈妈一起往江里去。他发病时头痛欲裂，实在无法忍受，所以他选择了自杀。他是我要好的男同学之一。记得初中时，他的父亲是校长，是我心目中神圣的领导，我很羡慕他是个"官二代"。而且，他写得一手好字，我更加喜欢与他拼比写字。

那时候，我们是一群不知道苦难的懵懂少年。那时候，我们的梦想是翱翔蓝天。那时候，我们不知道病痛是什么。那时候，我们最多的是无忧无虑。即使中考，也没有改变我们多少。

而今，一切都不复在。春风化雨后，我们却已生离死别。暗淡的心思，茕茕子立，形影相吊，凄凄惨惨戚戚，无语吟噎。

泪珠儿早已润泽了眼眸，滔滔心情怎一个愁字了得。

"英语老师？"一个天籁之音突然响彻耳畔。我赶紧偷偷抹去那些伤感，即使痛，也不能让别人看见。

一个八九岁的男孩怯怯地站在我面前。这才看清楚，原来是我曾辅导过的一个孩子。这个孩子是一个村长的儿子，他是一个患有自闭症的孩子。在我的引导下英语成绩有了一定进步，尤其愿意与我交流。所以，他对我很有好感。

对于这样一个纯洁无邪的孩子，我内心是喜爱的。但前段时间，因为多方面原因，我拒绝了继续辅导他。

"英语老师，你怎么啦？"他蹲下来望着我，很认真，很焦急，也很期待。

我赶紧站起来，"没事，没事，刚才不小心沙子跳到眼睛里去了，现在已经没事了。"说毕，还露出了一个大大的笑容。但这个笑容很僵硬，我自己明显感觉，脸部肌肉很是不和谐地拉扯着。估计，这笑比哭还难看。

小男孩没有离开的意思，但我已经管不了他，郁闷的心情让自己只想急急地逃避。他那渴求的眼神我已经无暇顾及，纵是他依依不舍，我仍然像逃命一样往家里冲去。

当天真无邪遇到冷酷无情，定是高深莫测的死水微澜。所以，我的转身是关闭一扇对话的大门，身后只留下一脸郁结的小男孩打望我的背影。

我知道这个男孩很想和我说点什么，可我却不想说。他是一个不愿意开口的孩子，因为我与他一起找到了共同话题——动画片。所以，他希望与我交流，我知道，也能从他的眼神里捕捉到。可惜，我却不敢面对他，也不想面对他。身体在反叛，那种揪心的慌乱已经踏遍了我的全身，哪里还有力气和心思顾忌其他？

回到家里，本以为总算逃脱了一个纠缠，哪知道，看着电视柜里那些动画片碟子时，心思又开始了另一种扯痛——我在拒绝一个生命里同样患病的孩子。

　　可惜，那种痛只是几秒钟的事情，心思依旧很快被自己的绝症代替。我的胸口会隐隐作痛，右肺叶下方支气管里面有个三厘米见方的肿瘤，也就是那个三厘米长的东西，一直撞击着我这具一百斤左右的躯体。

　　真是很搞笑，三厘米长的不足一两重的肿瘤，居然与一百斤的身体抗衡。而且，一百斤的躯体居然被打败了，我有点不甘心，而且是非常地不甘心。

　　谁能告诉我，这究竟是为什么？可惜，问天天不应问地地不灵。神灵是没法庇佑我的，一切还是得靠自己。

第二节　更新的生命

生命中有几多可遇而不可求的际遇？我们皆无从得知。人生无常，往往祸福相依，只在于内心是否强大，能否战胜一切可以战胜的困难，或者战胜常人不能战胜的困苦。进一尺，可能万事困；退一尺，也可能万事难。进退有维，万事方能摆脱困难，往顺畅方向发展。

高升一阶

印度著名哲学家克里希那穆提曾说：如果你能突破你所属的社会的牢墙，你会得到不被傲慢污染的天真，这就是天真的信心。

我鼓励自己：如果我能突破身体的牢墙，我就会不被病痛折磨，我就会寻得生命的信心。

一定要在自己的世界里破茧成蝶。我在2007年9月开学的第一天这样鼓励自己。那一日走进校园时，心情很沉重，我不知道那会不会是我最后一次跨进一个新学期。但看到门卫时，那自然而溢的笑容还是准时布满脸庞——我还是他们看着的那么富有青春活力。

走进会议室，大家相互问候，热闹的氛围却激不起我的热情。一番察看，我找到了自己的位置。不知道为何，我突然感觉有无数魑魅魍魉遁形于光天化日之下。没来由地，坐在位置上心事重重直冒冷汗。

"怎么了？嫂子？"突然肩头被人猛一拍。我转头看到曾经在乡下工作学校的一个同事，正笑颜如花地看着我。

"哦？你进城来了？"我下意识地舒眉展眼，猛地一下揪住她的胳膊。我们曾经是要好的同事，是喜欢相约逛街的那种伙伴，也算是能沾边儿的妯娌。

她扼腕抵掌，很是激动："听说你又当官了？要照顾照顾新人咯。"她低头在我耳边低吟，哈出的热气让我脖颈痒痒的。

我缩了缩脖子，"别乱说，我可是正宗的平民百姓。"然后，我拉着她坐在自己身边，开始了我俩的"小九九"。其实，我心里是很悲戚的，哪里还有什么心思想那官不官的？生命能延续就是善莫大焉。

不知道什么时候主席台上已经坐满了人，刺耳的话筒声让我俩终止了激动。

台上，有新同事坐上去，四周也有不少新面孔。而且，没有看到我们一起编辑国学教材的那个办公室杨主任。

八九月份是教育部门人才流动的时候，所以，见到新面孔替代旧面孔也纯属正常。

人类社会的发展就是一个顺应自然规律的淘汰赛，从来就不缺乏人这种资源，每一天都自有新人替旧人。

会议在校长的主持下召开，他换了一副金丝眼镜，显得更加温文尔雅。一番开场白以后，他宣布了新进的数十名老师名单和学校新的干部任免情况。最搞笑的是，我居然被他点名做了大队辅导员。而先前的那个大队辅导员被提拔为教务处副主任了。办公室杨主任已经借调到政府部门。

当大队辅导员？这个消息把我震得目瞪口呆。要知道，我们学校是有两千多名学生的县城小学，教师有一百多个，大队辅导员要负责组织全校所有学生的活动，做的是真真实实的门面工作。其工作的重要性可想而知。

我很想站起来驳斥校长的话，很想告诉他我命不久矣，我不能胜任。可他根本不管我是不是乐意就快速带过讲其他话题了。

强人所难！我就是这么认为的。

对于一个没有未来的人，居然想让其扛起这个大学校的少先队旗子，除了感觉有点好笑，似乎我不知道该如何形容自己的感受。

得到了领导的赏识没有感激，反而是一种说不出的讽刺，我刚刚叮嘱自己要在自己的世界里破茧成蝶什么的，一下就溃不成军了。

而且，后面还有一个让我超级震惊的消息：我要接下六年级七个班级所有的英语课，因为学校想把这届毕业班的英语好好夯实，希望毕业考个好成绩。

他们还真是把我当成一个无所不能的大人物了！我承认，以前在初中任教时，我年年任教毕业班，小有成绩。那时候，我担任着一个有千余人中学的政教主任，也是班主任兼两个班级的英语教师。工作量大，成绩突出。所以，大家眼里，我还算一个人才。

而今呢？他们的眼里我还是没有变，还是个能担当重任的好手。可我自己知道，我的内心已经不强大了，已经被该死的癌症消磨掉了勇气和信心。

可面对这样的工作安排，我却又不想用自己的病由去推脱。潜意识里，我想隐藏自己的病情，并且，还是想证明自己，还是想让自己的生命在最后的时光里更有价值。

最后，我怀着望尘而拜的心情，怀着这辈子最后一次有机会做这些事的沉重心态接下了那些烦琐的工作。

当把这样的工作当成最后的洗礼时，不言而喻，态度是悲虔的。如今想来渴尘万斛，感慨万千。

有人说，人的潜力是无穷的，把自己放到一个什么平台，只要愿意，只要努力，一切美好的可能都会实现。虽然以前我不太相信这样的论断，但现在回想起来，还真是那么个理。

第一次接手的重大任务就是带着鼓号队的孩子们去武装部送新兵。我脑子里闪现出那些英勇神武的保疆卫国的神兵们。

记得有一首歌叫《血染的风采》，那是我在读书时爱唱的一首军歌。那激亢的歌声始终萦绕在耳旁，"也许我告别将不再回来，你是否理解？你是否明白……"铿锵有力的歌声承载了儿时成长的梦想，生命的价值被定义于保家卫国，追随军人。随着时间的成长，那个梦因为身高的局限而放弃，最后幻化自己的意识，走上了教育的征途。

没有走上保家卫国的军旅生涯始终是生命中的一大遗憾，如今能为这些新兵们做点什么，心情也是很激动的。

第一次组织活动，我极力地想把事情办好。可惜，大清早就出师不利。一个打鼓的女孩子没有穿白色的腿袜，光溜溜的腿腿在大家的白袜映衬下着实碍眼。我怒火中烧，走到她面前狠狠地数落了几句，旁边的孩子们都同情地看着她。

协助我的原大队辅导员，在一旁弱弱地说了一句我一辈子都感觉脸红的话："哎，乖乖，吩咐了你的事情就该记住嘛。"她的声音是焦急的，但那语气是如此善解人意，与我凶神恶煞的形象形成了鲜明对比。那一刻，我有种无地自容的感觉，甚至觉得自己根本不配当老师。她带的这支鼓号队孩子们都很优秀，她对学生和蔼的态度是我必须要学习的。

我的恶劣态度换来的是学生的冷哼和厌弃，之后去送兵的路途中，这个孩子一直对我都敌视，让我心情非常不舒服。宽容别人就是善待自己，这一点我并没有学会。

一路上，我们的鼓号队是高调行走的。吹号的、擂鼓的、打镲的，随着指挥的手势，奏出了一首首高亢的乐曲，引来满大街的行人都驻足观看。

在一路好奇、惊喜的眼光扫射下，我领着孩子们走在最前头，大有御驾亲征的嘚瑟。那种感觉非常好，是自信、高傲和满足。虚荣心得到了展示，注意力被身旁景象转移，郁结的情绪得到了释放，身体的不适也就暂时忘记了。

《庄子》里有一句话："水静犹明，而况精神？"是说水只有在安静的时候才能照见世间万物，人的精神世界只有在宁静的时候才能映出自己的内心。而我，却在这热闹非凡的景致里寻找到了自己的所需所求——我需要更多更有价值的工作来排挤自己的烦恼，驱除自己对疾病的恐惧。

我最近为什么会越活越胆怯，那是因为自己关注的焦点太狭隘，目距尤近，完全没有看到我的天空是辽阔的天涯。忙碌使人忘却，我能从这一次的实践活动中感悟一些东西，是一次长足进步。

学校离武装部并不远，仅奏两三曲就快到了。我示意孩子们停下来。他们其实很值得学校骄傲：队伍井然有序，站姿傲然挺拔，脸上逸兴横飞。怎么看，我都感觉自己带的这支队伍意气风发。虽然……这训练有素的队伍并不是我的杰作。

第二节 更新的生命

武装部的领导让我把孩子们带到滨江广场去，那是一个能容纳数千人的广场。到达那里时，所有的新兵们已经戎装待命。一片墨绿散播在广场上，四周围满了隐忍不舍的家长。

我领着孩子们站在队伍的最前面，胸中的豪迈油然而生。伫立在那里，我也有整装待发的冲动。

谁说我就要这么老去？我还很年轻！那是我胸中涌现的自豪。谁说我病了？我还可以做很多事！那一刻，我告诫自己，一辈子不能那么平庸，一辈子还应该有更多发展。

在生命中，人人都有困顿的时候，我甚至到达了绝望的边缘。然而，这些新兵们的朝气蓬勃就像我生命力的救赎，支撑了我内心那不曾灭绝的信念，那足可以让我在以后的日子里奋发图强，找到一种永恒的力量。

领导的讲话是催人奋进的，我也与新兵们一起热情高涨。孩子们为他们奏出的欢送曲也是那么地煽动人心，我在领导宣布送别的那一刻，眼眶湿润了。那送走的不仅是新兵们，还有我那阴晦的内心。

数十辆大客车等候着接送新兵们。他们迈着矫健的步伐准备登上新的征程。家长们忧心忡忡，儿行千里母担忧，当新兵们跨进那客车的大门时，家长们的眼泪均猛然砸下，舞动着臂膊诉说别离的凄美。

鼓号队的孩子们也感觉到了气氛的肃穆，均紧蹙眉头凝望眼前的一幕幕别离之景。有一个孩子拉着我呢喃了一句话："老师，他们好可怜哦。"

这是天真的童音，我凄然一笑：人有悲欢离合，月有阴晴圆缺，此事古难全。

缺憾也是一种美

我很喜欢陶渊明的诗歌。那种"种豆南山下，草盛豆苗稀""采菊东篱下，悠然见南山"的意境，总会让我胸中的浮躁沉下去。

其实我是一个很幸运的人。虽然为了跳出"农门"而只读完初中就进了师范，但师范的三年生涯里，老师们的谆谆教诲让我成为了一名优秀的毕业生。同时，也赶上了"优生优分"的好政策。所以，我走上工作岗位就被教育局任命为校长助理，并有幸参加了县里的首届校长岗培学习。

那时候我不足二十岁。欣喜若狂的心情随着涉世的种种坎坷，逐渐把那年少轻狂磨砺成老气横秋。盛世浮华随着我身体被病魔折腾也就慢慢淡化。在医院的病床上，被疼痛折磨时，我最最向往的就是陶渊明的写意生活。

陶渊明是一个特贫困的人，并且生活在一个朝不保夕的时代。我也是一个生活在贫困线上的人，不过，我比先人幸运，我生活在一个和平年代。我的世界里没有大的纷争，虽然学校里教师间也有尔虞我诈。之前调离原单位，有一部分原因就是不想那么累，不想让自己纠结在副校长、校长的争夺中。但在这样的年代，这些都是极其正常的事情。

没有竞争，就没有社会的进步。没有竞争，也就没有将那些能干之人放到显赫岗位的机会。

我相信，有能力之人，总会有一席用武之地。比如，这学期我又跨进了行政组，这不是我争夺得来的。我坚信，那是因为自己有能力。想到这点，心中莫名感动，感觉自己还有很多用处，生命还有很大的存在价值。

生命存在的价值，只有在无数事例中才能展现。新的工作岗位又让我打开了思索的阀门，以后的工作要怎么开展？

从社会的角度看，我们的努力，我们的奋斗，我们所承诺的社会责任，人生的境界，这些是永无止境的。但从自然的角度看，人生有所止，生命的价值与意义只有在工作中才能展现，我们需要在平凡的事情中证实自己存在的价值。

美国作家海明威说过："优于别人，并不高贵，真正的高贵应该是优于过去的自己。"我也毫不例外地，想让生命有限的自己破茧重生。

那个被我责骂的鼓号队女孩是六年级五班的学生。虽然那日她是队伍里的"异类"，但在教室里她却完全不同。上课专心致志，轶类超群，独步一时，令我非常满意。

这样的结果大大地令我吃惊。这样一个好学生怎么就忘记那么重要的事情呢？我后来问她，她依然是云淡风轻地回答，忘了。

是啊，人有失足马有失蹄，我干吗要求每件事都完美无缺呢？我的身体其他地方都好，就肺叶出了点问题，我干吗要那么严格要求它呢？允许它有点小故障吧，我默默地宽慰自己。

不完美有时候才是完美，缺憾也可能是一种美，我没有理由让一切都完美无缺，何况我本不是完美主义者。

六年级的学生相比初中学生，他们更加不可一世。小县城里的孩子，独生子女多，班级小调皮数不胜数，刚开始时还真有点应接不暇。

有个班级的孩子是从原来一个子弟校合并过来的，那个班上课最考技术。每次我都要酝酿好久才敢进去。一是要酝酿感情——见到那些玩世不恭的家伙们要沉得住气；二是要酝酿节奏——要用不断变化的节奏让那些善于捉拿老师短处的家伙们摸不着头脑；三是要酝酿内容，他们以前基本没有学习过英语，我得找到他们学习英语的乐子，让他们有那么一点点兴趣愿意跟着我的课堂走。"敌强我弱"的班级里，我得多多花费心思与他们斗智斗勇。

我想起了第一次进小学课堂的尴尬，那时还写下一篇随笔。

第一节英语课

从中学的课堂一下子跑进小学教室，像把高靠背椅子换坐小木凳一样，一下子没了依靠。中学任教十余载，感觉自己已是"行家里手"了。这一换，让我感觉还真不是个味儿。

十年前，压根也没想过这小学也会开设英语，要不打死我这个中师生也不会跑到中学去。嘿，如今，在这和煦秋风扫落叶之际，我终于钻进了小学课堂。可这心情却不如秋风吹拂面庞那么惬意。

我担任了三年级的课程。三年级是我们这里开设英语的起始年级。我在第一节课之前准备了好久的开场白，我要教会他们基本的课堂用语，要和他们交朋友……我信心百倍地钻进了教室。

学生问：老师，你上什么课？

我曰：英语。

学生尖叫：哇——！（鼓掌）

我大喜，三年级的学生还真懂事，知道欢迎老师。我心情大悦："Hello, boys and girls, I'm Ms Zhao. OK, Let's begin our class！"哈，可那群小家伙才懒得理我，说话的，要橡皮泥的，扔书的，做作业的……哦，根本停不下来。我晕！怎么搞的，我可是在中学担任过负责德育工作的小官官的哦！想当初，那些学生可是见到我分外要小心的哈。这群小家伙，太不买我账了。我的热情一下子就像被冰水浇灭了般，我急了，这沸锅里般的课堂我该怎么"收拾"哦？

　　罢了，先别卖弄英语了，大急："上课！一、二、三！"小家伙们边做自己的事边回答："快坐好！"典型的心口不一的一群家伙！我的眉毛终于忍不住"竖"了起来。"桌子上除了英语书，其他东西统统收好，不然——"不然怎么样？我一怒便叫道，"不然就是老师的了！"这句话管用了，这群小家伙开始收拾他们的"战场"了。

　　"起立！"见他们收拾好了，我卖力地喊道。大部分学生都"弹"了起来，少数几个慢腾腾的、有气无力的样子站起来。

　　"怎么搞的？快点！重来！"

　　"起立！"效果好一点点，不满意。

　　再来，"起立！"三五几个还是那样。

　　我闷了，怎么办？我可不能第一节课就"收拾"他们呀。算了，不和他们计较了，下一步吧。

　　"教给大家第一句英语：Please, stand up！看我们的小朋友谁说得最快，做得最好？"当我的话语刚说完，几乎是全班同学都整齐地叫道"Please, stand up"！并端正地站了起来。哈哈，原来是群"吃软不吃硬"的小崽子！

　　"再来一句：Sit down, please！"演示意思后，学生们便热情高涨地学做起来。一遍、两遍、三遍……反反复复，小家伙们兴趣盎然。偶尔有做错的，全班哄笑，再做，再笑……也不知道做了几遍。

　　"叮叮当——"美丽的下课铃声终于响了。

　　"下课！"我叫道，我的话还没说完，有四五个孩子已经冲出"战场"去了。

　　不会吧？我的意思可是要大家叫了"Please, stand up！"站起来后相互行礼才下课哦。可全楼都沸腾了，我的声音早被淹没在他们的欢歌笑语声中了。

　　对于三年级的孩子我可以顺着毛毛多说好话就能安抚他们。可六年级的孩子们却不是那么好对付的。他们有的顽劣成性，专找老师麻烦；有的言不由衷口是心非，答应老师的事情转身就变卦；有的碍口识羞，怎么也没法与他们沟通；有的矮子看戏，不惹事却专门看笑话……反正那个班级除非不出什么故障，一旦出了，必定是全班群起而哄之，必会滋生让人无法掌控的局面。

　　据班主任老师透露，某班上有"八大金刚"，全是身材魁梧的男生，她警告我不要惹到他们，否则就是捅马蜂窝。我就奇怪了，难不成老师还怕学生？

　　都说老虎的屁股摸不得，可我还真想摸摸。有什么怕的？姑奶奶我死都不怕还怕几个乳臭未除的小崽子？怀着极度杂乱无章的心情，我每节课都故作沉稳地踱着方步进教室。

　　一时间，上课有种大义凛然奔赴战场的感觉。

　　相安无事一个月，估计那些"神兵天将们"摸着我的脾性了，总算在第二个月的某节课开始与我开战了。那节课我如以往一样，还没打铃就往教室去。走到教室门口预备铃声响了，以往孩子们看见我都会乖乖往教室去，今天他们中有几个男生却对我视而不见。

　　我站在那里看着他们，脸上没有表情，心里想的是，老娘就要看看，你几个崽子究竟要干什么？

　　几个男生一边用眼睛瞄我，一边在那里谈笑风生，故作云淡风轻。他们的个子都比我高大很多，我远远地站在那里，好似一抹弱不禁风的云朵，而他们，就像大树屹立岿然不动。

　　第二次上课铃声响起，他们还没有进教室的意思。我不能再等了，于是，深呼吸后缓步过去，脸上好不容易挤出点笑容，故作淡然地吆喝："各位，风景那边独好，却难挡校规法纪，大慈大悲的英语老师邀请各位共赴必修的英语课堂。Sweets, please——"我做出一个优雅的请他们进教室的姿势。

有几个孩子显然没料到我会如此说话，脸色一愣，打望我微笑的脸庞。稍许，有个孩子主动转身。然而，另一个孩子猛地拉着他，意思是，你怎么就妥协了？

我再次用更加灿烂的微笑看着那个伸手的孩子，他对上我的眼后立即闪躲开，手也松开了。

我再次伸手做了请的姿势，"谢谢配合，合作愉快。"

那个孩子总算可以进教室了，另外三个稍作停滞也跟了进去。最后还有一个稍高的男生，他叫李杰，目不斜视教学楼下，假装没看见我。

他不理我，我们眼神没法交流。于是，我又淡然地说："今儿有什么不高兴的事情吗？杰兄，要是真不爽快，你可以在这里多待片刻，一会儿站累了就进来吧。"说完，我再不理会他，抬步闪人，钻进了教室。

杰兄，是那群男孩子们对他的称呼，我顺应年轻人心态。

显然他没料到我就这么"放弃"了他，原本想挑战一下我的极限脾气的，这回算是大大失策。

我满面春风跨进教室，见到不少幸灾乐祸的面孔。少数还伸长脖子在那里翘首企盼，等待一场"星球大战"上演。

可惜，我把大战扼杀在了萌芽阶段。想要这样就激怒我？没门儿！

凡事预则立，不预则废。我想这稳重的处理方式，该是我这些日不断研究如何应对这群家伙的一大成功。任何事情，事前有准备就会成功，有了准备就不会词穷理屈站不住脚跟，有了定夺就不会莽撞行事。我总算做到一次。

我的处乱不惊让班上的女生们激动不已，尤其几个成绩稍微好点的女生，她们眼巴巴地盯着我，似乎在说：英语老师忒棒，我爱死你了。我抛给几个与我走得近的女生一个少安毋躁的眼神，然后缓缓在黑板上画了一条抛物线，写下几个大字：未来抛物线。

大家都静静地盯着我，刚才那几个想挑衅的男生也端直地坐在那里，屏息敛声，挖耳当招。我做张做势横眉冷对，先用冷冽的眼神前后左右扫视一番，才不紧不慢地缓缓开口："有一首歌叫《抛物线》，里面有这么一句词：我好想说，我只想说，我不要这结果。同学们，此时的我，心中的阴霾已驱散，只有清亮的光芒照耀着心房的每个角落。我企盼和好奇的双眼，期待着未来的每一天，每天将要与你们一起发生的事。这抛物线起点是我们这学期的开始，终点是我们下学期结束，这段距离已经固定，但我们是不是要让它抛的幅度更高更美呢？一切都是未知的，一切都是主宰在你们与我的手里。或许，会有意想不到的困难，也会有惊喜；会有风雨，也会有灿烂的美景……"

可以改变自己

平息那场"战乱"后，回到办公室整个人感觉如释重负。平心而论，我不想与那群兔崽子们纠缠。尤其当我听说"八大金刚"中，有个孩子曾与体育老师对打过招，有个孩子扇过他奶奶耳光，还有几个孩子三天两头进游戏厅后，更是坐立不安，生怕真捅到马蜂窝。还好，还好，我没有废然而返，总算第一次冲锋陷阵取得阶段性胜利。

其实，依我的心态是万万不会与他们计较的。佩玛·丘卓曾经说过:"一旦认清了自己心中的黑暗,就能同理别人心中的黑暗。"短暂的生命让我发现了普世共通的人性,慈悲心便就自然流露。我的心劳累着,无暇顾及那些颠覆认知的行为。当然,强烈的责任心也不会让我放弃。我始终相信,任何教育,只要用对方法,都是优秀的教育。任何人,只要引导得当,都会踏上一条光明大道。

回到办公室还没有坐稳,另一个同事就骂骂咧咧地进来了。她姓罗,与我同庚,比我纤瘦,性格比较懦弱,看起来很温和的样子。

"妈的,气死老子了,气死老子了!"罗老师看起来极其温柔和善,没想到也有发威的时候。真所谓老虎不发威你当是病猫,我在一旁憋笑盯着她,她可是气得揎拳捋袖捶胸顿足呢。

另一个最年轻的大眼睛同事进来,她姓周,对学生不守纪律什么的最不在乎。她见罗老师气得不行,嫣然一笑,"组长怎么啦?又被那些兔崽子们气到了?"

罗老师又是一番诉苦,惹得后面进来的两位同事也喋喋不休,共同指责那些违反课堂纪律的孩子们的"罪行"。

我始终保持微笑,最后总结性发言:"忧伤脾怒伤肝,我看你们还是不要太纠结,这么气下去,生病了可什么也没有赚到。"我其实很想告诉她们,如果到达我这地步,成了癌症晚期患者,就再也不想计较那么多了。万事看开点,保持平和心态最实在。

可滑到嘴边的话又咽了回去,我不想让任何人知道我是癌症患者,我不需要同情和宽慰。

俄罗斯著名心理医师、顺势疗法医生西涅里尼科夫曾说过:"疾病不是恶意的伤害,而是善意的提醒。想拥有健康,就要清除心中的有害情绪。重建生命,从改变自己的思想和行为开始。"

所以，我为自己规定了另一个要任：做一个心灵的天使，帮助我的朋友、学生清理内心那些破坏性的情绪，让他们可以有效地预防疾病，建立健康的人生观。当然，我也希望通过这样的方式，调节自己的气场，建立和谐的人际关系，拥有美满幸福的家庭生活。

尤其，巴巴地盼着，什么时候我的癌症能奇迹般消失。

希望是美好的，路途是艰辛的，未来是不可预测的。只是，这种信念必须有。我坚信，只有想什么，才会得到什么。

罗老师却没有因为我的话而有任何释怀。她数落着越发地伤心难过，最后竟然号啕大哭起来。

办公室里的人都蒙了。她怕是遇到了什么比调皮学生更难缠的事情吧？我站起来，活动着那只因为骑自行车摔断而不能伸直的胳膊，担忧地问："罗，你遇到什么事情了吗？"

不问还好，这一问，她更加伤心，哭声更加大起来。我惶恐不安地走到她身边，拍拍她的脊背，"有什么事情就说出来吧，别让自己闷坏了。"其实，我说这话的时候很心虚，自己内心的阴郁怎么也不想让别人洞察，何况他人呢？

罗老师并没有说什么，她只是不停地哭着。办公室里气氛肃穆，大家不断宽慰，年龄最小的周老师自言自语："我就没想通，不就是学生嘛，老子才不理会他们，爱学不学，与我何关？"她说完，看看手表，道，"第四节我没课，走了，回家吃饭养身体是大事，Bye-bye。"说完，潇洒而去，留给我们一个美丽的背影。

一个转身，忘却一切凡尘俗事。

周老师年龄只有二十六七岁，才结婚不久。她是一个可怜的女孩子，父母都是公安干警，为国捐躯早逝，算是一个现代孤儿。出来实习时认识了现在的老公，据说她老公已经四十余岁，是与前妻离婚后才娶她的。我对她的价值观与人生观不能苟同，但有一点还是很佩服，这么早父母双亡能有这样的心态，着实值得我们学习。

可以看出，她很爱自己。爱自己，是一件很容易也很困难的事情。爱自己可以让我们的生命更为丰满更为健康，也可以让我们的灵魂更为自由更为强壮。爱自己可以让我们为心灵的堡垒亲手砌砖叠瓦，建造我们自己的宫殿，武装自己的精神家园。她已经学会了爱自己，但我看不出她是不是真正懂得了爱这个世界？

罗老师的哭声让我有点烦躁，随着上课铃声的叫嚣，我也不想再安慰她了。大家都怀揣书本往教室里赶，我也关门而去。哭又有什么用？所有的悲痛不会因为哭泣而流逝，眼泪除了能赚取同情，什么也赚不到。

这节课我进的是六年级五班，那个被我呵斥过的学生还是那么淡然地坐在那里。有时候我就想，人犯错误不要紧，关键时候犯错误就罪大恶极了。可我又想，那次送兵，如果我请所有的孩子都脱掉袜子呢？那景观是不是另当别论了？这个孩子也不会让我记忆如此深刻吧？

我阴沉的脸色让孩子们都不敢造次。尤其平时那几个有点"跳"的孩子，更是善于察言观色，一个个低眉顺眼，完全乖孩子形象。看到他们比任何时候都显得乖巧懂事，双手抱臂规矩地放在桌上，绝对会让人认为他们本就是无比乖巧的孩子们。

留下好孩子印象，就那么几秒钟的事情。至于内心是不是变好了，却不得而知。表面现象不足为判定一个人的优劣，也无法断定一个人的健康。

我的表面是光鲜亮丽的形象，真所谓"败絮"其中也。

看着一个个端坐的身子，窥探他们超级的隐忍，我有点于心不忍。中国有句古话："大隐隐于市，小隐隐于野。"在红尘中，在都市里，身处繁华，内心能波澜不惊，这就是大隐。而这些孩子们，显然没有那么高的境界，但他们绝对能懂得小不忍则乱大谋。不忍我的脾气，不忍我的嚣张，一定会受到我的呵斥和训导。

对于凶恶一点的老师，他们小隐，他们忍耐。

我是个喜欢完全掌控自己事情的人，课堂要求一丝不苟。课堂上，只要有一个学生开小差我都会停下来整顿纪律。所以，上课时，除非我没有看到孩子们搞小动作，一旦看到就会毫不留情地制止，甚至下课后还会额外"加餐"。

没有学生愿意与我这种老师纠缠不清，我更不愿意。但，作为老师的我却喜欢用这么刻板的方式树立自己的威信。不过，最近我似乎在慢慢改变。这不，那个我呵斥过的女生居然在发愣我都没有及时处理。我在心底反复问自己，要不要像过往一样示意她呢？她丝毫没有觉察我对她的不满，我却在心底已经反复较量了很多遍。

我想到她成绩还算可以，所以直接忽略了她，继续讲课，只是有意识地向她的位置靠近不少，她也总算从溜神中恢复过来。允许她小息一下吧，我不断宽慰自己。我都允许自己的身体患病，何况人的思想。在改变自己心态的瞬间，人生就出现了转机。此前课堂上总会因为学生不守纪而生气的心态慢慢得到遏制。心态的恶性循环被切断，良性循环开始演绎。在以后的课堂中，我被学生激怒的情况越来越少。

其实，我是可以改变自己的。一个人身上发生的一切事情，都是由自己的内心制造出来的，我为什么要制造一些不愉快的事情来激怒自己的神经呢？我反复问自己。

那个学生的闪神就只有那么一刹那，虽然我没有呵斥她，但后面的课堂上，她都能专心致志了。我没有生气她就改变了自己，我没有呵斥她就回到了课堂上，我没有让全班同学看到一个凶神恶煞的我，我在那节课脸上露出了生病以来最多的笑容。

宽恕别人就是善待自己。爱自己多一点，不把学生的过错转化成自己的愤怒，我要学习不要把学生当敌人来看待，不能将他们视为我的苦难和烦恼。想想自己年少轻狂时也做过傻事，也嘲弄过老师，偷看过小说，暗恋过男生……我还有什么理由指责他们呢？

三味人生

曾经读过一篇叫《绿墨水》的微型小说，讲一位父亲为使绝望的女儿有勇气面对生活，便假借她同班男生的名义给她写匿名求爱信的故事。感动之余，突然想到，人是多么脆弱，似乎总是需要通过别人的力量才能肯定自己热爱自己。如果有一天，这个世界没有一个人再关怀、呵护、倾听、鼓励、表扬我们，那我们该怎么办呢？

罗老师的悲戚在办公室里延续了数天，某日她终于道出其中的缘由：公婆嫌弃，老公打她。如此情况我还真是闻所未闻。我了解他们家情况，她老公是某国营厂下岗工人，公婆也是那个厂的退休工人。她老公曾经因为偷卖厂里的设备设施而进过监狱，她这个媳妇可是忙前忙后，托了所有的关系才把他弄出来的。有过这样经历的男人怎么舍得打她呢？有这样儿子的公婆怎么舍得如此对待"大功臣"的媳妇呢？我百思不得其解。

作奸犯科的人居然翻身农奴把歌唱，敢在"太岁"头上作威作福，我们办公室里每个人都愤愤不平，大有为罗老师撑腰掌舵的架势。

可惜，罗老师简直就像一个扶不起来的阿斗，除了哭还真不知道能干啥。

我们劝她好好与家里沟通，毕竟在我们的心里，宁拆三座庙，不毁一桩婚。所以，我们都相信解铃还须系铃人，只有她自己的沟通才能换得安宁和睦的家庭生活。还好，罗老师的沟通总算换得了暂时的安宁，办公室也因此而安静了好长一段时间。

家和万事兴，我们家里有这样一块匾，那是老公雕刻的。我一直深信不疑，也总是把这句话传递给身边的亲朋。罗老师家庭的和睦，也算为她的工作带来了一些转机，她的脸上也慢慢绽放了笑容。

但关于孩子们的恶劣行为还是不绝于耳。

半期考试过后的那个周一，我真的生气了，被那些孩子们的行为活活气得捶胸顿足。为何？周末居然有孩子把老师办公室盗了。而且是从一楼到五楼，所有老师办公室翻了一遍。

这还了得？我这个大队辅导员很没有脸面，怎么说辅导员也有责任让全校孩子们行为习惯往好的方面发展啊！

果然，校长找我谈话了。想着校长在任命我当大队辅导员之前都没有好好找我谈一次话，反而因为这个问题找我谈话，心里总感觉憋屈。

校长室我不是第一次进，但这次总感觉诚惶诚恐。好像那些偷盗的孩子们就是我怂恿他们的一样，有点做贼心虚。

"姐姐，坐，来品品我这正宗的铁观音。"校长面带微笑，极其和蔼可亲。他修长的手指握着纸杯递给我的那一刻，让我感觉那像一双女人之手。

诚惶诚恐的心随着这个认识而慢慢放松，我总算可以不急不慢地问："老大，您找我来不只是喝茶吧？"我其实很想先发一通牢骚，毕竟他并没有征得我的同意就宣布我的任免了啊。可看着他那笑颜如花的诚恳面庞，就怎么也开不了口。

"慌啥子？还是那么急躁，坐，先品茶。"他示意我坐下，自己也在老板椅上坐下来。我突然看到了我们之间如鸿沟般的差距。虽然我比他年长，他与我同一所师范校毕业，我甚至刚出来比他发展得好，他出来分到了很偏僻的一所村小任教，我却直接做了后备干部。但此刻，他高情逸态、发扬蹈厉，气场是如此强大，让我自行惭愧，恍惚间只能乖乖地坐在那里等着他的训导。

"最近怎么样？一切顺利吧？"他神定气闲地看着我，满含期待的眼神让我没法一吐自己的不快，竟然神不知鬼不觉地回答："还好，都顺利。"

顺利吗？我想着自己反叛的身体，很想大骂"真他妈糟透了"。可那一刻，他那神清骨秀的样子，让我怎么也舍不得用那些污秽的消息污染他的耳朵。我甚至觉得，有些人，天生就可以左右他人的意志，我也理所当然地愿意接受控制，甚至还装出雍容大雅的样子。

我望着手里的茶杯发愣，心思随着茶叶的散开而卷动。品茶是一件很高雅的事情，把盏一杯香茗，任丝丝幽香冲淡浮尘，沉淀思绪，体会人生，何其惬意。可我却心事重重，怎么也对那东西提不起兴趣。我看着眼前帅气的校长一副陶醉的样子，臆想他一定认为，那紫砂壶里飘出的暗香能润泽心灵，让他超凡脱俗。

他在品茶，更是在品人生的精彩。

人们常说："茶如人生，第一道茶苦如生命，第二道茶香如爱情，第三道茶淡如清风。"一杯清茶，三味一生，人生犹如茶一样，或苦或甜、或浓或淡，都要去细细地品味，雅俗皆有。我不是一个能从茶的底蕴里品味出人生韵味的人，但我却从他品茶的惬意里，感受到了那种浮华之外的恬淡。

"怎么样？我这铁观音还正宗吧？"在我试图压抑自己低落的情绪埋头品味时，他掷地有声地问。

我轻轻抿一口茶，也学他那样在口中品味，良久才酸涩地道："实在令您失望，我还真是品不出这茶叶的好坏，确切地说，我平时都不喝茶。"是的，我是个简单的女人，就爱喝白开水。传言白开水生血，我也就这么忠诚地喝了几十年。

"错了，你这样有内涵的女士应该喝茶的。"他再次呷一口茶，"茶里面含有不少对人体有益的微量元素，能使人精神振奋，增强思维能力和记忆力。也能消除人的疲劳，促进新陈代新，并维持身体器官的正常机能……"

我静静地听着，想着那些养生之道于我怕是意义不大了。可脸上还是堆满笑容，毕竟，我的内心他人不能洞悉，所以，在别人眼里，我还是原来那个坚强的能干的我。

"关于周末孩子们偷盗的事情……"他不开口我开口了，这种硬要说是品茶的会见实在让我感觉尴尬，毕竟，私下我们不是能够对影成三人的那种关系。

"先别说那事，我想听听你对自己现在这份工作有什么打算？"他的脸色也一下子严肃不少，让我本来就纠结的心更加地紧了紧。

"其实还算不上什么打算，只是我自己的看法，具体的情况还需要与德育处领导商量。"我不知道这算不算是越级汇报工作，为了不必要的麻烦，我还是小心地先为自己铺垫一番。

我本不是如此小心的人，却看到他对生活充满热情，不想在人际交往上于他于己找裂缝。所以，我很委婉地道出了自己的想法，并一再强调，有些是分管领导的意思。

他见我有了成熟的建议，心里很是高兴。对于一校之长，他的角色是需要通观全局。他一再表露对我能力的信任，更加地让我诚惶诚恐。德国作家赫尔曼·黑塞曾说："对每个人而言，真正的职责只有一个：找到自我。"在我有限的时间里，也想找到自己的命运的缰绳，然后在心中用余生坚守，全心全意，抓住它一步步走下去，不抗拒生命交给我的重负，这是我目前唯一的认识。我坚信到了蓦然回首的那一瞬，生命必然会给我一个公平的答案。

关于品茶论事的校长训诫过后，我就在副校长的带领下投入了培养"五好队员"的工作中。我有点郁闷，这新一轮的领导任免中，我们的德育处主任居然是那个到其他单位工作的杨主任。他不在，那份工作只有我这个"小虾米"担当起来。所以，我虽然是个大队辅导员，肩上还挑着德育处主任的工作。

回头是岸

我们的副校长是一个很犀利的知性女人，姓朱，四十余岁，追求时尚，爱好打扮，做事力求完美，我在她身上学到很多东西，也受到了一定夹磨。当时有点郁闷，现在想来很好。

朱副校长比我迟来学校一年，当副校长的时间也不长。因为姓朱，排行老二，所以，私下我称她朱二姐。她过着猪一样的生活，每天都很惬意。她不用担心家里谁煮饭，不用担心家务没人做，不用担心孩子不听话，从没管过家里的日常费用，一直以来，我几乎没见过她有家室之人的担忧。

与之相比，我却要负责家里的很多麻烦事。孩子要管，家务要打理，屋子要打扫，水电气费要缴纳，每周要拿生活费给婆婆，人情客往要应酬，等等。最最关键的是，天天要熬药吃药，这是每天最最麻烦的工程。

我最大的解放是不煮饭，婆婆每天承包了。但她是目不识丁的农村老太太，生活习惯与我们差异很大，外加她带来几个孙儿，我们家这几年都很热闹，开支也很大。有时候我很想拒绝侄子们的到来，可看到老公那阴沉的脸，婆婆那不断的唠叨，也只能一忍再忍。

亲情是不能割舍的，老公的几个兄弟都在农村或者外出打工，家境不好，我怎么也不忍心让他做个舍弃亲情的男人。但是，几个侄子的入住也给我的孩子带来了灾难，对她一生的成长都造成了影响。

农村没有爸妈管教的孩子称为留守儿童，这些孩子们过着无人管束或者是管束不当的生活。很多孩子生活习惯都很差，行为习惯也让人堪忧。从那两个长居我家的孩子身上，让我看到了农村孩子的缩影。他们不爱学习，撒谎成性，爱做面子……甚至还偷我钱包里的钱。

这些恶习我不怕，我相信自己能把他们纠正过来。但是，在施教的过程中，我却遇到了最大的阻碍——婆婆。孩子们犯了错误，她总是以各种冠冕堂皇的理由开脱，不吵不闹，也不说我做得不好，但是，她会以我无法抗拒的理由把孩子们从我手里弄走，让我没有机会教育他们。

有一天我又发觉钱包里少了十元钱，终于忍无可忍了。对于穷困潦倒的我来说，兜里的钱是绝对有数的，钱包在家里也会少钱，那种感觉可想而知。于是，我多番询问无果后，抢起一根棍子就把一个侄子和我女儿吆喝跪在地上。侄子只比我女儿大几个月，两人在同一年级。因为不是第一次，所以我气愤地抢起棍子打了孩子，结果，爱孙如命的婆婆不依了，说我没有人性，不懂教育，看不得侄子在我家里……反正，她说了很多，最后带着两个侄子直接离开了我们家，住到了老公四兄弟买的房子里。

都说婆媳之间的"经"是很难念的，我总算体会到了。心情本来就郁结的我，那种被误解的感觉更是压得我喘不过气来。那夜，我终于气得又咯血了。

一个人的意念很重要，那夜，面对老公的指责和女儿腿上的印迹，我有了崩溃的感觉。我想到了死，并思考着如何死去。那夜，我没有吃药，一个人跑到长江边关掉电话，坐了整整半夜。

自从我查出是癌症晚期，老公就分外对我礼让三分，尽可能不让我伤心难过。虽然他没有说什么，但看着他头上白发日增月添，我能感觉得到他内心的惶恐不安。他没有唉声叹气，没有悲悲戚戚，甚至在我面前总是云淡风轻，一副坦然，但我完全能感觉他的心力交瘁，他的爱莫能助。

我不需要同情，但我需要关心。今晚他呵斥我，让我失去了再活着的理由，整个人简直丧失了生存意志。一个人坐在江边，吹着冷冷的夜风，看着远处零星的灯火，听着滔滔江水奔腾，心里哀哀欲绝，反复思量，如果从江边跳下去……

长江没有盖子，数万个我跳进去也填不满它。我思索着这样跳下去的价值，我这一生的意义，天马行空地想着当我离开这个世界的后续故事。我看到了老公一夜白发，母亲的悲痛欲绝，兄弟姐妹们的痛心疾首，亲朋好友们的无比惋惜，还有同事们的难以置信……难道我真的走到了生命的尽头？我真的就这样无所事事离开人间？千头万绪回到一个起点：我心有不甘！霍地，我站起来，打开电话转身往家里飞奔，试图用最快的速度开始我的另一段人生……

第三节　膨胀的野心

一个人的能量是极其微小的，外界对人的影响是巨大的。生死一念、升华一瞬。接受万事万物，是更好生活的里程碑式的幡然醒悟。可以与天争锋，可以与地争宠，却不要忘记借势借力之微妙。人生之世几十载，光阴荏苒，一茬一茬，需要打算、撒播、经营、跟踪、收获、储存、繁衍，需要在归地为零时，可以微笑释然。

点一盏明灯

以百米冲刺速度回到家里，老公还坐在沙发上抽闷烟，我心虚地走过去问："怎么还没有睡觉？"此地无银三百两，我心里着实感觉惭愧。

老公冷冷地看我一眼，把烟头狠狠摁进烟灰缸里，什么话也没有说转身进了卧室。我横在客厅里冷眼旁观，置身事外。你冷情不悦，我能欣喜若狂？

没有怫然不悦的争吵，没有苦口婆心的劝解，没有醉人心脾的宽慰，我的离去似乎没有半点意义，等我还想解释几句时，老公已经在卧室里鼾声如雷。

罢了，想得到几句宽慰的贴心话是没有可能了，他的担忧仅仅储存在心底，要想让他赤裸裸表白，恐怕比登天还难。我突然觉得，什么我爱你你爱我都是虚无缥缈的文学艺术，别人的宽慰也好，关心也罢，都只是纸上谈兵，而于自己本尊，真正要学会的该是自己爱自己。

爱自己，就是在黑夜里为自己点一盏照明的灯，在生命的路途上为迷失方向的自己引航。我需要这样的一盏灯，需要在一个人前行的路途中自我引领，我不断督促、指导、告诫、叮咛自己。

人的一生，没有人可以永远伴随我们，即使是父母和爱人，他们也只能在人生的路途伴随我们一段，我们拥有的关怀和呵护随时都有失去的可能，所以，我还在奢望什么呢？

我应该学会爱自己。我必须为自己的修行裁枝打杈，施肥培土，使自己不会沉沦为一棵枯荣随风的弱树。

我轻轻地走进卧室，站在床头看着熟睡的老公，心情突然轻松下来。我不应该苛求老公，不应该虐待自己，不能老是纠结在痛楚无助和孤立无援的边缘，我必须独自穿过黑漆漆的雨夜，面对没有星光没有月华没有人迹的混乱森林。只有靠自己才能支撑起人生赋予我的苦难，即使老公，他也不能为我分忧半点！

那一夜，打开电脑，我送给了自己一束芬芳的玫瑰花，为自己绘画了一道碧蓝的海岸，留下了一个明媚的笑容和一篇改变自己思维方式的札记。我一定要怀着美好的预感和吉祥的愿望活下去，如曹雪芹在《红楼梦》里描述的那样，"出没花间兮，宜嗔宜喜；徘徊池上兮，若飞若扬"。我要坚忍不拔地迎接一个又一个清丽如洗的晨曦。

第二天醒来，老公问："你昨晚几点睡觉的？"

我蒙蒙眬眬地拍开他的手，眯着眼睛说："今天不锻炼，七点半喊醒我。"既然决心重新开始，我想让自己睡饱睡足，以最佳状态迎接新的一天。

老公果然守信用，七点半准时叫醒我。我也没有赖床，穿衣、刷牙、洗脸、梳头，几分钟搞定，吃了几口面外加一瓶与一碗汤药后，饱鼓鼓地往学校而去。

人逢喜事精神爽，我虽然没有遇到什么大喜之事，可心态不一样了，心情自然就轻松了，真谓豁然开朗也。

还没到学校，校长就急促地打电话过来，让我立即去他办公室。他没有说什么事情，从语气里我也听不出悲喜，心里有点忐忑，难道大队部又有什么事情发生？

我给了自己一个重新开始的理由，不知将遇到的第一件事会是什么。我已经下定决心，那么不管是耻辱还是荣耀，我都会心平气和地接受。

一路小跑，我不断勉励自己：人生在世，没有一种痛苦是不属于自己的，所以，没必要悲观失望。生活在这个世界，没有一个人是没有痛苦的，没有一个人是不会流泪的。痛苦对每个人而言，只是一个过客，一种磨炼，一番考验。面对痛苦，不要一味难过，而要振作精神，发愤图强。人生路上，痛苦是难免的，只要不丧失信心，坚信终将会苦尽甘来。

跨进校长办公室，我已经为自己祷告了一百遍有多，心理建设是很到位的。

"来了？坐。"校长同志在埋头写东西，并没有看我。

尴尬，这么急急匆匆催我来，居然晾我在一边？

年轻的校长还是那么神清气爽，埋头于桌上，笔下生辉。

他在纸上挥洒自如，我在一旁翻阅报纸，始是心急如焚，后又闲情逸致。

急什么？心急吃不了热豆腐。

不记得哪个浑蛋说过，痛苦是生命不可缺少的一部分。我背负着肺癌这份痛苦，感到很累，无精打采，未老先衰，储存在心里放不下，心被折腾得疲倦不堪。看着眼前静谧的景致，心情慢慢放松。

人们常说，要拿得起放得下，我对着报纸，思绪又开始泛滥，拿得起容易，放得下困难……

"去北京看看嘛。"校长突兀的声音打断了我的思绪，"北京有个培训，我想派你去。"他一边说一边递给我一份文件。

北京？我心一怔，长这么大我还没出过省呢。

我接过文件仔细看了看，原来是一份到北京参加中华传统美德师资培训的学习通知。

"你……让我去？"太惊异了，或者说太诡异了，我昨晚祷告自己要重新开始生活，今儿校长就送我这么一份大礼，真是天遂人愿，安心乐意啊。

难道是我急需重生的气场影响了周遭，所以我获得了这份殊荣？

"你是大队辅导员，我们学校想好好开展国学教育，这个师资培训班对你的成长应该有很大的帮助，我希望你去好好学习，将来——"他没有说下去，将来的事情怎么样谁也说不准。或许，他真想完成自己的理想，培育几个能与他在教坛上共舞的人，却又不知道，我是否能如他期望的一样学有所获，将来能在国学教育的征途上发挥作用呢？

"这个——"太意外了，我没敢及时表白去不去，毕竟，北京那么远，花销不少。

"不用担心，县幼儿园有两位老师要去，你们可以为伴。"他说着说着就掏出了手机，快刀斩乱麻，噼里啪啦就把那个园长的电话报给了我。

我似乎没有拒绝的余地，怀着无以言表的心情，缓步走出了校长室。

幸福来得太突然，我还没有缓过神来。

伸手撩拨自己的长发，垂直的长黑发是我的标识。这也是我最怕做化疗的原因，爱美之心人皆有之，秃顶是我最不待见的丑陋。我认为女人的头发就是女人赖以生存的旗帜，它不仅表达了自己的个性，还用这旗帜来宣泄内心潜藏的情绪。此刻，我的内心似在无限膨胀，有无数个欢呼雀跃的小天使在叽叽喳喳地告诉我：我的生命因此会更加精彩。

月缺时，悄悄告诉自己，人生就是这样。总有低谷，总有坎坷，给自己一个微笑，练就一份洒脱。月圆时，暗暗告诫自己，人生不能得意，总有挫折，总有失败，给自己一个警示，淡然就是一份美好。人生就是一个阴阳圆缺的过程，起起伏伏，坎坎坷坷，缺了要自信，圆了要清醒。强者，就是含泪也会微笑奔跑。

强者，我应该是强者，要含泪奔跑。

喜形于色的我，在楼道口碰到了朱副校长，她老远就盯着我看，近了才问："看你乐的，校长告诉你了？"

"嗯？"我疑惑一秒后称心快意地回答，"是啊，北京，很远呢。"

"走，到我办公室去坐坐。"她拉着我重新上楼，"十年前我去过北京，那时我还是大队辅导员，我一个人去的……"她侃侃而谈，喜上眉梢，似乎就是她出去学习一样。

我平心静气地听着，就如开卷读书。是她与校长商议让我去北京的。那一刻，我真的有点感动，原来她心眼儿不坏。

之前我对她印象并不是很好。我感觉她有点矫揉造作，自以为是，还居功自傲，言辞犀利，咄咄逼人。我对她是不太买账的。原来，我的心思还很狭隘与幼稚。而此刻，不管是出于什么原因，她是我的领导，对我算是做到了仁至义尽。

人是容易满足和感动的动物，此刻我内心感激的洪流滚滚涤荡，一切美好的赞誉都源源不断涌入心头，我真想高声地向他们道谢。

在她的办公室，我们会心交谈了一节课。对她的成见消失殆尽了，我也就自然地襟怀坦白，落落大方地表达自己的见解，这次才算我们真正义上的交谈。

她是一个积极向上、乐观进取，并极力想为教育事业做点事情的人。她的观点与我有很多相似之处，我们对教育的诠释有了共鸣。在与她的交流中，我心里已经沉睡的、蛰伏的东西，在不知不觉中重新敲醒。我就像从睡梦中醒来，拥有了一身与一切困苦持续抗衡的新鲜活力。

我的生命又拥有了内在的坚定。国学大师于丹说，"这个时代不缺少鲜花，但缺少发现鲜花的眼睛"。我想，在与朱副校长的交流中，我发现了两朵鲜花，两朵想为教育狠狠做点事情的奇葩花。

或许，我高抬了自己。但在改变心态的瞬间，我的人生就应该发生了转机。我相信，此前的恶性循环已经结束，等待我的将是另一种完全不同的人生。我还有什么纠结的呢？只需要阔步向前，坚定自己的信念。

"去吧，到祖国的首都去看看，多请几天假，该去的旅游景点也去转转，人生飘忽百年内，且须酣畅万古情。"朱副校长完

全以大姐姐的身份叮嘱我，让我有了无限亲情在胸间攒动。

今生能在教育战线上得到这样一位知己，足矣。

人生像钟摆

只有坚信自己可能做到某事的人，才能信心十足地去完成，才能开创新事业巅峰。相信自己的可能性，为自己设立一个略超过现有能力的目标，并竭尽全力去践行，那个目标会离得越来越近，并且终有实现的那一天。

相信，世界终将如我们所愿。

我为自己确定了2007年最后两个月要完成的事情：到北京去学习；整理自己的思绪，写信到川师去请假；组建新的大队部并规范管理；牵头完成一台高质量的元旦庆祝文艺会演。当然，还有最重要的，竭尽全力提高六年级的英语成绩。

这算是我的近期目标，所以，我很虔诚地谋划着。还有半个月才是去北京的日子，前期准备工作我不用愁，两个校长姐姐很有外出经验，什么时候买车票、要带什么衣服等，她们早就筹划好了。

在去北京的问题上，我征求了老公的意见。毕竟，我现在是家里最大的消费者，家里所有的钱都耗在了我身上。再要拿出钱去旅游，着实有点困难。

但是，在我向老公提及此事时，他毫不犹豫地说："去吧，我坚决支持。"

我没想到他如此大度，让我心底升起一层愧疚。

都说夫妻本是同林鸟，大难临头各自飞，但我老公却从来没有表现半点不满。如此牵累老公，真让我愧疚无比。他是我这辈子最该感谢的人，他是一个副校长，也是一个懂设计的美术老师，为了帮我筹钱治病，四处托人找生意做，舍得放下身段。

他在我们这个地方算是小有名气。所以，但凡有需要校园文化建设的学校，需要在墙上画几笔的时候，校长们都会想到他。当然，他也不会放过任何一个可以赚钱的机会。

老公虽然一诺千金，递给了我五千大洋，可我的心里还是黯然神伤，钱这东西，是我们家最缺的。这么多拿到北京去花销，是奢华也是浪费。

"不要有心理负担，放心去吧，钱嘛，生不带来死不带走，用了还会再有的。"老公看出了我的心思，变着花样儿宽慰。

好吧，就当是为自己设定的新目标作的前期投资。我要做出最大的努力，增长见识提升自己。李白大诗人在《将进酒》中说过："天生我材必有用，千金散尽还复来。"我干吗要吝啬，我的付出是为了更好的回收。

放下对金钱的牵挂，整颗心也就坦然不少。对首都的神往也就逐日递增，甚至迫不及待地上网搜索天气、景点、交通路线等。当然，最开心的还是联系了在北京理工学院读书的一名学生，他将到火车站接我们，为我们当向导。

哲学大师叔本华说，"人生像钟摆，一边是痛苦，一边是无聊"。我则认为钟摆的两边，一边是疾病，一边是处方。每个人拥有对生活的选择，也就是在不断解决生活中遇到的"疾病"，那当然是要寻求最佳药方。

或许，我们有时候没有对症下药，所以我们感觉生活苦难重重。于丹老师曾说，"生活和工作的压力只是外在的东西，真正决定你生命质量的是你内心的态度和力量"。我在心里较劲儿要如何提升自己的生命质量，在惴惴不安和无限神往的纠结中度过了一周后，终于与两个校长姐姐踏上了去北京的旅途。

这是我第一次坐飞机。生命中又有了另一个第一，我是怀着惶恐的心思踏上飞机的。曾见过不少空难事故，那些陨损的生命，就那么瞬间交给了上帝。我在座位上闭目臆想，如果飞机真的出了事故，我还为老公赚了一大笔保险金……

因为想着生死有命富贵在天，乘坐飞机的恐惧也就降到了最低。除了起落间稍有耳鸣之感，一切皆让人平心静气，并无惶恐紧张。

原来对生死放下后，心情是完全可以松懈的，甚至是无比轻松的。没有期望就没有失望，荣辱不惊，看庭前花开花落；去留无意，望天上云卷云舒。放下所忧，一切皆已定论；放下所愁，难事总有妙方。放下了，心里便有了弹性，快乐也就容易游荡在心间，心有了弹性，自然也就赢得了更广阔的心灵空间。

我的心灵随着跨出机场的那一刹那，裂开了一条大大的缝隙，那种对人生美好的向往和感慨接踵而至，让我见到学生那一刻满面春风笑逐颜开。

"老师！"学生也是鼓舞欢欣，脆生生地呼唤我，同行两个校长姐姐也是喜笑颜开，"他乡遇学生，真好。"

我眼开眉展，喜乐渗透进了骨子里，这是我的骄傲，也是我的成就。这个学生说来还有那么一点故事。他是我唯一在初中带满三年那个班的学生之一。他在班上一直成绩中上游，临近毕业时，与临班一孩子打架，失手用刀捅伤了那个孩子。按照惯例，学校要对他做出遣送回家管理的处理，是我再三游说才保得他继续留校完成学业，顺利参加中考的。我清楚地记得那个月朗星稀的夜晚，我们在操场里促膝长谈，我告诉他：你并不笨，甚至是非常聪明，可惜，却把聪明才智用到了偏锋上，如果你把聪明才智发挥在学习上，相信考取北大清华一定不在话下。那一夜改变了他，从此他判若两人，虽然最终没有进北大清华，但也考取了北京理工学院进了北京。

虽然离我所说的北大清华有距离，但至少他走上了一条前途光明的道路，这是可喜可贺的。

我一直都知道，他们家人对我心存感激。每年收花生季节，他妈妈一定会让他给我捎一些来。礼轻情意重，我也照单全收。每次来，免不了一番深入交流。所以，他对我的话深信不疑。

看着这个已经高出自己一个头的小伙子，心里溢满惬意。虽然作为老师的我没有桃李满天下，但总算有一株开花结果。

"老师，我帮你。"他见我提着一大袋东西，恨不得立即帮我解除负担。我立即制止他："快帮两位校长，她们比我年长。"

他不舍地看了看我手里的负担，但还是眼明手快地接过两个校长姐姐手里的行李，发扬蹈厉快速往前面走去。

"你这学生还真是动作麻利。"姓杨的校长姐姐立即夸奖。我眉开眼笑地跟在后面："那是当然，有京味儿的孩子呢。"

两位校长姐姐狠狠地把他夸了一番，我豪情逸致，好不得意。这种满心的得意，是从来没有领教过的，比我曾获得任何一项荣誉都兴奋。

原来，为他人作嫁衣也是一件如此乐趣之事。这个念头让我紧了紧，这辈子，如果我还活着，那么我一定是一个老师，而且，我要做一个优秀的老师。

人生的光彩在哪里？有人说：早上醒来，光彩在脸上，充满笑容地迎接未来；到了中午，光彩在腰上，挺直腰杆地活在当下；到了晚上，光彩在脚上，脚踏实地地做好自己。我的光彩呢？也就在一日日的迎来送往里吧？

北京的天空是忧郁而热情的。干冷的风利索地吹拂着，我的长发在空中乱舞，干燥得几乎梳理不清。我总算知晓北方人干吗不留长发，原来是难打理。但是，那悬在高空的太阳又是那么地惹人喜爱，暖暖地射在身上，让人真想随着银杏叶躺在地下享受难得的宁静。在陌生的地方，随意地把自己扔在路口，满腹的牢骚早已席卷而去，留下的只有平心静气。我更是忘记了自己的忧郁，忘记了那驻扎在自己身体里的癌细胞，满心的欢喜随着宽广的街道和温和的京人陡增，春风得意的我暂时忘记了所有。

会议是在国家行政学院举行的。第一次踏进如此有档次的校园，心里掩藏着少有的激动。坐在舒适的教室里，听着大师们的教谕，百感交集之余甚至在心底感叹：今生足矣。脑子里反复翻出自己的病况，假设着自己听完讲座就长眠，滔滔心情在一句句的论语阐述里被吞噬。这么几个月了，原来我并没有从恐惧中走出来，时间所做的，不过是让我麻木、习惯了自己的病而已，但始终没有让我放下。或许，真的是有些事，如果可以想通，一秒就是所有；有些事，一生想不通，一生亦是禁锢。我在这么长的时间里，原来并没有学会面对，在这个会议的讲堂里，在诸子百家的争鸣里，我才慢慢习得了一种自我治愈的能力。

当孔子、孟子、老子等大家们的思想慢慢灌注进我的心坎时，心情越发地变得平静。惶恐总算日趋殆逝，留下了满心的不甘。这种经过大师之口传语，拾掇到中国五千年文化精髓的经历，是平复我内心惶恐的一剂灵药，我在慢慢的浸润中成长着，日渐深邃。

心有不甘，是因为自己对当下的现状，更是对自己一事无成。

爱有渊源

大师们滔滔不绝的讲授让我深情思索。这辈子我不想碌碌无为，一定要做点让自己满意的事情，当我离开这个世界时一定要留下什么，这是我坐在国家行政学院教室里最大的感触。

讲台上一个个精神矍铄的教授让我至今记忆犹新：台湾学者高振东、山东师范大学教授洛承烈、北京青年政治学院教授王殿钦、香港中文大学教授钱逊等，一大批学者教授，他们分享了中国传统文化所带来的启迪，让我深层次领会了中国古人所走过的道路，所感悟的世界，所遵循的准则。

当台湾学者高振东先生说"天下兴亡我的责任"时，我震撼了。

自古人们都说"天下兴亡匹夫有责"，只有高老先生说是我的责任。是啊，我有责任，我有责任让自己活得更加精彩，有责任从今天出发，从自己的改变出发，努力营造一个美好的未来，为他人，也为自己承担作为一个社会人的责任。

我们的生命是自然所选择的，但生命系统却是自己生成的，是具有时代性的。我究竟要成为什么样的角色？这不是个人的独立成长，是与时代、民族一起经历一起成长的。

此刻，我坐在宽敞舒适的教室里，聆听大师们的对话，这就是时代赋予我的机遇，是社会馈赠我的致礼。所以，我必须让自己也能回馈社会什么，那样的人生才会是有意义与价值的。

憧憬，慢慢在心底滋生。心境从万念俱灰到孜孜汲汲，就那么顺其自然过渡到了无限神往未来的日子。

心也随之感觉空虚，开始憎恨自己读书太少太少。

学到用时方恨少。看到大师们口若悬河，出口成章，而自己孤陋寡闻、语竭词穷，前所未有地感觉到了差距之大。

当我结束学生时代走上讲坛，虽然工作中从没离开过书本，但那些知识并没有提升我的思想境界，也没有促进我的知识积累。那些传道授业解惑的东西都是功利性的，都是浅薄而单调的。这几日大师们的演说，让我受到了激励，迫不及待想要拓广自己的思想范围，多多念书，吸收别人的思想观念，提升自己。

急功近利读书的目的消失后，只想静静地为充实自己而读书。心境也随之变得平和，想事情也就没有那么极端了。

大师们的串讲，让我对国学有了浓厚的兴趣。我在心底默默兴奋：校长派我来学习，真是太对了，回去，我怎么都要做点什么……

首都的天空是让人喜爱的，冬日暖阳，我与两个校长姐姐怀着激动的心情把周围的景点耍了个遍。两位姐姐人很好，她们就像呵护自己的小妹妹一样照顾我。

第一次进北京，多种交通工具我都是第一次尝试。巴士的宽敞、地铁的快速、公交的便宜，着实让我感慨万千。四处游玩我很喜欢，但经济拮据的我有苦难言，还好，两位姐姐善解人意，处处节约。长城、香山、故宫、十三陵……该去的我们都去了，花钱不多看得多，我居然有了一种今生今世不枉此生的感慨。

北京给我最好的印象是京人的和蔼可亲。我们为了节约开支，到所有的地方都是乘坐最便宜的公交或步行，于是问路是我们做得最多的事情。每一个岔路口，我们都会虔诚"请教"，那些或高或矮、或胖或瘦的叔叔阿姨大哥大姐，都会耐心细致地为我们讲解，甚至有好几个热心人怕我们找不到，硬是把我们带到了目的地才离去。

所谓京味儿十足，我想，这种人性的善良就是京味儿之一。为此，我内心无比震撼，"天子脚下"的人果然素质良好，真是为国人争足了面子。虽然我并非外国人士。但我完全可以想象，外国人在这片蓝天下是什么心情。

走在京城的大街上，我真想慷慨激昂演说一番，太想振臂高呼，希望举国若狂，共同来感谢如此让人喜爱的北京人。

感慨，真的很感慨。愉悦的体验一次次撞击我的思绪，让我面目越来越和善。我在他们的认真与行善中，逐渐效仿，缓缓改变自己的气场，变得越来越随和。

北京这个地方，我算是爱上了。所以，在后来女儿参加美术培训时，我毫不犹豫地为她在北京找了老师，送她到北京学习。

都说，爱一个地方是有渊源的，北京之行让我彻底爱上这个地方和煦春风般的民风。虽然天干地燥，并不适合我这长发川妹子，但我打心底全纳北京。

这种接纳就像一阵风吹进我的胸膛，让我有了一种全新的思维模式：接纳万物。这种思维让我学会了从理性的角度寻找人物、事物的长处、异处，形成了自己"长而纳、敏而进"的哲学意识，以及遇事淡定从容的处世之道。

行万里路，读万卷书，闻之见之，亲历躬行、参证精思，思想意识的层次飞跃提升，我觉得七天的学习让我柳暗花明又一村，从此开启了心智的另一种模式：受益唯谦，有容乃大。

超生的感觉

活在我们这个经济快速进步的世界里，人们似乎显然越来越不安，甚至不知道什么是祥和与满足。艾兹拉·贝达在《平常禅》里有这么一句话，当我们陷入这些恶劣的情境时，就不得不面对内心的痛苦了。因为它近在眼前，逃也逃不掉了。失去钱财、地位或某份关系所带来的不安全感，往往会让恐惧浮出表面，令我们感到愤怒、自怜、沮丧及困惑。曾几度，我都感觉自己站在生命的尽头，等待判决后闭眼见上帝，可北京之行让我彻底忘记了身体里那个反叛的"小我"，大有了回校大干一番的势头。

我们应该认清，与其逃避困境，不如将困境视为道途。北京之行让我越发清晰自己即将行走的道路，我必须看清楚自己如何继续在薄冰上滑行——利用一切认同、克服一切病痛、寻找一切方法，让自己继续滑下去。或者说，让自己有意义有价值地活下去。

如大师言，当我们遭受打击时，是否能学着不去指责，心平气和接受尚未治愈的痛苦以及未经揭露的恐惧，学习真实不虚的修持方法，那将是智慧的最高展示，是一种个人素养的修得。

回校后的那个周一，我在国旗下慷慨激昂地讲了北京之行的收获，并宣誓让周遭的人与我一起，优雅大方和善起来。或许，对于一个大队辅导员来说，那些话有点大套，但我就那么大言不惭地讲了，并在很长一段时间里，那都是我工作的目标。

困境并不是道途上的障碍，病魔并不是生活中的阻隔，它们本就是生活路途的参与者，它们带给了我觉醒的机会，将那些己所不欲的情况，包括那些无所依持的感觉，都一一地激活。

在2008年来临之际，我欢欣鼓舞，因为离医院那医生断言的成活半年光景的时间已经过去，这半年里我胆战心惊，而今我还活蹦乱跳，这不是该值得庆幸的吗？

我还活着，真好。

那一天，我含着眼泪留下来一篇小文，以倾泻内心的恐惧与欣喜。

终于彻底送走2007了

2007在我的人生履历中，是最灰色的记忆。

在2007里，我体悟了拥有是什么，感觉了生命的脆弱，经历了走到生命终点的感觉，我惶恐着，一路走过，面无血色，可也最终送走了那些忐忑不安的日子。

一个人的时候，是寂寞，也是升华；一群人的时候，是欢娱，也是麻醉；拥有的时候，感觉的是平淡；失落的时候，体验的是珍稀——就这么矛盾着，也就这么漫漫地度过……2007啊，唉！

当一个人追寻，希望可以为自己寻觅一生不遗憾的坦途时，那是一种希冀，也是一种担当，一种永无止境的贪婪。2007年，我就这么寻找着可以延长自己生命的契机。

当一个人静思，似乎是在寻找生命的尽头时，那是一种超凡脱俗，也是一种无可奈何。2007年，我就这么扳着手指数落流逝的日子。

当一个人感叹，回望翻越的山遥遥无期时，那是一种欣慰，也是一种失意，一种无回天之力的渺茫。2007年，我就这么想尽力拓宽自己的路途，想让所有的走过路过重新来过。

2007，一个我生命里最黑暗的字眼，滚跑了。我鼓掌欢送着，欢送着……

送走2007年真的有种超生的感觉。那是一种怎样的激动呢？真的不能用语言可以描述。我还记得，那一晚，我哪里也没有去，老公邀我做什么不记得了，但我把时间空给了自己，就那么静静地坐在电脑旁，手指很想在键盘上跳跃，可最后只留下上面那么短短数行的字。

上帝允许我还活着，我就坚信大难不死必有后福。所以，我一直这么坚信，一直把自己看成是一个劫后余生的人，是一个懂得了生命真正意义的人，是一个需要实际行动证明自己的人，是一个想通过努力活得更加滋润的人，是成为了一个真想干点实际事情的人。

我试着真正开始改变自己的人生方向，朝着观察、学习和纯然面对一切的方向发展。没有任何事情比感觉安宁更重要，那些病痛已经成为我生活的一部分，虽然还是要咯血、还是会感冒发烧输液、还是会与药为伍为伴，可我已经不恐慌，甚至时时都有放松和鼓舞的感觉。

我相信，愿意在失望和幻灭中学习成长的人，是可以成为一个人物的。我也这么坚信自己，未来将是一个"人物"。

那种坚定的信心，让我无视自己的痛苦，"与癌为伴"已慢慢成为我的习惯，就像吃饭穿衣一般。

自信满满带给我的是工作中的雷厉风行，我发现任何事情都是可行的，甚至感觉自己已经完全开启了开放、包容以及感恩的天赋本能。每一天我都能微笑面对，每一个人我都能真心对待。大队部的工作算是风生水起，学生培养、班级管理，都是那么井然有序。每一次活动、每一次任务，我都那么认真对待，标新立异。一切顺风顺水，我有种轻车熟路的驾驭感觉。

很快，我的工作就得到了大家的认同，尤其得到了我分管领导的认同。回想起来真的很感慨，从小到大我就是个愿意与人为善的人，所以在成长的路途中，总是会遇到生命的"贵人"。因为有"贵人"相伴，生活总是感觉那么甜蜜。

一路成长，真的有很多值得感谢的人。

在我的朋友中，有几个特别的人我要感谢。在小学时，一个比我大一岁的女孩，我叫她莉，对我总是照顾，帮我到家里做活，帮我学习，帮我做班务，甚至帮我和男生吵架；在中学时，一个和我一样大的女孩，我叫她容，对我总是照顾，帮我学习，拿资料书给我看，家里拿来菜，不吝啬地分给我吃，让我的住校生涯苦中有乐；在师范时，一个比我小一岁的女孩，我叫她敏，对我总是很好，我忙着学生会的事情，忙着文学社的事情，忙着班级里的事情，她总是在适当的时候打好了饭菜等着我，甚至洗澡也帮我安排；在第一年参加工作时，一个比我高两届的师姐我叫她燕，当我初到工作单位人生地不熟，她用家人般的情怀让我不用担心吃饭，不用担心睡觉，不用担心第一节课……直到现在；在参加工作第二年，到了一个新单位，一个女幼儿教师我叫她王，她是个民办教师，总是把菜端在我面前，总是为我把洗澡水提到浴室，把洗脚水提到我批改本子的桌子前；在参加工作第三年，又到了一个新单位，我遇到了霞，她对我比亲姐姐还好，虽然家不在单位附近，可依然有那么个家的感觉，总是煮饭给我吃，总是烧好水等我下自习后回去洗脚，冬天我没冷着过，夏天我没热着过；现在，我又到了新的单位，又有了一个照顾我的大姐姐，也就是我现在的顶头上司，我叫她平，从平时的琐事到困难的贷款，能关心的都要关心……甚至，我的工作，能帮助做的，也都做了。所以，我感觉，上帝在任何一个角落都为我安排了一个天使，让我的生活如此地完美，让我享受着人生最珍贵的善良，我感谢他们。还有很多在工作中，生活中给予我帮助过的人，是他们，让我的今天很丰腴；是他们，让我的生活很灿烂；是他们，让我在生命最无助的时候，给予我希冀。

　　我感谢他们。所以，我认为上帝是公平的，给了我这么多关心然后适当地惩戒我，让我患上肺癌，那是应该的。

所以，我不能抱怨什么，只能默默地接受，接受这种惩戒带来的另一种感觉。

全世界的痛

2008年注定是个不平凡的年份。我好不容易放下提心吊胆活着的日子，却开年就迎来了一场冰雪灾害。寒假本是值得欢庆的美好，我却在电视机面前为那数以万计的受冰雪灾害阻隔、为等待回家的农民工、旅客着急。

媒体每天都有抗雪救灾的新闻播出，大批旅客滞留车站、旅途，抗灾救灾的各路勇士在冰天雪地里为同胞们架线、铺路、送水送饭……在焦急中，在寒冬里，我的心却是欣慰和暖和的。我始终坚信，困难只是暂时的，就像我的病痛，总是会过去的。

我们几个国学编辑组的成员天天在焦急中加班，一个寒假只休息了两三天，我们遴选的小学生诵读选本奋战了大半年，总算在春季开学之际送出去印刷了。

斯斯文文的校长大人却在送印过程中病倒了。为了节约开支，那日他一个人去找印刷厂，下车昏倒被一个三轮车师傅送进了医院。我们没有目睹那境况，但我们都为此感动不已。

做任何一件事情都是需要付出代价的。我们在传递国学教育的征途上，毫不保留地奉献着。我们坚信，总有一日，这些教育会改变师生们的思维和习惯，丰腴他们的内涵与学识。

作为大队辅导员的我，在开学季设计了一系列国学活动，经过领导商议同意，规定了学生的"一日三诵"等活动，为学校开启规范流程的国学教育打下了坚实的基础。

但是，任何一项新工作都会遇到阻力，尤其遇到一些不愿意接受新事物的人的刁难。改变，是困难的，就像我接受肺部的癌细胞，足足用了一年才肯接纳，虽然它们依旧把我当成"敌人"，但我愿意把它们当成"友军"。

开学第一周，原本要全校推广的"一日三诵"活动，硬是因为某些班主任不配合没法开展下去。周五教师会上，从校长到副校长，甚至我这个大队辅导员，都从不同侧面讲了关于诵读活动对学校的意义及对师生的价值。我讲完话从主席台上下来时，正好听到一个老师不屑地哼："就你们几个事儿多，教书就教书，整那么多事儿！"

声音虽小，但足够我听得见。我相信，周围的人都听到了，大家肯定是憋笑在心底。我只是淡漠地望了她一眼就坐到自己的位置上。她怕是专门说给我听的吧，这几天，我正好督促她班读国学。

见我没有反应，那声音依旧嘀嘀咕咕。台上领导还在布置其他工作，我侧耳倾听，内心鲜有的平静。

如果换作我生病前，听到这种大言不惭的逆耳之声，怕是肺都快气炸了。而今，死都不在我心底有多重要了，这杂声音算啥？简直不能撼动我的心灵。这个老师的心灵里有偏见和歧视，她还不够开放，不能领会革新对于我们学校教育的意义，没法找到变革对于班级管理的价值，她的心灵里有"魔鬼"驾驭，所以，她是愤怒的。

过往我就是太在意，太与学生们较真，所以，身体总是磕磕绊绊，总是三天两头进医院，不得不说，那与我的心态有很大的关系。古人云，忧伤脾怒伤肝，我已经是这样病恹恹的了，她这样生气怕是对身体机能不好吧？我甚至为她担心起来。

接受新事物对于某些人而言，是很难的事情，就像这位老师。

我相信，目前学校一百余教职员工中，像这位老师一样纠结的人一定不在少数。他们一定认为国学于他们就是迂腐，就是保守与陈旧。他们却没有看到，中国五千年历史沉淀的文化，哺育了我们这个泱泱大国，成就了无数文才武略之人，如果我们不传承，那将是多么大的损失。正因为国学教育于我们意义非凡，所以我选择了走上这条推广之路。

世事难遂人愿，对于人生中发生的各种事情，我们不能全权掌控，只有接纳它，把它视为必然，才能舒心。如今，我也希望老师们如我一般想通，能包容国学教育，学习接纳，并从中受益。

一个人，心中描绘了怎样的蓝图，就会度过怎样的人生，所谓心想事成便是如此。我如今开始幻化自己八十岁的模样，所以我坚信，生命只与我开了一个小小的玩笑，大好的青春岁月还在未来等着我去享受。

所以，当我第一天接触国学教育时，我就把它视为了一项可以改变学生、营造学校核心文化的载体。我踏着部分老师的白眼，把我大队辅导员的工作演绎得淋漓尽致。

当国学工作刚上轨，我正在偷偷惬意时，一次震撼世界的灾难来临了。在那个灰蒙蒙的五月天，我在睡梦中迎来了5·12汶川大地震。

我没有想过，自己这么一个没有未来的人还活得好好的，而那么多健康的无辜生命却在地震中丧生！

前所未有地，我害怕了，比得知自己患了绝症还害怕。

我害怕思考，因为相比自然界，人类是多么地渺小；害怕那倒下的大大小小的房子，因为那是多少人一辈子甚至几辈子的努力；害怕那一具具已经冰冷的尸体的影，因为我们都只有远远地看着它们冷却；害怕那双双充满恐惧的眼睛，因为它折射出死亡之路的恐怖；害怕看见那些可爱的人无私的奉献，因为我只能在远处干着急……

那场地震，现在还是那么记忆犹新。

5月12日下午到学校，第一次听到地震消息是一个朋友打电话：你知道吗？中午的摇晃让汶川县夷为了平地！那一刻，脑子里嗡嗡叫唤，什么也不能思考，全身血液翻腾，心酸骤然扑来，虽然没有哭，但却比哭更受折腾。

地球做了个小翻身，却让无数人受累，甚至永远沉睡！

我在教室里，讲课是那么地乏味，我甚至希望快点放孩子们到平坦的地面去躲避。可广播里久久没有听到什么信息，终于，广播"吱吱"叫了，我的心终于有了感觉，我像一个疯子一样，到每一个班级去告诉班主任：快点让孩子们离开！汶川，似乎就在我的面前！

放走了孩子们，我还在校园里四处游荡，看到每一个人我都严肃地说，快走啊，到平坦的地方去！我的心情难过得想把地球一巴掌拍死，让它永远也不能动！

当校园里只剩下几个巡视的领导后，我才想到该去接孩子。那一刻，仿佛看见那被夷为平地的地方的孩子们全部在呼唤我一样，我的眼泪在大街上再也控制不住了，我没有看见被夷为平地的地方的模样，可我却一直想着它的样子！

无数家长在校门口等着，那期待，是一种煎熬。

终于看见孩子平安出来了，我似乎高兴了些，可我感觉依旧不能呼吸。我领着孩子，在街道上漫无目的地走啊走，街上是那么冷清，大家都在介意地球的再一次翻动。

累了，太累了，女儿说："回家吧，妈妈。"

我叹息道："孩子，有危险。"

　　可，除了家，我们又能再去哪里呢？我马上意识到：有多少人会没有家了？如果我没有了家——不！我不能没有！我废然地敲打自己。

　　夜幕降临了，我们无可奈何地回到了家里。我四下看了看，一切都安好，于是长长地喘息了一口气，第一个动作是打开电视。

　　电视上报道的不是汶川！是北川、青川、都江堰的灾情！啊？我的思维凝固了几秒，汶川变平了，汶川周围的地方也就理所当然地受伤了！

　　我们一家人的眼泪随着电视屏幕里闪现的灾难不断地流淌！

　　那军人挪动的脚步，似乎装载着我的身躯，我期盼他们走得快点，再快点！摄像头里传回的镜头，让我不敢一直坐在电视面前。地震了，我能做点什么？！

　　丈夫说："我想去救人。"

　　我说："我也想。"

　　孩子说："妈妈，要是我现在是军人就好了。"

　　而后我们都沉默了，因为我们都无能为力，只有在电视机面前干着急！

　　晚饭的味道是那么淡，谁都食之无味。夜晚的天空是那么地狰狞，我想起了唐山地震的那一夜！

　　为什么地球老要翻身啊！

　　晚上丈夫说通知第二天放假了，我长长地松了口气，似乎所有人都得救了一样。那一夜，我们虽然躺在床上，却睡得一点也不安宁，就连一向胆儿肥的孩子也嚷着要与我同眠。

　　地震死亡那么多人，而我却活得好好的，我是该多么庆幸啊！

　　第二天我们一家人也外出避难，有种大逃亡的感觉。患病了，可以去医院，如果遇到了自然灾害呢？一切都是爱莫能助啊！

　　大家都在议论：地震，真是可恶！虽然憎恨，可它依旧择期而至！就像我身上的癌细胞。

　　与自然界的破坏性能量相比，人类的修复力是多么渺小。于自然中身份如此的卑微，我们还有什么理由不珍惜眼前的所有呢？

　　灾难沉重，国人心痛！电视里所有的播报都是沉甸甸的，每一个闪动的影子，都承载着使命，哭着累着却始终在坚持救援。

　　四面八方的支援，让我干涸的心田注入不少营养液，看着忙碌的电视屏幕，我有着深深的无助感。我去买菜，一个妇女说，我一会儿把所有卖菜的钱捐出去，看那灾区的人真可怜！我恍然大悟：我们可以捐款！我再次行使自己的权力，学校复课就立即组织孩子们捐款，那种寄托是心情的释然，具有解脱之感。

　　地震无情，人间有爱；为逝者默哀，为平安者祈福！那久久不能平息的感动震撼着世界！为四川、为中国加油的呼声一波接一波传递着，我被深深地感动，发誓一定要去灾区看看。

　　总理说，活着的人的努力、你们的幸福生活就是对死者的最好安慰。我想，我应该好好活着，与那些在地震中幸存的生命一样。

　　人们常说，常怀感恩，善待人生，快乐工作，幸福生活，这是对生命的终极祝愿。我也相信，信其有便可实现。

　　不知不觉中，我忘记了自己肺癌晚期那档子事儿。

第四节 生命与高度

生活就像平静的湖面，风一吹就被打破了。人的一生将遇到数以万计的风吹雨打，大大小小的波澜将搅得平静的生活天翻地覆。何以应对这万千变化与波澜壮阔的态势？静以待变。无论生活遇到多大的狂风暴雨，终将有平息的那一瞬，我们只需严阵以待。相信，一切都会趋于平静，生活终将恢复到无波无澜。

生活就像淘汰赛

汶川地震带给世人的，不仅是悲情，更有对生活的全新诠释。看着那些揪心的画面，无语哽咽之后，我的心境也发生了完全变化。比起那些在地震中殒尽的生命，我是多么地幸运。虽然有"癌症"这个令人烦躁的词眼儿压迫神经，但内心的那份庆幸就像潺潺溪流，沁人心脾，让我时假人辞色，所以，我的人际关系更融洽了，我的生活发生了惊人的变化。

每天我除了三件必做事儿：锻炼身体、吃药、阅读，新增了写作。我的生活很单一，除了上班，居然没有一项业余爱好。所以，我试着培养自己的写作兴趣，充分发挥自己热爱文学的嗜好。丰富自己的业余生活，让自己在网络中游荡的质量提升，这是汶川带给我的思索。

当然，在我的心目中，最重要的事情还是锻炼身体。毕竟，那是生命之根本。没有强健的身体，一切美好的愿景都是纸上谈兵，再美好的抱负皆不能实现。

当一个人真切意识到身体对自己的重要性时，那种求生的本能会不断督促自己坚信某些信念。我就坚信，只要我愿意锻炼，一定可以获得一个强健的躯干。每天早上六点，我会准时起床，准时参加锻炼。

我生活的"万里长江第一县城"，这是一个只有四十余万人的小县，古老的城墙围不住改革开放的步伐，崭新的滨江新堤让我流连往返。每天早上，我喜欢迈着轻快的步子，听着隐隐的江涛声，呼吸着清新的江风，奔跑在河堤上。

当清新的空气进入肺腑时，那是一种无以言表的舒畅，虽然我在1999年的手术中截断了一根肋骨，切除了两页肺，又在2006年不小心摔断了一只胳膊，现在也不能伸直，算是一个地地道道的残疾人。可我从来没有感觉自己缺少点什么，我的肺活量轻轻一吹就能达到四千多毫升，手臂也能灵活运用，这与爱好体育活动分不开，我感到无比欣慰。

二千五百多年前，在古希腊埃拉多斯山岩上刻着的三句名言：如果你想强壮，跑步吧！如果你想健美，跑步吧！如果你想聪明，跑步吧！我把它当作自己的座右铭，时时默记在心底，我想要强壮，想要健美，更想要聪明。

某天，我那邮箱里迎来了一封信件，一封好友霞用英语问候的信件，当看到她说很久没有看到我了，身体可好时，我内心五味杂全。自从患病后，我似乎杜绝了与好朋友们的一切交往，有意无意忽略曾经的那些交际，一心扑在工作与身体上。

我本以为我的人际关系有了改善，原来在不经意间，我把自己封闭了。那些遗落的记忆似在述说着我的悲怜，让我忍不住停下脚步拾捡。可我知道，过去的永远已经消逝，就像汶川地震中的生命，逝者安息，生者继续奋斗人生。

于是，我去信告知了那位曾经就像我生活保姆一样的好姐妹，让她周末到我家里来聚餐。并告知她，希望她努力工作，争取参加公招考试，力争进城到好一点的学校上班。

我相信生活就像淘汰赛，我生活的圈子发生了变化，如果她还在原地不动，我们会渐行渐远，共同的话题会越来越少。我不想失去她这个好朋友，所以我鼓励她往更好的学校走。

当然，有时候我也感觉，似乎是把自己的意志强加于人。

但"癌症"这个烦躁的词时刻提醒我，人生是充满变数的，我需要时刻准备着，为自己的青春任性埋单。我始终相信，人的自主意识具有某种不可思议的能量，这种能量将生命与存在连在一起，是生命的基础，人生一切的基源。

所以，慢慢地，我在思想意识里开导自己的病：癌细胞同志们，你们就像我的家人，好好生活就是，不要让我的身体垮了，如果你们把我的所有生命细胞都扼杀了，那么，你们也就没有了生命之源。所以，在内心底，我在不断调衡那些健康细胞和癌细胞之间的关系。我把癌细胞看作我班级里那些调皮捣蛋的孩子们，我相信给予他们适当教育，他们会转好，定会不负众望。毕竟，最初，健康细胞才是根本，癌细胞只是后来才被我培育出来的。就像教育，随着时间的推移与年岁的增长，有的孩子就被培养成了调皮捣蛋的人了，那定是多方原因综合的结果。所以，我相信，我的饮食起居、悲喜苦乐肯定哪个环节出了问题，不然，怎么会调理出调皮捣蛋的癌细胞呢？

有了这样的意识，我对身体的康愈期待也就没有那么地强烈了。尤其对癌细胞的恐慌消除了大部分。有时候我还总是摸着那个长着肿瘤的地方思索：你们过得可好？

没有人可以回到过去重新开始，但谁都可以从现在扬帆起航，搜索一条历经风雨又见彩虹的道路，塑造全然不同的角色，寻觅幸福美满的结局。我总是想，患上癌症，就是我的一个新起点，我将迎接不一样的人生之路。我愿意用诗一般的语言诠释自己满含的希望。

把希望留给自己

就算天快黑了，就算地快崩了
我也要告诉自己，把希望留给自己
不要让自己迷失在黑暗的路口
点数天际的星群
一数一个希望一份希冀一丝遐想
把美丽的憧憬留给自己
让今生没有伤感的倦怠和哀怨

不用怨恨的心情
不用悲伤的眼神
不用伤感的话语
不用落魄的行迹
用上自己最能展示优美的渴求

把一份浪迹人间的留恋记忆
虽然带着伤带着泪带着痛也带着悲

在苍穹笼罩下烟雾弥漫的社会俗套里
我在渴求着生的袭击
伴着甜蜜的笑和晶莹的泪
不抱怨不放弃，努力坚定意识
把美丽的希望留给自己

或许，有些痛是我们必须经历的。或许，这种经历就像是在给我们的人生上课。我把世界看成是一个和谐的整体，生老病死是这个整体里的一部分，每一个人都要经历它们。我只是比较早要经历这种病痛而已。这个世界，如我一样的人很多，还有比我经历更多苦难的，我没有理由不让自己振作。

对自己充满信心

拥有强健的体魄是一个人根基扎实的表现。锻炼身体就是对自己未来的投资，这种投资能够及时回报，于工作生活均能及时体现其强悍的作用。没有身体，一切都是妄谈。所以，每天我一定不会缺席晨起的锻炼。在迎接了每一个东升的太阳后，我总会投入繁忙的工作中。

2008年除了冰雪灾害和汶川地震，还有令世界震撼的奥运会。2008年8月8日晚，举世瞩目的北京第二十九届奥林匹克运动会开幕式，在国家体育场隆重举行。我没有错过那个盛大而庄严的时刻。站在电视旁，看着那些撼人的场景，内心荣誉感倍增。

　　每一个人的锻炼似乎也是为了一场比赛，一场人生之旅的比赛。北京奥运会的举办，掀起了全民健身的口号，小区里、广场上，到处都是跳舞的大妈大叔们。看着他们一个个因为锻炼而精神矍铄，我也看到了生命的满满希望。这种希望让我的工作更加地顺利。奥运会让我们学校有了很多教育素材，我的工作也因为奥运会多了很多项目。我为孩子们布置了奥运板报，看着孩子们绘制的精美图案及撰写的精彩文章，我深深被打动。国强民富令生活有了无限旖旎风光，我的内心充斥着满满感激。

　　愿所有的悲欢总是相形而至，再痛苦再悲情的事情也冲不掉如期而至的喜悦。感谢上帝的赐予，让我能体会不一样的心境。

感谢上帝的赐予

我怀揣着激越的情怀
抛洒着热情和执着
在生活艰辛的路途摇曳
不浪费一丝生命
不感叹生活的不如意
就用一种感恩的情愫
渴求着成长的日子里
能把历程写得越发精彩

有了可能失落的前兆
才有珍惜的心思激荡心尖
我在人生长长的征途中
用尽自己的所有挣扎着前行

也许跑得太快太快

冲刺在了人群的最前面

上帝也许眷恋

所以给了我沉重的负担

让我在这超负荷的奔波中

深深体悟人性那最坚强的一面

我不算是最好的那个

但我有坚定的意志

所以，我感谢上帝的赐予

让我在煎熬中认识自己的坚强

让我可以活得更有滋味

让我可以在自己的人生旅途中

一路高歌一路欢笑

把所有的泪水放飞风里

留下坚定的信念

和与生命赛跑的勇气

  我一直都对自己充满信心，并把自己与孩子们紧紧联系起来。孩子们的世界是天真无邪的，我努力让自己与孩子们走近。大队干部们在我的培养下，一个个工作能力都很强。他们懂得恪尽职守、创新工作，让学校的考核工作公平公正，我感觉工作很轻松。总感觉自己培养了一大拨儿"领导干部"，常常沾沾自喜。

  说真的，在单纯的日子里，过着纯粹的生活，除了一门心思把一件事儿做好，再无他想的感觉真的很好。三千年读史，不外功名利禄；九万里悟道，终归诗酒田园。似乎我把一切都看得特别透彻，大起大落的心思逐渐被磨砺，心境逐渐趋于平静，处世也就带着更多欣赏的眼光。

那拨被我栽培过的小干部们，至今不少孩子看到我都要说感谢。记得有个叫付丽娜的女生，普通话说得特别好，人也长得漂亮，因为一次演讲而拔高了对她的要求，此后的两年都是红领巾广播站的负责人，成了我最得意的弟子之一。

付丽娜这个女孩子，其实是很腼腆的，在演讲时，为训练她的笑容，几乎就用了两周的时间。胆小的她在老师们笑容的轮番"轰炸"下，总算突破了自己，可以自信地站上讲台，并在市里的比赛中获得了一等奖。

人的潜能真的是可以培养与激发出来的。所以我总想，我的潜能究竟有多大？究竟隐藏在哪些方面呢？偶尔都会思索。

当然，并不是所有的孩子都是让人放心的。有个叫港港的孩子，他是一个很负责任的大队干部，平时成绩不算太好。在六一儿童节那天非常不开心，躲在大队部办公室一个人生闷气，偷偷擦眼泪。

我去检查完各班开展庆祝活动的情况后回到办公室时，看到他正情绪低落准备离开。

"可以告诉我发生了什么事情吗？"对于所有的孩子，我愿意成为他们的知心姐姐。

他看了我很久，居然没有说一个字。

"或者，你只需要一个空间自己宣泄一下？"我准备离开，我并不想强迫孩子们与我交流，在成长的道路上，有些伤口需要自己慢慢疗愈，就像我自己。

"老师，我爸爸妈妈离婚了。"他的眼泪如断线的珠子再也控制不住。

　　我的心被刺痛了，孩子眼里，一个家就那么塌了，他该是多么难受。

　　"抱歉。"我走过去摸着他的头，他个子比我低不了多少，此刻却无比萎靡，肩头耸动着啜泣。

　　"生活有时候就是这么无奈，你不愿意接受的，偏偏就挤进了你的生活圈子。"我缓缓道来，就像在说自己的事情。

　　他哭得很伤心，看得出来，他信任我，在我面前需要狠狠宣泄自己的悲伤情绪。

　　我的眼泪也被他引出来了，我想起了自己的孩子，如果我的生命终止了，那么，她也将会面临一个破碎的家，我不敢多想。

　　"你一定很难过吧。"我拉着他的手坐下来，"虽然你是男子汉，不过，你尽管放声哭吧。"我顺手关闭了大队部的防盗门，把校园里的一切喧嚣都关在了外面。

　　"呜呜——我爸爸找了一个新妈妈，所以我妈妈经常跟他吵架，他们还打架了。"孩子耷拉着脑袋，一边抽搐一边哭诉。

　　我渐渐从哀戚中苏醒过来，"孩子，大人们的世界有大人们的规则，你不要因为爸妈的分离而太难过，他们与其天天吵架打架生活在一起，还不如彼此分开过各自的幸福生活，曾经的爱恋已经不存在，如果还死死绑在一起，一定只有无尽的伤痛。"一切都是那么地心痛，我不想评判别人的婚姻，但这却是我不得不说的，"以后你爸爸妈妈都会找到自己最爱的那个人，然后和他们生活在一起。相信我，无论他们怎么变，他们都会很爱你，因为你是他们的孩子，这是永远也改变不了的事实。而且，你会有更多的人来爱你，你的爸爸会找一个新妈妈，她一定不想让你爸爸失望，所以，她一定会爱你；而你妈妈也会给你找个新爸爸，同样他也会爱你。那么，以前是两个人爱你，以后可能会是四个人爱你，在这场分离中，只有你会是最幸运的那个。"

我很佩服自己，居然这么会劝导。当然，如果对他洗脑成功，那将是他一辈子的幸运。

孩子在我的诡辩中慢慢平静下来，脸上的悲切不变，但看得出，心里已经没有那么难过了。

我并不想继续教育他，已经五年级的孩子了，那不是我几句话就可以搞定的，他必须信任我才能跟着我的思维走。

很庆幸，他信任我。随后的时间里，他总是喜欢在大队干部会议后迟迟离开，然后跟我谈谈他家的情况，并没有表现过多的悲切。

心境是很重要的，那将决定一个人的精神状态。因为接纳了我的观点，所以他整个人并没有表现出逆反或其他不良，他的妈妈和老师们都松了一口气。

这个孩子现在已经入大学了，人也很阳光，我很高兴。

对我而言，并没有付出多少努力，可在他的成长过程中，能有人及时开导引诱，对那未来充满恐惧的生命来说，是多么地重要。为此，我爱上了观察特殊孩子，借大队部这个机构，轰轰烈烈开展了对特殊儿童的调查关爱行动。

因为我的倡导，全校各班掀起了一场对特殊儿童的关爱之风，所有的老师都把特殊孩子们找出来，制订教育方案，建立教育档案，长时间追踪引导。

我很高兴自己发起了这么一件有意义的事情，让很多老师都能静下来分析孩子的性格特征及存在的问题，研究最适当的教育方案。尤其是在2008年到2009年间，国学教育工作逐渐上路，对于我这个芝麻官来说，这正是一条教育孩子们的捷径，是一个成功的载体。

传统文化一直是我很喜爱的，小时候看着舅舅写小楷就如我们写钢笔字自如、诵读各种经典声音悠长，我总会觉得很有意思。

当然，那时候并没有跟着系统学习点什么。人们似乎认为传统文化那些东西很陈旧了，没有必要学习。我的母亲只读过两册书，认识极少的字，父亲因为地主成分没有读过书，目不识丁，更没有让我多读点课外书的想法。双亲只希望我念好自己的课本，考出好成绩，跳出农门。所以，对于传统文化，仅限于知道。

如今我在这个岗位上，能够好好地组织孩子们学习学习，我感到无比欢欣。所以，我的工作是非常努力与认真的。我成了校长心目中很能干的助手。我也在这个过程中慢慢增识不少。最关键的是，在这个过程中，我学会了忘记自己的病痛。一晃神，已经很久没有感冒咯血了。

改变是一种修行

每个人都在争取一个完满的人生。然而，世界上没有绝对完满的东西，但可以在成长的道路上日渐完满。接受不完满，改变与修缮自己，这是我在心灵深处设计的前行目标之一。我不断鼓励自己，让小小的生命焕发异彩，试着影响自己的学生和周遭的老师，期望改变他们某些不宜的行为及偏激的观点，让他们走一条健康快乐的人生道路。

能帮助他人是我美好的心愿。当然，改变就似是我的一种修行，我把它当成人生的必修课。

身体的反叛似乎被控制住，没有住院，没有手术，我早已挺过了医生所谓的半年存活期。而且，过了2008年以后，感冒咳嗽更加少了，咯血也慢慢被控制。前途一片大好的感觉。

我一直在想，为什么有的病人检查出癌症后很快就死了，估计就是被医生的宣判直接处决的吧。想想，如果我也信医院那个医生，相信自己只有半年存活期的话，恐怕早已吓死，坟前早已长满了萋蒿吧？

人生真的很奇妙，有意无意中，我们都被周遭的人与事物影响着，甚至决定生死。有的人因为被好人或好事情影响，所以一生走得很好。当然，如果不幸被坏人或坏事情困扰，那么就会走向人生的沼泽地。很不幸，我就遇上了。当然，其实我也很幸运，因为，我是个学过一点心理学的人，懂得如何调控自己的情绪与心智。

甚至，我想让自己影响周遭的人与事，让自己积极向上、乐观幸福的生活形象影响周围的一切，尤其我的孩子们。他们的人生我经历过，我希望在他们的奠基路上，遇到的都是好人好事，并从中受益。

我在单位一直塑造的是个"拼命三郎"角色，工作勤勤恳恳，思维活跃，观念前卫，领导很器重，当然，老师们也很尊重我。

我相信一切善缘都是相互的。我希望别人怎么对自己，自己肯定要先怎么对别人，甚至比别人对我更上心。在对待别人的观念中，我一直提升自己的素养，拔高自己对人生、对教育、对事业的认识，让更科学更前沿的观点、观念带动大家前进。我相信，生命的高度与深度需要不停吸收外界知识，才能累积生成。

在提升素养的过程中，阅读是我的最爱。从2009年的元旦开始，我大大增加了自己的阅读量，把阅读的范围拓宽很多，尤其买了很多修身养性的书籍来读。以前只在学校图书室有空去逛逛，找点与教育有关的书籍阅读；或者因为遇到了一些问题，去查阅一些资料。自从购书阅读后，那就成了我至今都坚持的习惯。除了修养身心的书籍，各种文学大奖小说、军事财经什么的我也涉足。在阅读过程中，除拓展自己知识面，更加关注时代的脚步。那是一种与时俱进的感觉，能让自己的心胸更加宽广，不会只落眼于一些鸡毛蒜皮的小事，自然也就能更好地接纳工作生活中的不如意。

当然，最热衷的还是教育的改革动向。世界各国任何与教育有关的改革、研究都是我追逐的目标。因为我相信，只有知道别人在干什么，我们自己才可以紧跟时代步伐，让自己的教育理念不落后。当然，知道了还要择其适合的创新践行，那才是真正知道教育改革的含义。

因为喜欢思索，愿意将各种搜罗的东西在教育教学中践行，并总结成经验文章，所以，我慢慢地成了写手。写自己的感慨，也写学校的发展经验。特别是对于学校的活动方案或经验文章，我会搜罗很多省内外的经验做法，把自己当成一个校长、教育局长、分管教育的政府领导等角色，试图让自己站到更高角度俯瞰当前学校的教育活动，以此衡量教育的利弊。

这种思维方式带给我的是思维的大格局。格局大了，做任何事情就不会只顾眼前的利益。在推进大队部工作过程中，或多或少都会遇到一些"刁民"，尤其在"非典"期间，每天分摊给班主任的工作多如牛毛，导致一个老教师再也忍不住向我发飙：这究竟是教学重要还是其他杂事重要？

记得那天正是开会时，她突然站起来，指着我的鼻子，非常激动地骂我："只有你才鬼事情多，弄得大家苦不堪言，你以为你好了不起啊？整这儿整那儿资料表册，我们又不是资料员！"说着就想往会议室外走。

我赶紧微笑着宽慰她："您先坐，您反映的事情我记住了，以后我会尽量减少资料表册，让大家轻松点，您年长，如果电脑不会，我让其他老师帮您。"

她见自己愤慨的语言就像打在棉花上一样被我绵薄之力化解了，走也不是站也不是，突然愣在了那里。

大家看着我们，有看笑话的，有附和的，也有默不作声的。

我知道，对于我这个从乡下来的老师，没有殷实的家庭背景，没有出色的业绩基础，他们不是那么认可的。说实在的，我们这个学校，在县城里还是小有名气，很多老师家庭背景不错，有官太太，有大老板老婆或者儿女，更有成绩突出者无数，我真的算不了什么。

这也是我一直想改变这个学校老师们观点的原因之一：他们太势利了。

老师们中有这样的歪风邪气，学生中也有一些不好的东西，譬如打架斗殴、偷盗抢劫、逃课进网吧、懒惰不孝等，各种不好的行为均有，让我初接大队辅导员时"眼花缭乱"。

接受大队辅导员工作后，我给自己的第一个目标就是将学生中的歪风邪气扼杀到最少。之前，六年级孩子在快毕业时，是老师最头疼的，各种矛盾纠纷集中出现，每天老师能平安将孩子们送回家就是最大的愿望。

一定要改变这种状态，一定要让老师们在送走毕业班孩子后留下的是念想，而不是脱祸求福的感觉。这是我教第一个六年级时的决心。

生活是一棵长满任何可能性的树，谁也难以断定，下一步可能面临什么。所以，培育学生们珍惜眼前的因缘，那是培养他们善念的起端，也是从思想上约束他们行为的一种方法。

实践活动和国学教育成了我们德育部门抓得最紧的工作，是学校德育团队选择的最有力载体。我是一个坚定的执行者，对工作从不打折扣。每天，不管有没有领导监督，我都会在固定的诵读国学时间里在全校转悠，督促检查工作的开展情况。一边读一边总结方法，一边读一边修正课本。摄入先贤智慧越多，师生的善言善行也就慢慢凸显。接受，是他们变好的开始。

自从第一次校长找我，邀请我加入国学教材编写后，我从没有因为家事及自己身体的原因请过假。每一次教材编撰工作我都很认真对待，甚至是虔诚的，因为每天我都想把它当成生命中的最好一天用。当然，我也从中汲取了不少知识，极大地丰富了自己的国学素养。

对于小小县城里搞小学教育的几个老师要想编撰出一套适合小学生诵读的国学教材，并不是那么容易的事情。从2007年开始，校长带领我们几人，牺牲了所有的休息日，熬过了很多个严寒酷暑之夜，总算在2009年，五易其稿，编出了一套像样的小学生国学诵读选本。

在诵读选本出版的那一刻，我们每一个人的心里都有一堆说不出的心酸和喜悦。原来，完成一件事情，尤其是有难度的事情后，心情会是那么欢呼雀跃。愉悦的体验是在付出后有回报的过程中展现的。

传统文化，在我的心底达到了一个前所未有的高度。因为认可，所以工作分外上心，我不但负责教材编写，还负责教材在孩子们中使用，并在使用过程中不断寻找教材的不足。为此，我还撰写了课题资料，申报了省级课题研究项目。

在以前，我没有想过自己要做研究型教师，甚至没有这个概念。国学教育实施后，校长的话深深打动我，他说："教育是有利千秋万代的事情，做国学教育是传承中华五千年文化，是继承祖先的文化遗产，不要在乎别人的论断，做我们自己想做的和该做的。"是啊，走自己路，让别人去说吧。我们不必在意那些前行路上的异样眼神，两眼注视前方，大踏步前行即可。

人生的路途，我们在寻找很多东西，青春的靓丽、美丽的爱情、光鲜的生活、显赫的头衔、万千的积蓄……我们不停地追寻世间的所有。随着时间的流逝，越发让我看清，真正要寻找的是自己的本真，慈心悲愿，少欲知足。

从北京学习回来后，国学教育成了我生命中又一个旋律音符。大师们的声音似乎总是萦绕在耳边。学校，有背负传承传统文化的职责，而我们老师，是挥手扬鞭驱赶众人前行的那群人。

"铸国学魂　创品牌校"，我们为学校的发展明确了方向，也为我们的奋斗明确了目的。国学，将是我们推动德育工作的载体，我们将借助出版的诵读教材，探究一套适合小学生的教育方式。

我们的努力没有白费。很快，学校捷报频传，得到了各级领导的重视，为此，在全市范围内推广我们的国学教材。我们都因为有为而有位，我也因此而晋升了职务，成为了学校的中层干部——德育处主任。低头踏踏实实做事，没有想过职务的升迁，却在不经意间，让自己跨上了另一个台阶。

《道德经》里提到的"无为而治"，讲的是位高权重者不要对小事情过多干预，要充分发挥下属的创造力，做到自我实现。而我把它理解为不要因为功名利禄而指向性付出。也就是说，在办学的路上，功利性不能那么明显。虽然没有站在最高位，不能通观全局，却还是要有通观全局的气度。我一直认为，教育需要静心，需要激发师生的潜质，那才是本真的教育。

"你可以做得更好。"分管副校长在我上任德育主任第一天告

诉我。我也相信自己可以做得更好，因为我愿意付出自己的努力。

忘却悲怜，我极力塑造一个开心快乐、积极向上、兢兢业业、天使般的教师形象，把自己视为生活在天堂里。

我想自己生活在天堂里

把心情的温度努力调高，直到不能承受
把自己缔造成天使，心中充斥神往
带着努力的渴求和永不磨灭的希望
一路跋涉前往
目的地，我美丽的天堂

用一种平缓的心态思考着为天使的意义
把最平实的语言点缀在飘扬的秋风里飞翔
想换取一种最有价值的期待来包裹这不平静的心灵
收获着的黎明朝晖在暮霭中消沉
却让蹒跚着的脚步在微笑中步入天堂

我在有人的空间里生活着，用不一样的心情
当甜蜜的梦幻在召唤时，我已经是天堂里最开心的天使
学会忘却吧，那是一种解脱
学会宽容吧，那是通往天堂的必修课
学会像在天堂里生活，那就是通往天堂的通途
所以，我想生活在天堂里

心态的改变让我把一切接手的工作都当成最后一次实践，所

以，一切工作都是那么努力，那么虔诚，那么想做到极致。于我而言，生死已经不再是纠结的话题，心态完全趋于平静，甚至对于庄子的那个故事很赞同。

《至乐》里描述，庄子的妻子去世，惠子去吊丧，看到庄子不但不哭不伤心，反而敲着盆子唱歌。惠子责问："你妻与你生活了一辈子，为你生儿育女，现年老死去，你为何没有一点儿情义？"

他为何"高兴"地鼓盆而歌呢？我们都会有这个疑惑。

庄子解释："妻刚死时，我何尝不悲伤，但转念一想，她本无生命，亦无形体，甚至连呼吸之气都没有。后来，从若有若无之间产生了气，气又成形，形变了生命。现在生命又变成死亡。这个过程，犹如春夏秋冬四季运行一样。现在我妻虽死，但她已回归自然，静静安息在天地的怀抱里，我何必还要悲伤，这就是生命的道理！"

庄子对生死的认识，是一种朴素唯物论，认为生命源于自然，最后回归自然。我亦把自己生活在这样的空间里视为生命之源起，接收命里给我的一切。不纠结，不气馁，不妥协，不狂妄，不悲怜，不抱怨，一切不好的东西都杜绝。剩下的就是接受，接受自己，接受一切生活中的种种。

生是彼，死是此，彼此不能分开。

为什么不是我

破除心里藩篱的钥匙是自己的不懈努力，尤其是心里思维的努力。我试着将自己的活力在教学中激发，真的就有机会让我可以展露自己。

我生病后的连续两年里，几乎每学期都会在校外上公开课。除了县内教研活动上课，还有两次是面对非英语同行们上课。一次是市外来宾，另一次是区内各中小学的校长，两次上课挑战了我的能力，让我在准备的过程中完全忘记了自我，更别说什么病痛，真正的无惧者无畏。

而且，在2008年那个秋高气爽的日子里，我还代表我县英语老师参加了市里的小学英语教师技能大赛，并获得了一等奖。

对于一个普通老师而言，被领导这么磨砺是不值得提及的，似乎应该是常态。上一节课或获得个一等奖看起来本不是什么大事情，但对我而言，那是一种褒奖，是对生命意义的维度的丈量，是突破自我的一种很好的载体。

不在烈火中永生就在烈火中灭亡，我在教育这坛烈火中不断煅烧自己，慢慢地，练就成了一个专业行家里手，在小县城内有了点名气。

到现在我还记得第一次接到在全县英语教师面前上公开课消息的那一瞬间，真的有种被电击的感觉。

不会吧？不可能啊？怎么会选中我呢？一个个疑惑不断从内心涌出来，用一种自我否认的心态看待问题。可再次确定真的是自己后，心慢慢沉寂下来。

为什么不会是我？为什么我不可以？为什么我要想着放弃？别人可以做到我为什么不能做到？难道我就不能在自己的专业上提升档次？难道我就不可以让自己的课堂成为别人学习的地方？

我反复告诫自己：我能行。不管是自我麻醉参与也好，还是赶鸭子上架也好，我选择了接受，并想着要不遗余力地做好。

在那一刻，翻腾的力量拉着我就像一个疯子一样狂奔，虽然没有说什么，其实内心是想，既然要魂归西去，就最后一搏吧。

突破，首先从自己的教学开始。不懈努力，我真的做到了。反反复复修改自己的教案，四面八方寻找可以参考的资料，到其他老师的班级多次磨砺自己的讲功，最后，我站在了大家面前。而且，得到了大家的高度赞扬。

功夫不负有心人，一切努力都会有回报。在那个过程中，我战胜了病魔，甚至是忘记了它的存在，一心只想着上好那堂课，做给相信我的人看看，更是做给自己瞧瞧。

"真不错啊，一个汉字也没有，但我好像还是听懂了！"为校长们上完课后，一个校长感叹，"你的肢体语言真是丰富，极大地提升了学习乐趣。"他跷起了大拇指点赞。

我用微笑会意，是的，我学会了在没有任何语言基础的班级用全英语教学，我不会说一个汉字，通过口头语言配上手势语言与肢体语言搞定学生。我其实也很佩服自己，在大城市大学校这或许不算什么，但在我们这个小地方，尤其在小学课堂，是很少见的。

换作以前，我也会认为打造那样的课堂是很难很难的，因为我是半路出家教英语，语音语调、口语运用等都是我的短板。好在我克服了，现在已经是一个语音很纯正的英语老师，不会误导孩子们，我为此感到无比荣幸。

人的潜能真的是不可低估的。从我的英语基本功提升可以看出，过去的十余年我不是不努力。从1993年师范毕业教语文，到1995年调到中学教英语，再在2005年进小学教英语，从师范文凭修到了本科文凭，职称也晋升到了小学高级，我觉得自己还是很努力的。但为什么过去那么多年都没有突破自己呢？那是因为自己对自己要求不高，没有明确的目标，当然就谈不上付诸实践。

而短短的两年里，我的突破是过去十年都没有达到的，真可

谓厉害。这种突破也让自己的内心更加强大了，自信也就越发溢出。每天还是吃着中药，还是锻炼身体，还是要隔段时间就去做体检，但一切都不再是痛苦。两年里，身心已经完全蜕变，就在那些努力过后的不经意间。

人总是在失望转到希望的轮回中生存。有失望才有不甘，有不甘才会激发潜质。只有别让自己停留在"舒适区"才能激发身体里的潜力，才会有突飞猛进的超越。

著名心理学家武志红先生说，心理问题是一种选择。我很赞同他的观点。我们选择什么样的心理，就会出现什么样的心理境况，与此生成的，就是什么样的思想意识。

从课堂的蜕变，我心里有了一个做最有价值的老师的强烈愿望。我希望我的孩子们需要我，在我的努力下，他们可以健康快乐成长，走上一条我认同的成长道路。

不负光阴

很多人都在抱怨教育，都认为中国当前的教育存在问题，需要改革。抱怨的同时，他们又在沿着老路继续前进。我相信，大家如果都只是叫而不付诸行动，那么，中国的教育永远都只会停留在讨论阶段。教改教改，作为一个老师，最好的办法是在自己的教育工作中践行，从自己的教学改革入手，把说变为做。

借着上公开课提升自己能力的东风，我在班级里实施了管理改革。拿出我在中学时送毕业班的干劲儿，在课堂上强行实施了课堂口语规范化训练。通过训练学生聆听、大胆说课堂常规用语，规范教学步骤和教育模式，使用课堂万变不离其宗的基本步骤。通过这种规范化的训练，学生面对老师用英语表述的命令能边说边做，完全可以聆听全英教学课堂。后来我还把这种方式总结成了"学生习得性学习能力"，借用了心理学中"习得性无助"的概念，写成了一篇论文，并获得了科研成果奖。

沉心做事，总会有收获。一路走来，留在光阴里的艰难与快乐，都会随着时光的流逝而被带走。过好每一天，做好眼前每件事儿，让无数个成功的今天、当下成功的事例，堆砌成坚实的人生路基，这是人生的历练。很多时候，我们都在不知不觉中刻意篡改人生，被外界的无形推力拉着前行；很多时候，我们走在自己的路上，眼里却是别人路上的风景。直到有一天，当自己的路途出现了艰难险阻，才知道，环抱五彩的鲜花，需要沉积岁月的风尘，等待云开见月明。

我始终相信，老师做教育的有心人是学生之福。我愿意在教育中做这样一个人。我就是遇到了两位优秀的小学老师，才有机会考进县里的重点中学，从而在初中跨出农门，进了师范，光荣地成为了人民教师。在对的时间里遇到了对的人，那是一生的荣耀，会收获耀眼的生命色彩。

记得小学五年级时遇到的那个杨姓语文老师，戴着一副眼镜，说话很悦耳，刚从师范毕业，工作充满激情与创新。我就是被他的激情与创新熏陶成功的学生之一。以前我语文成绩并不是特别理想，能考60分就心满意足了。杨老师接任我们班语文老师兼班主任以后，他用了一种让我们都喜欢的方法——讲故事书、开故事会、写故事文的方法，激发我们的学习热情，并在作文中慢慢灌输语文基础知识，从标点符号到字词句篇的学习，他都巧妙地安排得很有趣，课毕我们也舍不得离开学校。

一个好老师对一个学生的影响是终身的。我深受杨老师影响，并立志要当一名老师，也如愿以偿地做了这样一位老师。

美丽源于热爱。因为热爱这份工作，所以我愿意给学生最美丽的东西。朱自清先生说，燕子去了，有再来的时候；杨柳枯了，有再青的时候；桃花谢了，有再开的时候。但是，聪明的你告诉我，我们的日子为什么一去不复返呢？这番话道出了先生对时光流逝的感慨。一寸光阴一寸金，寸金难买寸光阴，我的光阴是无价的，学生们的童年更是无价的。只有坚守童年的成长规律，把握当下的教育，我们才不负那些经过我们生命旅程的孩子们。

身体发出的信号让我有只争朝夕的使命感。一晃2008年就要过去了，我的心灵之路艰难地又迈过一年。2008，这个悲喜交加的年份里，我的心思为之悸动。

盘点我的2008

还记得去年，我是深恶痛绝地送走2007的，那是我生命轮回里最深的沟壑。今年这种心灵的沟壑已经深深地印存在脑海，似乎成了不可缺少的一部分，所以我适应了，于是我似乎有了很大的改变。

2008，在我生命里不算灿烂，但算充实。

劳累着，因为身体。

快乐着，因为心理。

这一年，我没有出远门，因为自己制约着自己，不想那么辛苦地跑，可是似乎有点不甘心。下一年我是不是该改变点什么？我还不得而知。但我清楚，我会寻找个自己可以疗伤的地方，去看看，让自己的心得到洗涤，回归自己一个人的世界。

2008这一年，我没有把自己的工作看成毕生的事业，因为我似乎也要体会自己世界的乐趣。工作是永远也做不完的，可我的精力却是那么的有限。有限的生命做无限的工作，卖命会伤身体，我需要疗养。下一年我似乎该更看开点，让自己不要那么劳累。

2008这一年，我生命里有了一种懵懂情缘，是不能用语言可以替代的，这种与生俱来的幻想是每一个人都有的行为。我不排斥这种奢望，就姑且把它当成自己生命里的一小束火花，不去点燃，但也不想让它熄灭。

2008这一年，我看见了自己的生存力量，没有人来帮助体会一个人难过的滋味，当看不见生命的明天时，这种心痛更是无以言表的。可想着因为短暂，所以更珍爱，每一分每一秒都是我生命里的第一个轮回。

2008年，迎接了我生命里最伤感的国殇，四川汶川地震让我眼泪都哭干了，让我看见了生命的脆弱与坚强。所以我学会了坚韧，学会了用十二万分平和的心态审视自己，用最坦然的心态每天"品味"着自己的"美味佳肴"。

2008这一年，我可以给自己评估点什么，似乎又什么也不能给。说去读研，放弃了；说码字，还没完；说晋级，还在等；说心灵净化，似乎全是糟粕。但是，想过也是一种付出。

2008年，读书不多，能对自己有影响的就三本：《我的哈佛日记》《教会孩子学习与生活》《非常规教育》，看着作者的用心良苦，我心里也受到了震撼，希望下年我能站得更高点看自己的世界，做自己的事情。

2008年我也想得很远，想着自己这辈子能为世人留下点什么。于是自己开始不断翻看自己的足迹，不断换位看教育，换位看别人的行为，看世俗的悲喜伤愁，看家人的喜怒哀乐。

2008年，我把心情都给了平和，用一种不予争的中庸之道点拨自己的心灵，把笑放在自己这张有点皱纹的表皮上，盘算着怎么迎接每一个表情，最后发觉，所有的表情都与我无关。原来心情全在自己的心里。

2008年，我似乎过得还算充实，所以，我没有什么怨言。

但是，紧张着自己的紧张，无论从生命的角度还是精神的角度，我都拥有自己的绝对主宰权：把自己放在有生命的线上，活着比灰飞烟灭好。

打点行囊，即将迎接2009，也不知道自己的2009会有什么变数，但愿依旧如我所愿：平淡而充实，快乐而深邃。

学校德育主任工作已经接手，我不怕累，但是，从心底却还是有种不想太劳累的想法。毕竟，身体不在了还谈啥工作呢？在2008年的最后一天，当我写完随想即将入睡时，老公还没有回家，也不知道为何，心里突然就火冒三丈：这么晚了，为何还不回家？

一通电话打过去，还听见麻将的声音。我不由自主地非常生气，总感觉，自己一个病人在家，他却在外自己快活逍遥，瞬间，怨妇的形象就笼罩了我。

在外人眼里，我一直都是能干贤惠、善解人意的贤妻良母形象。其实，我自己知道，因为不喜欢打牌、喝茶这种浪费时间的事情，所以真正经常在一起的朋友并不多，也就有大把的时间蜗居家里，总想着老公也像自己一样最好足不出户。

然而，老公是个性格非常开朗的人，朋友众多，整天应酬颇多，常常是一日三餐都在外面吃了才回来。于是，我心里的怨气似乎越积越多，慢慢地，成了自己不能消化的东西。

这和我患病有一定的因果关系吧？

第五节　心想而事成

一个人没有无缘无故的运气，不过是积累了足够的实力，才能去交换一点好运。运气很偶然，但成功从来都是水到渠成，只有步步为营地付出，才能有运势的叠加态，像滚雪球般慢慢积攒，最终一次性爆发，获得机遇。所有的运气，皆是足够努力的酬劳。

书写，可以忘却

丈夫夜不归宿，我想这是很多已婚女士都要遇到的问题。那种被忽略、被冷落的感觉总会让人升起很多无缘的哀怨。我已经病入膏肓，却还是没能戒掉这种哀怨。在那一夜，为了冲淡心中的积怨，试着把自己的心思转化，强迫自己写了一篇杂文，但还是带着怨气。

再回首

想着一觉醒来就是2009了，所以我怎么也不想入睡。

再想着，如果我不再说点什么，就要等到明年了，所以我又摊开了自己的心灵。

今晚，我应该很快乐，单位的职工活动让我声音都笑沙哑了，手掌也拍痛了。那些搞笑的节目，是为这个有点伤悲又有点自豪的2008画上的一个圆满句号。

没有人想一个人伤感着，可我却总忍不住要一个人品味寂寞和孤独，这种淡淡的忧愁夹杂丝丝的伤痛，是只能用品味可以参悟的人生意境，我留恋着。

想着2008的第一天，我提笔写我的人生征程的起跑，直到现在，洋洋洒洒四十万字，虽然不是最好，但也算是一点留念；看看2008的最后一天，我风风火火从外面赶回，为的是把最后的一点时间留在自己的世界里，还是这样轻轻地落笔，还是这样静静地思绪……

生命对于我，每一分每一秒都是金贵的，因为我拥有多数人不曾思索的与生命绝望的赛跑。这不是一句话，是深深地烙在我的生命里，不容我思考，更是不让我拒绝的不争事实。

我想过自己的最后时光，但不是今昔，我会努力撰写，直到那慢慢来临的一刹那。虽然这是伤者的背影，我也是那么留恋这美好时光，但要来的是怎么也躲避不了的。

虽然我的眼睛里总是要浸满泪花，但那不是伤感，是我每书写一笔人生的震撼，是我用生命翻转的轮回里的歌，不是激昂却似乎高亢。

在这个2008的最后一个小时里，窗外的小雨和我一样低语，释放着悠悠的心情，把满含泪花的眼在一轮一轮的飞歌中沉沦，洞悉着寒冷的脚步，孤单着也快乐着。

假如时间还可以倒流，我还想看看自己因为孤寂而伤感的心灵，那种只有自己才可以翻看的日记，不用语言描述，只在轻风冷雨中低吟，但那并不是糟蹋自己的青春，而是升华自己的灵魂。

每一个生命都要不断更新自己，我也一样。这种看了又看、想了又想的思绪，在点点滴滴中攒动，在生生事实中演绎，带着悲欢离合喜怒哀乐的感情色彩。

如果有人问，这一年我究竟看见了什么，我会说，我看见了不一样的自己。这种没有在世人面前表露心迹的虚假灵魂，像一个多面玲珑的物体，道不清说不明。

不过，我从不责备自己，因为人需要一些伪装，活着也是为了更好地伪装自己，把生活装成自己喜欢的样子。

在这倒计时的日子里，我不责备自己，更不会盘点自己的缺点。找找自己的优点吧：我应该是一个睿智而坚强的女人！

虽然没有人来赞叹，今天领回的奖也没有自己的，但是，我会好好犒劳自己：笑笑吧，明天一定会更好！

再回首翻看岁月里的歌，每一句都是那么婉转，不容我挑剔，一切都在爱与被爱之间流淌，甜蜜而温馨。

我还有什么埋怨的呢？盘点又盘点，最后发觉，自己的心是如此地平静。在电脑面前，享受着空调，舞动着手指，为的是追寻一种淡淡的回味。

古人曰，事关休戚已成空，万里相思一夜中。愁到晓鸡声绝后，又将憔悴见春风。

今夜无眠，我将睁着眼睛看着我的时间跑过2008的最后一秒！

今夜多雨，我将满怀期待迎接2009的第一秒，开始我新一轮的角逐！

书写，可以忘记很多。老公的夜不归宿不过是一丝悸动，一晃而过。有了自己更深层次的思索，对于他那点"缺点"算什么？

2009年是我患癌的第三个年头。过去的两年虽然强大了内心，但还是有隐隐的担心。那个"江湖术士"说只要我力挺五年，身体内环境发生完全改变，一切就可以安宁。我不折不扣地执行着他的话，很渴望获得重生的机会。

这种渴望慢慢换成了一种信念：我会活得好好的。

元旦放三天假，我却在家加班三天。校长要求把国学教材再次审核，我在网络中认识了一个老者，他渊博的知识吸引了我，经常和他交流。后来，我干脆把国学教材的稿子给他看，顺便让他给点建议。没想到，他居然是个热心人，不但看了，还非常认真地修改，给我留下了很深刻的印象。直到现在，我还不知道他究竟叫啥名啥，让我无比感激。

我们永远都要相信，只要自己善良，随处可以碰到善良的人。善良，是一种修养。宽善的人具有一颗非凡的心，给人感觉有秋水之姿、莲花之貌、杨柳之态、温玉之骨，似冰封的深海里一丝希望的缺口、阴霾满天时一束绝美的阳光，总吸引着身边的人聚拢而去，放下功利与警惕之心，坦然相对。

自患肺癌后，我经常写点什么，还在起点中文网当起了网络作者，而且还签约了，那是令我非常愉快的事情。以前哪有想过要在网络中码文呢？如今，我居然也是网络作家了，个人想想就偷着乐。

写网络言情小说，把自己对浪漫爱情的幻想与憧憬全部写进了小说里。现实生活中，柴米油盐酱醋茶的累赘让我们活得很伤感，在网络中，我塑造了一个个幸福的小女人。有点小虐，但终是苦尽甘来。我总是相信，现实中我也会如此，所以，我会坚持每天码字两三千，让自己生活在现实与梦想之间。

美国心理学家斯考特·派克说："我们不能剥夺别人从受苦中获益的权利。"这种想法的境界真高，我一下子也把自己的病痛上升了一个档次。原来我可以从疾病中获益。我可以在困境中历练，从痛苦中升华得益。似乎，写几部网络小说就是获益之一。

自从写小说后，我的心思从家人身上至少转移了百分之八十。公婆、老公、女儿，他们的什么问题都不成为主要问题了。尤其对老公的严格要求，我一下子就降低了好几个等级。晚上也不总是在等待他回家的时光里度过。写作，虽然只是在网络，但那里有了一群粉丝，有了一群志同道合的朋友，还有编辑大大的鼓励，一切都是全新的体验，整个人的生活品质一下子似乎就提高了很多个档次。

生命的活力、能量因为我们的自我信念而展现，相同的我，不同的心境，做不同的事情，活出了另一种感觉。如果我懦弱了，退缩了，失去了，就再也无法存在而感受这种价值。我没有理由哀怨什么，家人身上除了缺点还有很多优点，一直都被我忽略了。当有一天我写作累了，趴在桌上睡着时，婆婆为我披上衣服、关切的话语让我一下子惊醒：原来，她待我如闺女，我还有什么理由对自己的母亲挑剔？

灵魂是不可测的

因为心态的改变，我感觉家里很长一段时间都和气一团。

其实，还是以前那样，还是整天几个孩子闹嚷，还是婆婆大声呵斥孩子们不断，公公一日三顿酒，可我没有了以前的烦躁，往电脑旁一坐，开始自己写作，啥都可以忽略。

或许以前我的要求太苛刻，总觉得家人有很多不足，需要修正。总是在一种苛求中度日，心里也就感觉特别劳累。

而今心态改变，啥事都成了过眼烟云，一切都变得和谐了很多。

可好景不长，轻松的氛围被公公的肝癌打破。

我的生父因为食道癌去世，没想到我公公会患肝癌。一家人一下子就笼罩在悲情里。我患病除了老公，其他人都不知道，不知者不伤。但公公的病我们全家都知晓，一个个都心情忧郁。就连十三岁的女儿也是情绪低落，告诉我不想上学。

我们都没有告诉公公真实病情，但他却表现得情绪极为低落。他说："反正也活过七十岁了，也该死得了，没啥。"

听着他说这话，我心一阵一阵地疼。难道他已预知自己病不能治？我想公公应该是恐惧住院的。他因胃出血去检查，结果是肝癌。对于胃出血，他应该有预知，因为他嗜酒如命，早上也要喝二两。如此生活习惯，怎么不让他老来受苦？

公公只住了一个月院就去世了。他在住院期间让我记忆最深刻的一句话："死就死吧，二十年后又是一条好汉。"死前几天他总对医生说看到了很多熟人，他们都在身边看着他，邀请他去打牌呢。后来我问婆婆那些熟人是谁，婆婆流着泪告诉我，那些人都是已经去世了的邻里乡亲。

我被公公的话吓得不轻，人之将死真能火眼金睛？连已经去世的人也能看见？那些天，我的背脊都凉飕飕的，总感觉身旁有妖魔鬼怪在跟随。甚至害怕黑暗中，阎王的鬼差来执行把我带走的命令。

我的胆量一下子就小了很多。原本病弱的身体，因为胆怯而又感冒了。这一次，我又住院输液了。不过，没有咯血，我心头稍微松懈一些。我应该还是在恐惧自己的病。

依照印度古老的传说，人的生命是一个不间断的轮回，有前世、今生及来世。公公的心念让我总在思索三生三世的事情。我是一个唯物主义者，对于轮回什么的应该不是很相信。但公公的异样表现让我在心底升起了疑惑，并开始有点小迷信。

心理咨询师武志红老师说："身体是灵魂的居所。"他是从潜意识形态去分析人的问题，可我却不断猜测灵魂这个东西是怎样的存在。国人常说"魂飞魄散""灵魂脱壳""失魂落魄"等词，我总是想，人们不会无中生有，总是知晓了灵魂的存在才总结出如此的辞藻。那么，我是不是真该相信，人的灵魂在去世后也可以看到？只是我们常人看不到而已？

我在百度上看到过一则资料：著名的死亡试验学家山姆帕尼尔，在急症室的天花板安装一块板，板上放置一些只有他知道的物体。此后，他对在这抢救室里经历濒死、又抢救过来的100多名病人进行了研究。研究发现，其中7名能清楚地说出自己灵魂离体飘起后的景象，而且居然能看到板上那些小物体，准确说出它们的名字。我对这则资料反复读了几遍，颇感惊恐与压抑，真有那么神乎的事情？

或者，灵魂存在于另一个空间？四维、五维之列的空间？我不得而知。

古希腊哲学家柏拉图曾断言，灵魂本身是不可测的。我似乎又更加相信大科学家的话。对于不可测的东西，本身没有过多追逐的必要。

在我还没有从公公的病逝中缓过神来时，婆婆又生病了，而且是淋巴癌。

屋漏偏逢连夜雨，真是一波接一波的事儿啊！

当我们把婆婆送到医院检查出是淋巴癌时，我居然一点也不担忧和害怕。因为婆婆说她不会死，她才六十多岁。

我想到了自己的状况，相信自己不会死，所以就存活了下来。公公觉得自己该死了，所以真死了。婆婆那么相信自己不死，那她一定也会存活。所以我不担忧。

其实，婆婆是惧怕死的。现在我依然能清楚记得那天中午我下班回家，婆婆缩在沙发上的惊恐样子。

平时婆婆在我下班时会做好饭菜等我们。那天我回家，她没有做饭，一个人窝在沙发上，目光呆滞，脸色泛白，我进门问她话，她毫不理会。

见她不理我，我只好先去做饭。等我忙乎近四十分钟把饭做好，再去询问她时，她才告诉我，县医院的医生告诉她，她的耳朵背后长了淋巴结，医生初步判断可能是淋巴癌，让她赶快去更大的医院复查治疗。

在我们这小县城，县医院的医生就是权威专家。这个消息一下子就让她崩溃了。所以我回家看到了她超级忧郁、魂不附体的样子。

医生的话就像给了她一服毒药，让她一下子看到了死亡。平时那么精干的婆婆，就连公公生病去世，她也没有表现出多大的忧伤，居然被医生的几句话吓得一下就失去了生机，我不由笑出声来。

我比她先患病，我当然知道这种被医生预言没有未来的感觉。这种"被死亡"是一种深度让人恐惧的事。于是，我告诉她："医生说的又不是圣旨，还没有检查怎么就把自己吓死了？何况医生说的还不一定正确呢！"她仔细想想似乎我说得很有道理，慢慢地脸色才恢复红润，还吃了几大碗饭。

第二天去医院检查，果然是淋巴癌晚期。不过，我拿到合检报告单时并没有告诉她真相，她不认识字，看了也白看。我让医生告诉她是肿瘤，并骗她肿瘤不是癌症，让她别多想，很快就会痊愈。果然，她住院期间心情很愉快，还到处跑去宽慰病友，整天乐呵呵的，半个多月病情就控制了。后来化疗了两次，再没有检测出癌细胞。到现在已经过去七年多，七十几岁能挑能抬，眼好耳好牙齿好，整天精神矍铄。

我们用了善意的谎言让婆婆保住了性命，真是很神奇。这让我对人的心理问题有了想深层次了解的想法，所以，在随后的日子里，我报读了心理咨询师课程。

做一个行动者

著名文学家托尔斯泰说过："世界上只有两种人：一种是观望者，一种是行动者。大多数人想改变这个世界，但没人想改变自己。"我想做一个行动者，从改变自己开始，至少于今生不后悔。

想要改变现状，就要改变自己。想要改变自己，就得首先改变自己的观念。我身体状况迫切需要改变，必须行动起来。人们说，改变不了环境就改变自己。自己要如何改变，我一直在寻找突破的方法。从婆婆的病愈事件我再次看到了心态的重要性，所以我选择了学习心理学。

心理咨询师基础课程是一些理论性知识，并不如我想的那么神奇。学起来也很枯燥，刚开始还看那些视频，后来没了一点兴趣。

但我还是尽力让自己去学习，因为我始终相信那些知识对自己有用。

我生活的这个小县城是没有心理咨询师的。其实我更希望直接去向一个咨询师学习，从实践中学习，那样可以快速提升自己的能力。不说去帮助他人，至少能帮助自己。

虽然我已经在生活工作中不断修正自己的想法，追求超越过去那个"我"的修为，但始终感觉很混沌，没有一个明确而清晰的思路。可心理学又是那么枯燥，想要静下心来仔细学习真的很难。于是，我又想到了改变现状，走出去看看，去完成在职硕士研究生学习。

我家在农村，以前为了早日跳出农门，初中毕业就报考了师范。没有进过正规大学念书一直是我的遗憾。报读在职研究生是我选择体验四川最高师范类学府的一个途径。2009年7月，我向川师大申请在职硕士研究生学习复学，于7月12日终于跨进了川师校园，圆我的大学梦。那天坐在大教室里上大课的那种澎湃心情，至今依然能清晰记得。

小众人生

我终于跨进了这间教室，终于坐在了那些威严的教授们面前。这是我梦寐以求的事情，虽然有许多没有定律的规则约束着我，渴望的机会还是自己创造了，虽然有那么一些遗憾。

崭新的面孔夹杂着崭新的思维，吐露出崭新的语言，让我这颗陈旧的心可以受到鲜露的滋润，这无疑是我最兴奋的事情。

我喜欢比我有学问的人，他们的学识让我倾慕，让我不能自抑地用崇敬的眼神盯住不放弃，直到我再也找不到新感觉。

很久以前就想这么静静地聆听，听那些大师吐出的甘露，听他们站在教育的最前沿，对教育中种种常态和特例问题的辨析。那些辨析，也许不是最好的，也许不是最经典的，可是能够开启我的智慧的。聆听最大的目的不是全盘索取，而是要遴选出自己感兴趣的东西，就如今天刘先强教授说的："做笔记就记你自己最感兴趣的东西。"我也是这么看待，聆听的东西，也许不是每一句都令我感兴趣，不是每一个观点我都赞同，不是每一个炫惑都令我要思索，但总可以找到一点做教育人的感觉。

在听讲座时，教授抛出的观点总让我和学校的教育、县内的教育乃至整个地区的教育联系起来，总有一种"小众"的感觉。总是想，如果自己站在某一高度要怎么怎么整理，虽然终是空想，可给了自己思考的机会，这是很令人欣慰的。今天是第一天，一天的东西足让我感觉有很多了，还有一个月，我相信，我能不断提炼出自己的东西，能通过他们的引领，带领我的头颅参与其中，让这个陈旧的脑袋更新某些零件，直到它们能重新开始加速转动。

第一天，教授抛出了研究方向选题的斟酌，我一直思考着，有三个方面我想整理：幼小衔接教育中英语教育与母语教育的干扰问题；学校教师进修学习的落实问题；学校管理制度与教育绩效问题。第三个问题前年我已经调查了一点点，虽然还没有一个什么定论，但似乎看出了点点学校管理中的猫腻。今天想想那似乎又该是局长、校长们思考的问题，所以就我个人而言，似乎选择与自己专业相关的话题更适合。

不过，还有一个多月让自己思考，等以后导师们上完课，自己的境界也许又有一个质的飞跃，也许还会有更高阶的认识，会站在另外一个角度思考其他的问题，这可是最令人向往的呵。

无论怎么样，这心情是倍儿激动的。新的起点，是一个崭新的露台，是一种自我驾驭，更是这人生的另一半启程。

　　回望自己的教育生涯，已经十六载，还有二十载的履历等待撰写，这一个新的提升机会也算是为我后半生的二十年教育生涯买一张合格的门票，我会紧紧拽住这张门票，让它显示出分量。

　　看着和自己一样坐在教室里的年轻生命，感觉是那么地可爱，每一个笑脸都让我新奇，我的笑脸也很多，也够甜。还有那些可爱的导师，真是惹人喜欢，呵呵，就像看见了闪光的金子。我想，在金子旁边待着，自己的身上也会沾染一些"金"气吧？

　　小群人聚会于此——川师大校园，一起撰写着这小众的人生。

　　教室里很安静，只有那个老师在讲《教育研究法》，虽然个子不高，但很精干，头上的发质不好，稀稀疏疏，我想该是做学问的人的样子吧？真想把自己的头发送几缕给他，呵呵，如果可以的话。

　　一百多个同学上公共课，大家都认真地做笔记。很奇怪，来读书的人都和我一样认真，原来当想到再一次走进这个校园时，我们都有了共同的目标——改变自己，幸福自己的后半生。

　　我是一个喜欢坐在前面的学生，喜欢看着老师跳跃着讲课的姿势，他们那活力四射的样子，我真的很喜欢。也不知道自己站讲台时，下面的学生是否也有这样想的？我时常想，讲台的魅力就在于它的活跃性，这都是老师赋予的。

　　老师的笑容是我最喜欢的，我也微笑着看着老师灵活的动作，时不时发出几声咯咯的笑，都拜托于老师幽默的语言，很久没有这样专注看一个可爱的老师了，真是一种享受。

　　能坐在这让自己向往的教室，心里很惬意，今天的天气也很配合，让人美美的，无限遐思。

　　下课了，窗外的树吸引了大家的眼球。我也走到窗前，看着有些湿气泛起，朦胧的雾霭连连，偶尔有人影攒动，真似人间仙境。

惬意的心情，魅力的人生，一种心旷神怡的美感辐射心境，很庆幸自己的拥有。

不在乎经济的拮据，不在乎自己一个小学老师是否需要研究生学位，我只想改变自己的现状，改变自己的思维模式。改变自己，是我最大的期盼。

进入川师大，让我对教育有了一个全新的认识。就如歌手王力宏在《改变自己》里唱的那样：我改变自己，发现大有不同。生病的这段日子里，我虽然也在自己的本职工作中尽心尽力，把每一天都当成最后一天来使用，略有收获。但老实说，对教育的理解并不是那么深刻。或者说，没有想过系统地对教育进行研究、对自己的教育生涯进行规划。在教授们的引领下，虽然在川师只待了一个月，可这一个月里学习的东西是我这么多年在教育岗位上都没有接触过的宽度、深度与高度。

在川师不仅是老师们的授课对我的影响，更大的影响是老师们介绍的学习方法：海量阅读。那一个月，我除了上课就几乎一直泡在图书馆、电脑室。查阅了大量书籍，搜集了很多资料，特别是一些硕士、博士生写的论文，他们对教育的论述观点不一，让我脑洞大开。以前我对教育的认识只停留在教好书这个层面，读研后，更注重对教育现象、教育规律的实践研究。

那一个月的培训，不只是知识的传授，更是一种工作模式、思维模式的改变。我很庆幸自己走进了川师，虽然这个在职硕士研究生毕业只能拿学位，学费需要自理，读再多书国家也不会长我一分工资，可我不在乎。能改变我鼠目寸光的现状，几万块钱虽然心疼，可觉得物有所值。

到今天，我仍然觉得，对于中国基础教育的改革，其实最应

该改变的是师训制度。任何老师都应该几年后离岗培训学习紧跟时代的知识，以适应时代发展框架、适合学生成长需要。如果中小学里有一大批像我一样真正去读过硕士研究生课程的人，那么，对其教育也就不会显得那么功利。

去川师大学习还有一个更大的改变就是我的胸怀。以前看教育是看点，看眼前，看琐碎的事件。经过学习后，我分析教育问题不再孤立看待，更加注重学校发展的长远目标、学生终身发展的意义。这种改变让我感觉自己一下子成长了不少，思维开阔了很多。尤其学会了发现问题不断去查阅书本、网络，这种不断寻找新知的方法让我至今受益匪浅。

当然，读研肯定会有导师，那才是真正改变我们的载体。我的导师是一位外聘教授，因我曾经听过他的一次讲座，那次讲座让我很振奋，所以看到有他的名字就选择了他。他姓刘，性格如牛一样，做事认真负责，不怕苦不怕累，把我的学习盯得紧紧的。三年的研究生学习让我看了N本书，N部大片，一周至少写一篇反思和一篇读书笔记，让我真正成为了一个写手、一个懂得在工作中反思的人。

繁忙的工作加定量的网络码字，外加要完成导师的作业，还要关注就读初中的孩子，一时间我又忙成了一个陀螺。不过，心情很愉快。甚至虽然每天依然吃药，却很少想起自己的身体问题，完全淡化了自己的病况。

印　象

当拉着皮箱转身离开川师校园时，心里写满的，是一种惆怅。一个月就这样过去了，几千块钱买的黄金机会就这么留在了川师的校园。转身，是一种美丽，也是一种失落。这一个月，如在集训营，累着苦着也乐着。

一个月，修完了五门学科，每天听课看书吃饭。教育是一个亘古不变的话题，说的论的闹的，全部是一盒主题词：教育教育教育！

讲台上那些谆谆教导的导师们，一个个侃侃而谈，张口就是大篇理论联系实际的东西，叫我们不得不佩服。我总是坐在第一排看着他们，一个个身影的攒动，真像绘出的写意画，看得我痴迷。

有说，教育是和谐；有说，教育是创造；也有说，教育是一种心与心的互动。我知道，教育是我们的一种感受，是我们心灵的一抹阳光。如果我们不再把自己的天空笼罩乌云，那么，教育就是一片艳阳天。可惜，当一切纯粹理论的东西和实际结合时，他们都附上了几许的条件，再也不是那么单一的可爱。现实的庸俗，在浸润着教育的纯洁。

我知道，是该用一种辩证的眼光来看待当下的教育，但失范行为真的值得深思。从一个个咬牙切齿的样子可以揣测，教育需要改写，但不是一蹴而就的。每一个转身离去的背影都暗暗发誓：会整合自己的能量，在最平实的岗位上散发出最大的光热。

我也一样，会记得导师们的叮嘱，放平心思看教育，放缓行动做教育，用研究者的态度对待教育，用审视的眼光揣摩教育，用改良的心态驾驭教育。

一个月，真的颠覆了我的思想，转身看看，川师的校园真的孕育了一个个富有理想的心灵，来去都匆匆，但美丽的希冀不减。

一年以后我会再回来，这一年，我能为它带回去什么？我踏上家乡的土地就开始思索。

但愿，再去时，我心里揣着一年的收获。

沉痛的思索

听说我在读研，大家都很惊讶，各种心态琢磨这事的同事朋友都有。我成了县里小学界在职老师读研的第一人，成了一个奇葩人物。的确，我这样的家庭，这样的经济收入，花这些"冤枉钱"，在很多人看来是没有必要的。我不介意大家如何看待，我就是我，谁能知道我真正的初衷呢？我与大家的心态不在一个地平线上，我能理解他们，但不一定要他们理解我。

于我而言，经历过就是一种收获，就是对我生命在负责任。每个人都在创造自己的历史，我想把自己的存在价值写成"长篇小说"，构建出如我笔下生辉的那些女主角。"我"这部长篇小说的体裁、内容、画面、故事情节、人物刻画将由自己量身定制，这是一种很奇妙的感觉。

这一生我只做了一个平凡人，我遇到了成功与喜悦，但我更遇到了不如意、不公平、失落、打击，这些虽然于他人都是微不足道的事例，却是我自己的经历，值得珍惜。我相信，经历越多，情节越丰富，越值得回味。这段经历不可能一帆风顺，患病于我只是一个小小的折磨，不必计较，不必在意这个过程中的挫折。相反地，我应该感谢它，因为有了它，才使我的经历更加丰富多彩。

人生之路有很多站口，每一个站口都有不同的风景，每一种风景都是一种思维模式的选择。每个人都握着一张单程车票一直在搭车，只是我们选择什么样的车去坐。我愿意搭上不同的车型走不同的路，即使有时候路并不是那么平坦。只要尽力去做，不关乎成败，问心无愧即可。高调做事，低调做人，我喜欢意大利文学家但丁的长诗代表作《神曲》里的一句话：走自己的路，让别人去说吧。

走自己的路，一个人静静地走。不慌不忙，没有功名利禄，一切都是那么静好。

我希望2009年是平静的，能博得岁月静好的感慨，却并未遂我心愿。12月1日那天，一个悲恸的消息让我的内心久久不能平息。记得那个宁静的清晨，我从江边锻炼回来，一个好友打来电话："你听说我们学校那个孩子的事情了吗？"

我戏谑："我早就不是你们学校的政教主任了，还关心那么多干吗？"

"幸亏你不是啊，否则你会被折腾死的！"她的声音大得让我的耳朵很不舒服，我赶紧关小手机的音量。

"咋了呢？"我还是很关心曾经待过十载的那片熟悉的校园，焦急写满了我的心灵。

"我们的组长啊，她班上一个学生跳楼了。"她的语调还是那么激动。

原来11月29号那天，那个被喊作组长的老师，班上一个学生在学校跳楼了。这个学生一周都未到学校，他被母亲送来学校后，这个老师问他为什么这么久不到学校，这个孩子说不想来了。孩子的母亲在一旁责骂他。后来这老师又说，如今你有父母供给你吃喝，以后你的父母去世了，怎么办？你现在得学本领啊！孩子听了这话，突然暴跳了，关你屁事，这是我们家的事情！孩子的母亲看到他如此态度，生气地让他给老师道歉，孩子不道歉他母亲就去打他。结果，这个孩子趁大家不注意，飞步跃上窗台，从三楼的办公室"飞"出去了！

可想而知结果是什么：孩子的两腿粉碎性断裂，腰杆也断了，老师已经两天没有吃饭了，一直在医院陪着这个孩子。这个老师我非常熟悉，英语教得很棒，工作非常认真，老公在县里一所中学上课，如果不是学校留住她，她早就该是城里的老师了。如今，真是让她一辈子也想不通，命运怎么要这样捉弄她啊？

这是怎么了？我们的孩子怎么会有"飞"身下楼的"壮举"呢？这是谁把他教成了"英雄"的？我的心被深深地刺痛着。我很想告诉他，我是多么渴求生命的健康。我更想告诉他，人这一辈子不如意的事十之八九，怎么可以遇到这点小挫折就轻生呢？可是，他只是个十三四岁的孩子，对人生含义的认识还远没有达到我的认知水平。我只有惋惜和心痛，却束手无策。

教育，是什么样的存在？我陷入了深层次的思索。这又让我想起了学校那件令校长头疼了好久的事情：一年级两个孩子在下课时玩耍，一个孩子不小心把铅笔戳着另外一个孩子的眼睛了。经过治疗，这个孩子已经基本痊愈，可是这个孩子的心理却怎么也痊愈不了。原本上课看得清清楚楚，家长却反复强调，孩子一点也看不见，提出了很高的赔偿请求。早些日子，孩子的眼睛被鉴定为较轻的伤残时，学习是很努力的，可自从家长让她的眼睛"一点也看不见"后，孩子的成绩也就拉下了。其实，孩子的眼睛没问题了，就是家长的认识有问题，想要更多赔偿金。

多么可怜的孩子，这一生都让家长给毁掉了。

谁之过？学校有多大的罪？老师有多大的罪？校长有多大的罪？可都被这个事情折腾得很疲惫。

教育怎么了？难道教育也像我一样，病了？我不断地问自己。社会上各种学生、家长与老师间的奇葩问题纷纷出现。让我对教育的无力感越来越明显。我反复地思考着，剖析着教育里的极端行为，就当是研究生课程的实践研究吧，我不断地鼓励自己。

教育漫长之路中，总有生病的个体，需要我们教育人不断去医治，我在心底振臂高呼：加油，身体；加油，教育。

我们一直在奔跑

身体病了并不可怕，更可怕的是思想病了。这些极端学生与家长应了鲁迅老先生的意思，"中国人思想上的病比身体上的病严重多了"！

那些思想生病的家长和学生毕竟是少数，是个案。我们应该看到绝大多数孩子是那么可爱，家长是那么尊师重教。个案没有必要计较那么多，或者可以帮助其慢慢康复，就像我的身体。有些病，并不是我们主观能动想去获得的，无可奈何花落去，似曾相识燕归来，惆怅的心思可以有，却不应该永远惆怅。

我的导师总是说，不要管别人怎么抱怨，你一定要散发正能量；不管别人怎么做教育，你一定要做有利于学生的教育；不管别人改不改革，你一定要学会创新。在导师的引领下，我看了很多书，辨析了当前的教育形式及改革走向，写了一些辩论文章，自我认知上升了一个档次。

不过，我再怎么圆润自己的理想，现实总是和自己的想法有差异。岁末年至，老公告诉我他想去"跑跑关系"，因为他已经在副校长的位置上担当了好几年了，想自己去"办"一所学校，实现自己的教育理想。

"出钱，这个是必须的。"老公掰着手指，筹划着要用掉多少钱。这几年老公为各校校园文化建设工作赚了一些钱，想用钱去"买"一个校长当当。

"要出钱？"我似乎发现了新大陆，说真的，这是我以前从来没有想过的事情。这个社会究竟怎么了？难道不是能者上吗？当个小小的校长居然都要想到去行贿，我简直觉得这个社会的人都疯了。

　　老公是个非常优秀的人，性格圆润，善于与人沟通；喜欢钻研，博览群书，对教育的真知灼见有其鲜明个性。教育改革，我们俩有很多共同语言。所以，我也支持他去耕耘一方净土，培育自己想要的"生命种子"。但是，谈到钱，我们就吵嚷起来。

　　我不赞成出钱买官，他却说大家都是这样的，不出钱怕是不行的。

　　在我看来，教育局长任免一个校长，就像我们班主任任免一个学生干部一样，有那么多曲曲折折吗？这些年老公也有很多业绩，难道还不够证明他的能力？我越想越生气，怪不得中国的基础教育一直都那么功利，就连校长都是用钱才能换到，能不功利吗？

　　正当老公筹划如何使用钱去找领导提拔时，一个惊人的消息飞来：教育局让老公去一所九年一贯制学校当校长，即刻上任。

　　这则消息就像惊天响雷在我县教育界爆炸，因为不是换届的时间，老公又只是个美术老师，接管的又是一个过去的国营企业子弟校，一下子各种传言都有。

　　我笑了，老公的理想与现实是这么地吻合，这真是一件大幸事。我在心底默默感念，感念上苍的垂爱，感念所有信任我们的人。

　　最大的庆幸还是没有去送礼，否则内心会不得安宁。这样被认可被提携，我们都很欣慰。原来，教育的战壕里，并不是如我们假想的那么不堪。当伫立在自己的岗位，干好自己的事情，干出一定的成绩，别人是看得见的。

　　冯仑说，"伟大都是熬出来的"。生命是一段旅程，人生是一场修行。一路行走一路风景，心有所向往，诸事会围着向往发光。老公的理想实现，其实他付出了很多。当县政协委员期间，提过几份改变基础教育的议案，局领导看到了他的教育思想与水平；在原来的学校，老公领头把学校打造成了"省级艺术特色学校"，是整个省第二所乡村艺术特色学校，局领导们看到了他的担当。我相信，付出总会有收获，只要时间到了，一切付出都会修成硕果。

所以，做自己的事儿，不要太在意得失。人生，做好今天的事儿，不要想到明天会怎样，未来是一个充满变数的社会，谁又能知道，下一个转角会是什么风景呢？

我始终坚信有目标的人都在奔跑。我们一直奔跑在生命的路途。

心想事成的事情就这么临幸我们。我再次相信，我的肺癌总有一天会挥挥手离别而去，不留下一丝烟尘。

冥想沉思，生命只有一次，时光短暂易失，仅有的一次人生，我们当全力以赴。唐僧九九八十一难才能修道而成，我仅仅经历一难，那算得了什么？

生命是一个过程，不管我们经历什么人与事，遇到什么困难与挫折，都应该认真对待生命里的每一份礼物，力求使其完美无缺。只有付出了，才会有收获，累累硕果总是在不经意的路途。

盘点我的2009

还有两个小时，2009就要书写完了，迎接我的将是本命年。细算去年盘点时，自己似乎感觉一年的时间足够长，可以做好多事情，而今啊，又开始盘点了，才发觉自己实际没做点啥，就这么把2009放过了。

2009，还是那么紧张地生活着，带有辛酸，也感觉劳累，却可以用累并快乐着来形容。所以，过去的一年还是有价值的，是足可以不用难过修饰，过去就过去吧，不用难舍相送——即使留也留不住。

　　过去的一年，我收获了关爱。因为有那些关注的目光，所以我获得了长足的进步。感谢那些走进我生命里的朋友，让我可以品味人生最精华的朝露，甘甜而醇香，深深地熏陶了这颗干涸的心灵。人生是为一种感觉而生活着，能让自己开心、快乐、牵挂、羁绊的心灵，是一生可期不可遇的，能拥有，那是最大的福气。所以，感谢上帝赐予了那些机会，感谢上帝在我前进的旅途里设置了与他们会晤的时光，让我可以获得生命里最彪悍的飞驰。

　　过去的一年，留下了一些自己喜欢的文字。那些反复咀嚼留下的印记，是自己业余时间的填充，虽然不是最美丽的，可也是最令人回味的。几十万字，想想，每天也可以分享不少，还有什么比这样的感觉更幸福的呢？活着做自己的事情，看自己的足迹，活在自己的时间和空间里，即使时间就这么慢慢流淌而去，那也没有什么可以伤感的。人生就是这样自己给自己找事情做，然后慢慢老去，不用为那些逝去在意什么。

　　过去的一年，见证了生命里最难忘的情怀。如果用什么词来形容我的2009，我就选择守候吧。我守候着，为自己的心灵，也为路过生命里那些留下闪光点的心灵。长长久远的时间，见证了那些动辄心灵的美丽，即使什么也不曾留下，至少还有回忆。所以，老去的时光不是孤独的，是富有内涵和厚重的。

　　2009里还有什么呢？我似乎找不到了。有些东西随着记忆会慢慢流逝的，其实不记住也好，学会忘记的人是最幸福的。简单的快乐是最单纯的，大人更应该学会。

　　2009就这么书写完了，翻看着自己的日记，每一篇里都透露了笑意——矗立心头的眷念在一点点拉长，将会蔓延到2010……

第六节　转身的靓丽

　　心若有花，日子便会生香。上帝给予我们的日子总是薄凉而深情的，人生，终是一程一程的风景更迭。光阴总会沉淀一些过往，也终将会磨砺成我们需要的样子，用阡陌纵横的水墨画，描摹一个人的山河岁月，有花、有水、有蝶、有鱼、有阳光、有雨露，也有懂得与获得。

生活在"天堂"里

　　谁把我丢在了废墟上，我一点也不计较，我会从废墟中慢慢走出，去追寻那条属于自己的荆棘路。

　　人生开弓没有回头箭，生命想要歇息是不可能的。每一个生命都将面临许多的选择，但更多的"偶遇"是不由选择的，所以，我们必须要学习生命中最重要的那门功课——接受。人生之路无论多长，每一个节点上，接受就是改变，是即将变好的开始。人生百年，转眼成空。一切"邂逅"、悲欢得舍皆由心定。病了，也是一种人生的漫步。不让自己在悲伤中行走，是心灵的一种抉择。生活以平安、开心为准则，人这一世，活着其实是为一回心境。而这心境的好坏，皆由自己决定。

我做不到无欲无求，但我可以选择欲为何求。我无法选择不得病，但我也可以选择自己有所收获。在2009年的最后一天，我为自己找了一个新目标：写剧本。

一直以来，我都喜欢写点什么，教育论文、网络小说、杂文、现代诗歌，或许质量不高，但我想努力，尝试着为自己找到生活的乐趣。

"你真要当作家啊？"老公新官上任正得意，整天心情愉快。见我一天到晚趴在电脑上，善意提醒。

"有那么点想法。"其实我是羡慕老公的，他能一举实现自己的愿望，不得不说真的很庆幸。想我自己，身体都是问题，哪里还有心思去假想那些高大的理想目标？

2010年是我的本命年。"本命年犯太岁，太岁当头坐，无喜必有祸"的民谣，是关于本命年不甚吉利的写照。汉族民间通常把"本命年"也叫作"坎儿年"，即度过本命年如同迈过一道万千磨难之坎儿一样。熟知这个传言，内心就有那么点惶恐。但我又有点期待2010，因为如果挺过它，离医生给我的五年之约又跨过一个坎儿了。

前面两年半都过来了，这一年一定不会让我失望，我不断勉励自己。每天依旧锻炼、吃药、做事。少想身体病况，多想好事乐事，就连看电影电视都只看喜剧不看悲剧。

在没心没肺的生活中，自己感觉身体越来越强壮了。我不断勉励自己，用一种平和的心态过完2010，就像我练的隶书字体，端庄而优雅。

用隶书镌刻2010

什么字体最漂亮呢？我思索了很久，还是感觉以前练习的隶书最惹眼。那是一种飘逸的情怀，更是一种沉稳的情思，所以我一直都喜欢。

2010，我就要用隶书来书写这三百多天。第一天已经过去，第二天也快结束了，两天里，我放飞了自己的心情，也思索了自己与阳光同伴的日子。岁月长长久久，不济天天拥有。能这么反复整容自己的日子，其实也是一种休闲。

应该感谢国家的开明政策，假期让我在2010的前三天都可以用来好好思索，好好谋划自己的未来三百多天。能有什么比这种放松更可亲的呢？比画着隶书中的横，那种欲右先左的起笔，那种预收而飘的收笔，足可以让烦躁的心境沉静下来。再看看它的第二个横，绝对不会重复第一个，要不然怎么能写出"燕不双飞"的那种求异美呢？人生也是如此，不断更新自己的足迹，不要重复相同的事情，不让自己跳进同一个坑里，不让自己融进同一种悲喜之境界，那会是一种创造，一种简单的自我提升。

成年人都喜欢玩深沉，其实，人越简单越有味。喋叨的嘴巴可以因为沉默的简单而抑制，满脸的愁云可以因为简单的微笑而遣散，那么，那些我们要路过的人生呢？是不是也可以用一种简约之美去装裱？裱糊之后，用隶书书写上：谋事在天，成事在人。这种顺应自己命运的感觉，其实不乏休闲之感。人生是什么？不用怨天尤人，自己握住自己的笔，一笔一笔书写自己的生命，只看自己用哪种字体书写了。

草书可以让人性格豪放，但也可以让人融入一种急功近利的境界。楷体可以让人感觉公正，但也可以让人感觉太过迂腐。宋体呢，我认为过于做作。隶书也许给人感觉拖沓，不过至少能学会心平气和。我就希望用一种平缓的心情度过每一天。不骄不躁，淡雅中略带高贵地生活着。2010，我就想这么镌刻它，不知道，这是不是一种奢望？

上天把又一个轮回送到我的面前，让我可以亲身感觉它对我的眷恋，于是，我也不会谦虚，我一定能够用我的方式镌刻那条通往山巅的路。都说高处不胜寒，我也为能爬上山巅准备一件御寒的衣服，那样可以安详地等待日出。在攀爬的路途中，一定不会忘记观望身边的风景——一路的人、一路的山水、一路的调侃心情，还有那些串演的角色，每一个都不容错过。

送走2009，真真切切感觉到了时光的飞逝。每一个过去的日子都是自己的财富，用一点就少一点，很舍不得。每一天我都要为自己留下点什么，让这颗心不致那么失落。挥笔豪放，却依旧轻轻下笔，因为我用的是隶书。那些刚劲只能在回锋提笔里隐含着，不能暴露，需要内敛。书写人生就需要这样的情怀，内敛自己的品格、素质、意志。

就用隶书镌刻我的2010吧，这适合我的性格。

人的心境很难完全平和，正当我下定决心让自己不骄不躁度过新一年时，海地地震让我又情绪低落了数天。

北京时间2010年1月13日上午，海地发生里氏7.0级大地震，约十万人在地震中丧生。原本他们就生活贫穷，这下他们更是雪上加霜。沉重的心情让我又想起了汶川地震，那些殒失的生命慢慢浮现在眼前，我似乎看到了他们的灵魂，那些哭丧的脸，那些焦虑的额，那些绝望的眼神……还好，我没有遇到那些大灾大难，我可以享受安宁的生活。

比起那些受苦受难的人，我的病算什么？每天可以快乐上班，下班后干自己喜欢的事情。我很庆幸，我是生活在"天堂"里的。

不能忘却的"美好"

我喜欢关心国家大事和国际时事，总想知道整个地球村人们都在干吗，似乎那可以让我更加心宽，也可以更加心安。这种心态或许是一种从内心底滋生出来的"恐惧"？我不敢断言。

无论心底那层含义究竟是什么，有一点可以肯定，了解世界各地信息可以让我更加理性地看待周遭的事情，可以放大内心的格局。与那些世界各地的大事比起来，我身上发生的事情只能算是微不足道的小事。既然是小事，就不必斤斤计较，完全可以放开心思，豁达地对待周遭的人与事，尤其对自己的身体需要更加豁达。

但是，我的工作性质又总是让自己有所愁、有所忧。这不，周遭的人总在怀疑我们的办学理念，总在藐视我们小学的培养方法，总在担忧教育已经失去了自己的本色，变成了急功近利的商品。

细细斟酌，的确，我们的教育有点乏善可陈，站在一线的各位同人都在振臂高呼教改，多数却只是站在原地叫嚣，向往新物做着老事，或者穿新鞋走老路，抱怨更是在所难免。

作为一个正在读研的人，我总想选一个自己希望解决的问题作为课题，与导师讨论若干次后，还是下不了决定。其实关于教育的走向我还是懵懂的。我校虽然已经超前一步实施以国学教育为载体的校园文化建设，并以此促进学生思想道德建设，但多数老师还是不看好。学校可以从形式上要求，但不能手把手抓住老师们做，一切创新实践还是需要对教育理念认可的人。

思想的解放才是真道理。思想开放了，理念就先进了；机制灵活了，创新意识就生成了。教育需要变革如一根鱼刺鲠在我咽喉，让我感觉极不舒服。总要有什么办法解决，我默默关注世界各地的教育实况。日本教育的励志性，美国教育的创新性，英国教育的实践性，让我陶醉。中国教育有什么特色？我看了身边的教育，找了办学有特色的地区教育对比，其实我们的教育也很有特色，创新性、实践性、励志性，无所不及。只是地大物博的中国，肯定有沉积在下游的地区与学校，而这些学校是多数。不过，相信只要下定决心改变，一切变革皆有可能。

我不是为教育部领导说话，他们的办学初衷肯定是好的，只是幅员辽阔的中国，学校众多，人口资源超级丰富，他们手握权力对教育实施改革，也不能一蹴而就。有些办学的困难，国家领导人也鞭长莫及，有些问题是需要时间去慢慢矫正的。所以，我们不必太惊恐，做好自己的眼前工作，力所能及改变自己的教育观念，那就是对教育最负责的做法。

对照各国教育特色，我也诊断了自己所在学校的教育"问题"，提出了对于办学的一些看法。担任德育处主任后，总想着个性化的发展，开始了工作的革新。

我虽然没有强求过这个职务，但能在一个岗位上担当，做自己想做的事情，这种感觉非常愉悦，工作热情空前高涨。

"你真像打了鸡血一样，整天乐呵呵的，工作干劲儿这么高，校长给你多少奖金了？"老公时常笑，他其实心疼我的付出。

"想干就干，能干就好好干。"我笑，"就当是种试验田，咱是在搞科研，懂不？科研！"与其他人比起来，我最珍惜的就是时间，能有平台和机会展示自己，我一定会好好珍惜的。

"得了，就你那身子骨，还是多多享受生活的美好吧。"

怎么绕来绕去又谈到身子骨了？我心底虽然小有不满，却也没敢过多纠缠，毕竟我的身体老公最清楚，他的担忧是正常的。

好在，自我感觉良好。最近感冒什么的小病也没怎么发，还可以嘚瑟一下。

"你是不是该去做个检查了？"老公看着我，"你已经好久没有吃那个中药了。"

为了节约钱，我有意断了那超级贵的中药，只吃自己熬的那服药剂了。

"不行，你还是要继续吃那中成药。"老公的语气不由商量，我只好回他："回头我会再买一些。"

虽然我们的工资上涨了，老公也抓住一切机会帮人画画做设计找外水，但我怕老公在现在这个职务上犯错，所以能节约就节约，尽量不伸手向老公多要钱。

有时候想着蛮心疼自己的。钱这个东西，多数时候它还真是个东西，可以变着花样儿折磨我们。世人都说"钱不是万能，但没有钱却万万不能"，我深刻体会了这句话的含义。

在老公的建议下，我去华西医院做了一次检查。为了节约费用，我趁着去学习的机会，旷学一天去做的检查。还是那医院，还是那样多的病人，站在熙熙攘攘的人群中，我感慨万千。三年前，我的心情是那么沉重，那种被病痛折磨几近丧失求生欲望的心境记忆犹新。而今心理包袱已经卸下一大半，悲切的心思减持不少。不过，望着周遭都是抑郁寡欢的人，心思跟着也肃然起来。

现代医学发达了，医院为每一个病人建了档案，当我报出名字时，我的一切档案就展示在医生面前。

"你是肺癌患者？"医生看着我朝气蓬勃的样子，估计不敢相信，问话的声音分外高了几分贝，一边问一边拿听筒帮我听诊。

"是的，我没有做手术，在吃中药调理。"我是怀着自豪的心情告诉医生的。如果不是看着他那么严肃，我真想给他分享一下自己的抗癌经历。可惜，他只问了一句就再不作声了。

"去做个检查。"他一边说一边在电脑上操作着，旁边一个助理快速递给我挂号卡。

"先去缴费。"医生说了这句话以后立即召唤下一个病人进来，感觉就像催促我迅速离开一样。望着过道上拥挤队伍等候的病患，我默默地离开了医生办公室。我已经不再是三年前那个被宣判"死刑"的生命了，我已经注入新的生命活力，一切事物我都要向美好看齐，不要感觉医生在敷衍自己，毕竟我不再是个垂危病人，已经不需要那么多的呵护与关心。

当心情被"建设"得可以接受周遭一切事物时，整个身心都是轻松的。那些垂头丧气的病人也没那么惹人心烦了。

其实我可以感同身受，我也是这么走过来的。只是，我比较坚强一点，更加认可自己的生命活力。更加相信，自己是"无所不能"的，是可以接受折磨的忍者，是可以让自己慢慢痊愈的勇者。勇者无畏，忍者无敌，勇与忍的品质我都兼有，我怕谁？

走到交费处，一个声音让我心酸："唉，钱不够，怎么办？"那是一个年轻小伙子，旁边跟着一个"病西施"。那个女人两眼无光地看着男人，虽然没有哭，但我感觉她的无奈比哭更加惹人心酸。

我又想起了自己那次来华西的境况，一样是钱的问题。钱，在穷苦的病人面前，真是一个让人高兴不起来的词。

"我们回去吧。"那个女人转身走了，走得那么落寞，她转身的一刹那，我眼里蓄满了泪水，那分明就是三年前的我。那样无助，那样绝望，那样让人心痛。

"你一定会像我一样好起来。"我在心底默默祝愿，直到他们的背影消失在医院门口我才掉转头。

"真不知道有什么好看的。"收费处的医生不耐烦地嘀咕，我的脸即刻阴转晴："抱歉，我看到了熟人。"是的，那熟悉的身影，那熟悉的情景，是我这辈子都不可能忘却的。

比未知更可怕的是预知

当一个人的前途无法感知时，彷徨无助是主旋律。当一个人的生命是未知数时，惴惴不安是主音符。未知，是一个让人惶恐的词语。

比未知更可怕的是预知，比变化更让人不安的是一成不变。医生的"预知"曾让我惶恐了好久好久，而此刻我的身体是否有变化也让我忐忑不已，我不断告诉自己："不可能再像以前一样，一定是好转了。"

缴费、抽血、做CT，等结果，从上午忙到下午，在傍晚时分总算可以拿结果了。

比已知更让人提心吊胆的未知是很折磨人的。我拿到结果找了一个无人角落，慢慢抽出来观看，虔诚无比。那一刻，每一个细胞都是跳跃的，有惶恐不安，也有无限期待。

血液指标只有一个小项低于参考值，CT结果鉴定癌症肿块缩小了三分之一。望着这个结果，我的心一下子就沸腾了，我用的"与癌共存"理念是身体见证奇迹的方法，可以和平解决身体的"矛盾纠纷"。

我相信"大事化小，小事化了"的儒家思想处事方式，对于身体的疾病我也采用这种想法处理。身体患病后，生病细胞与身体的健康细胞之间产生了"矛盾纠纷"，这个"矛盾纠纷"如果身体的主人要"火上浇油"，只能让纷争不断升级，最后破坏身体这个"战场"。如果主人懂得息事宁人的道理，一定可以完美落幕，还身体一个安宁的内"环境"。

我把身体又看作"地球村"，这里住着好多的"细胞公民"，每个器官就像一个"国家"，而身体主人就像"联合国仲裁"。这些"细胞公民"中，总有一些想要"惹是生非"，如果"国家"内部能解决，那么这个"器官国家"就会走上太平盛世，如果内部矛盾纠纷无法解决了，就需要身体主人这个"联合国仲裁"来解决问题。"联合国仲裁"给予的解决方式，直接影响着"细胞国家"的生存状况。我想起了海湾战争、伊拉克战争等，他们的内部矛盾没解决好，而他国帮着"短兵相接"的方式解决，最后只能留下伤痕累累的"国家躯干"。我相信，一味地强调用药，就是选择了"武力"解决身体里的"矛盾纠纷"。我不能用"武力"解决我身体的"人民内部矛盾"，我相信国家外交政策提及的"和平共处五项原则"指导下的谈判协商解决问题的方法，那是我们国家屹立于世界之林的法宝，相信也会是我立于人世间的有力武器。

我要让每一个"细胞公民"都过上"幸福安康"的日子，我要营造一个"和平共处"的身体"地球村"，遵照那个医生的嘱咐改变身体的内环境，也就是改变身体内的"国际关系"，确保各个"国家"内部"公民"团结一致友好相处、"国家"之间互帮互助共同发展。

如何经营好身体内的"国际关系"？我选择了"与癌共存"的方式求同存异，这是一种认同与接纳。认同才可以亲近各种角色的"细胞公民"，才可以对它们进行"循循善诱"，如今看到自己"成果显著"，心情倍儿乐。

我火速发了一条信息给老公：血液指标基本正常，肿瘤缩小了三分之一。

老公回信息：可喜可贺。

是的，可喜可贺。三年，一千多个日日夜夜，那些忧伤那些烦恼那些一个人吞噬的疼痛，如今都化作了沁人心脾的"甘露"，滋润着我的心窝。我离"正常人"只有一步之遥了。

"哈哈，哈哈，原来我可以做到！"我在华西的门诊大楼楼道上奔跑，喜形于色。周围的病患与家属看着我不知所以。

"我的肺癌得到控制了。"见一个年轻帅哥一眨不眨地望着我，我甩给他一个大大咧咧的微笑，然后转身下楼，长发随着转身掀起一层"波浪"，留给他一个潇洒的背影。

我居然"变坏"了，对帅哥敢"抛媚眼儿"。

走出门诊大楼，外面的广场上患者还是那么多，坐在广场四周的人还是那么愁苦着脸，我的心情却完全不一样了，脚步声铿锵有力，走路扇起了一阵风。

"要不我们先去拿点药吧。"一个熟悉的声音让我停下了脚步。原来之前我看到的那对年轻夫妻还没有离开。

"你别说话，我想再坐坐。"那个"病西施"弱弱地回了一句。

那男士安静下来，爱怜地看着她，并为她轻轻抚摩着背脊。

或许那里疼？我心里一紧，之前我咯血时，胸背都是疼痛的。

"唉，不知道明年的今天我会怎么样？""病西施"突然提高了声音站了起来，"走吧，回家，再晚没车了。"

男士起身扶着她，没有言语。

"等等，"我追过去，"我们可以聊聊吗？"我的脸上堆满了笑容，期待不言而喻。

如世你界终将

"你……有什么事儿吗？"那女孩子说话有点喘。

"你先坐下吧。"我指着那凳子，"三年前，我与你一样望着这幢门诊大楼叹息过无数次。"我没再看他们，这时，城市的喧嚣热闹已经被压抑得无处藏身。

那女的真坐下了，我不知道她当时的心思，或许我面善目慈，也或许她真想听听我的故事。

"三年前的那个暑假，我被诊断出肺癌晚期。"我平静地叙说着自己的遭遇，就像这事儿已经与自己毫无关系，"那时候没钱，医生宣判我只能存活半年，而且是做手术的情况下。"说完这个我笑了，心里很嘚瑟，咱可是至少赚了两年半呢。

"真的啊？"旁边的男士激动了，"你现在看起来完全没事儿，是怎么做到的？"

"自己给自己治病。"我笑着，"其实，这三年里我也经受了很多折磨，尤其是心里的折磨。医生宣判的那个时间节点时常压着我，但我自己比较顽强。"再次开心地笑，鼓励自己。

"你看，她这么严重的病都康复了，你也一定会没事儿的，小妹。"男士抓住女孩子的手，原来他们是兄妹。

"看着那个小药房了吗？"我指着那个依然存在的药店儿，"那里曾经有个本家医生给我开了一个处方：每天吃点中药，每天锻炼身体，改变体内的液体结构，促进身体康复。这个处方我现在一直坚持，所以三年后的今天我能健康地站在这里。"

女孩子的眼里闪过一丝希望："你是说，我也可以像你一样康复？"

"有何不可？奇迹是自己创造的，想到就能做到。"时间不早了，我准备离开，"相信我，只要你自己给自己勇气，自己相信自己可以痊愈，就一定可以。我相信世界终将会如你所愿。"

我没有问她的病情，内心强大才是最主要的。

"你能详细讲讲吗？"见我要离开，那个哥哥恳求道。

"可以。"我坐在他让出来的位置上，从头到尾给他们讲了我的故事，那个故事足足讲了一个多小时。

"谢谢，您真的太勇敢太了不起了。"我的故事讲完，女孩子似乎精神好了不少，抓住我的手感谢了好久。

如今我还能记得她沁着汗渍的手的感觉，那力道很大，真像抓住了一根救命稻草。

如果一个故事能带给一个生命体求生的欲望，我愿意分享我的故事。之前我一直隐瞒自己的病情，我怕别人知道了会带着同情的心态对待我，我怕别人施舍怜悯，更怕给亲朋好友带来哀伤和压抑，所以缄口不提。而今我改变了自己的看法，分享自己的心路历程其实也不错。

塞翁失马焉知非福

华西的检查结果让我兴奋了好久。我觉得自己忒伟大，居然可以克服医生眼里最难攻克的癌症，简直就是神话般的存在。不过，我毕竟是人，不是神，所以回到家里还是得面对生活中的柴米油盐酱醋茶。但那些身外物已经大不如从前影响我的情绪。有时候我又觉得自己变冷漠了，即使很高兴的事情，我也可以淡然笑之，郁闷的事情更是淡然处之，真有立地成佛的感觉。

兄弟在成都做小生意，这一年总算赚了几十万元，母亲的心情由此放心了不少，本该为兄弟高兴的，至少如果我需要钱，他会无条件支持我。可我并不那么兴奋，甚至觉得这是理所应当的事情。

娘家母亲到我家里来做客，我没有像以前一样特别高兴，来就来吧，多一个人吃饭与少一个人吃饭没啥差别，一切照旧。

似乎我变得比较淡情了。另一件更加触动人的事情，关乎女儿，却还是让我"压"下去了，老公想要发作也被我开导了。

孩子入初二，某天老师请我去"做客"。原来女儿在校"闯祸"了，她的同桌因为一个男生"追求"她，在上语文课的时候向女儿递条子"征求意见"，女儿老实回答她"年龄太小不适合"，结果这个老师把条子拿到班级中去念，惹来那个男生怨气，把女儿的所有书本全部扔到地下，用水泼了个遍。我应该生气的，老师如此处理事情实在太失水准，给了女儿一个天大的打击。可我没有任何发作，默默地帮助女儿把几样重要的东西收拾好，牵着女儿离开学校，陪着她在咖啡厅坐了一下午。

我知道自己为何那么"大度"，甚至都没有冒火的念头，因为在我眼里，除了生命的存在，其他都是浮云。女儿身体健康就好，其他我不会太在意。我不知道当时女儿是否很失望我没有为她"撑腰"，但女儿转学后走向了叛逆期，足足折腾了近两三年，成绩也因此一落千丈。女儿的身体健康没有问题，但心理健康还是受到了影响。我也为此焦虑难过，但还不足以让我心灰意冷。我甚至更加用心研究教育，博览教育丛书，广泛探听教育新信息，为女儿寻找适合她的成长之路。还好，我找到了适合她成长的道路与机遇，除了那次打击带给她的心理阴影，一切都还行走在令人满意的道路上。如今她是个让我满意的淑女了，我很宽慰。如果没有那几年的叛逆折腾，我也不会有机会把她送出家门，送到意大利求学，也不会有当下的见多识广，学习第二门外语的机会。

塞翁失马焉知非福，我也曾怨过那个老师，也曾为女儿彻夜难眠过，但我相信女儿总有一天会是我的骄傲。虽然她在成长的过程中受到了挫折，我把那段成长经历当成对女儿的磨砺，一种让她茁壮成长的"肥料"。这种磨砺与"肥料"给了她旺盛的生命力，让她变成了一个心胸超级宽广的女孩子。李宗盛在《真心英雄》那首歌里写道："不经历风雨怎么见彩虹，没有人能随随便便成功。"是的，那些名人伟人，也是经历过各种痛苦磨难才有后天的成就的，我相信女儿一定会学成归来，成为国家的栋梁之材。

其实，我都这么平凡，凭什么要求孩子完美？身体健康才是我对她的期望。我不断鼓励她，让她的叛逆力量慢慢萎缩。记得有个叫莱恩的神父讲了一句话，"世上每个人都是被上帝咬过的苹果，都是有缺憾的。"女儿只是后天的环境让她有点不适应，我相信只要我愿意，那些成长环境是可以改变的。我体内的环境都可以改变，女儿的成长环境也一定可以。一切美好的愿望都是促进良性循环的暗示，女儿为此向着健康轨迹慢慢发展。

张闻天说过："生活的理想，就是为了理想的生活。"这话让我思索了很久。我生活的理想是什么？首先是身体健康。其次呢？我想了很多，不过，那些都必须是在我身体健康的前提下。所以，对于女儿，我对她的要求其实很低：身体健康。还好，她的身体一直比较棒，我不用担心什么。那么，除此以外还有什么要求呢？那就是希望她竭尽所能做自己想做的事情和能做的事情。至于要做成啥样，我还真没有一个定论。

如今父母望子成龙望女成凤，我也与他们一样。唯一不同的是，我希望女儿成功，但我对她的要求又不苛刻。我希望是一种自然生长，一种不受压制的成长，一种自然天成。当我在工作中看到那些忧心忡忡的父母，那一双双哀怨的眼睛时，总会想，孩子何错之有？却要背负与他们年龄不相符的重担。

对于本职工作，我还是尽心尽力。虽然心里没有了以前那种一定要做到极致的要求，但还是一丝不苟。要求没有变，但心态发生了变化，似乎对于结果都没那么看重了。不过，我不看重结果，不代表各级领导和学生家长也不看重。

在2010年末，学校接了一个大工作：筹办市国学教育进校园现场会。所谓现场会，其实就是要我们学校把国学诵读的成果展示出来供全市领导及同人们观摩。从教育局获悉的出席现场会名单看，市长书记都要参加这次会议，可谓是空前高规格。

作为德育处主任的我理所当然承担了组织训练工作。领导们的要求是高标准完成任务。何为高标准？我们思前想后，把所有孩子都推到了表演场。我们的传统文化教育是面向全体推行的，理所当然让全体学生参与。经过一个月左右的训练，在12月18日那天，举行了一场两千五百多个学生及一百多个老师参加的诵读活动。近两百参会人员被现场宏伟的气势震惊，不可思议地看着我们这样一个名不见经传的学校搞出这等精彩节目。

"太震撼了！"我还能清楚记得一个领导边走边发出的感叹。

人的潜能是巨大的，我们能做的比我们想到的要多得多。之前我们完全没有想到会有这样的震撼效果，但我们做到了。我又想起了自己的抗癌"英勇事迹"，应了柏拉图曾指出的那句话，人类具有天生的智慧，人类可以掌握的知识是无限的。我在不断的前进中学习掌握身体"休生养息"的知识，慢慢迈向健康人群，我很兴奋自己激活了掌控自己生命的能力。

心有多宽理想就有多大

人能走多远，受很多外在因素的影响，当然，内在因素也很重要。我能走多远的路呢？

心有多宽理想就有多大，路就能走多远。我带着自己一路行走，超越了估计的能力。我越发地相信，如果把学生的学习力高看一筹，不断暗示，他们一定会渐渐超越现在的自己。一定要相信教育旅途中的皮格马利翁效应，我们要把自己当成神一般的存在。

在期末考试前我做了一个实验，让孩子们的成绩提高了不少。考试前出了一套卷子让孩子们做个"摸底考试"。成绩改出来后，参差不齐的分数让我唏嘘不已。虽然有不少孩子考了理想成绩，但还是有十几个孩子让我心情压抑。如何解决这些孩子的问题？我把他们叫到面前，一边给他们讲错误的地方，一边提醒他们，只要认真都能做得更好。并"轻描淡写"地给他们提高了可能考出的分数。

这十几个孩子就是拉下平均分的"罪魁祸首"，经过与他们交流后，期末考试果然长进不少。平时与平行班级比较名次排后面的，居然越到前面去了。善于"鼓动"是老师应该学习的一项本事。在教育工作中，我总会不断实践，屡试不爽。真所谓好孩子是夸出来的，一点也不假。

对于身体，我们其实也应该经常"鼓励"它。让它生活在一种勃勃向上的态势中，使其活力无限，带动"人"这个生命、灵魂、肉体结合体修行。要把每一天的生活都当作在修行，这样心态不会急功近利。生命、灵魂、肉体三位一体的人身才能协调一致成长。

人来到世间，活着是为了生活，生活需要金钱，挣钱需要工作。有人把工作当作乐趣，让生活很高雅；有人却把工作当成一种受苦受累，活得劳累奔波。我一直想从自己的工作中追寻生活的品质，让自己活得高雅一些。

如何从工作中证明自己生活的品质？

我一直信奉"把教书当成自己的终身职业"。可如何在这个职业中体现自己的生活品质却没有一个现成标准。幸福，应该是标准之一。但是幸福纷纷扬扬，琐碎微小，只有迎着光、低下头才能发觉。为"三位一体"的身体提升幸福指数，那将是生活品质提升的表现。

如此，我越发放慢了自己的前进脚步，不急不躁，随时愿意驻足等待，等待那些紧随我前进的孩子们，包括那些家长。

书籍、电影、音乐、摄影、旅行这些东西可以很便捷地让人的生命充实起来，但却无法帮助我们担当生活中的点点滴滴。那些丰富的感知、细腻的情感、精彩的结局，必须是心与心的撞击才能溢出火花。

把教育当成自己的终身职业，我是在为自己的人生工作，对于教育的功利心态就相对减少。我学会了赋予教育生命的灵动，让课堂焕发生命活力。以前看到有些孩子总感觉不想费神费力与之"唇枪舌剑"，自从身体检查带来利好消息后，对待工作及孩子们的心态不再决绝，不再把每一天都视为最后一天了，似乎每一个细胞都感觉是微笑着的。

在微笑中，2010年就那么悄然逝去，我甚至没有盘点它的得失与荣辱。又或者，不再需要盘点，因为我还有大把的"青春年华"可以"挥霍"，我已经把自己定位于一个健康之人了。我要活多久？八十岁？九十岁？反正不会只有五年。

有了充足的时间真好，就算看到那些逃学流浪的孩子也是那么心情愉悦。在2010年的最后一天，碰到了以前"超级憎恨"的那类学生——离家出走学生，截住了两个无处可去的生命，我却一点也没有生气冒火的念头，而是心平气和把他们送还给了家长。

那种助人为乐后的感觉至今也让人心情愉悦。

相逢不如偶遇

关闭办公室转身的一刹那，一天的工作又结束了，2010年的最后一天也被关在了办公室里。心情随之放松，踏着松散的步子，横行在大街上，漫无目的地走着。

"孃孃，请你给我十块钱，我们坐车回家。"一个与我个头一样高的孩子紧跟着我，语调里有些乞求。

我大吃一惊，脑子里闪现出了电视里报道的那些假学生要路费的镜头："你给我要路费钱？到哪里去？"

"回家。"一个年龄只有十二三岁的男孩，眼皮耷拉下来，好像是鼓足了勇气才说出刚才的那句话。

我睁大眼睛看了又看，旁边还有一个小个子男孩，脸蛋染满了灰尘，不对，是被磕伤的瘀血。再看看两人，有点脏兮兮的手蜷缩在衣袖口，样子很是萎靡。

大白天的，不会是敲诈。我第一反应是：离家出走的孩子。于是，我驻足，带着询问的眼神，怔怔望着他们："你们是学生吧？"

两人没有言语，手足无措的样子，"我们要十块钱，赶车回家去。"似乎有很大的力量支持着他，高个子的男孩子又大胆起来。我想，我的驻足让他们看到了希望。

旁边有路过的老师和学生不时招呼，我的身份暴露无遗。将就着用上自己的身份："我是老师，你们有什么事就告诉我吧，家住哪里，就读哪所学校？"

没有回答，也不想回答，两个男孩子离我稍微远了一点，似乎怕我马上就要让他们就范一样。他们怎么想的我不想猜，但我却又不能就这么不理不问离开，这不是我的性格，更不是做老师的特点。

"你们是学生吧？怎么没上学？"很多问题跑进我脑袋，拣着重点的问吧。

"我们学校放假。"面不改色道。

放假？鬼才相信，看来真是两个说谎脸不红的"老手"，我得和他们好好纠缠一番。

"你们哪所学校的？"脸色温和，就像搭讪，应该让他们放心，这样才能问出点什么。

"我们是镇中的。"小男孩终于说了一句话，愣愣的样子，看不出是什么心思。

"哪个镇中？"得问点有价值的东西，否则会耽误我更多时间，我还要赶着回家弄饭吃呢。

"大观。"蚊子一样叫的声音，说真的，我这个人不喜欢管闲事，但遇到像学生一样的人就另当别论了。

"哦，大观中学的。那你们怎么说今天放假呢？鬼才相信。"我居然小家子气，有点不满他们对我撒谎。

两个陌生的面孔没有表情，似乎对这种不满的脸蛋见惯不惊。我惊诧，怎么能和他们较劲儿呢？又不了解情况，一定得沉住气。

"这样吧，你们把家长的电话告诉我，我打电话让他们来接你们。"我想只有这样才能彻底解决问题，在外游荡的孩子，给他钱不是办法。

"你就给我们十块钱吧，我们自己回去。"多幼稚的孩子，好像我一定会给他们钱，而且是应该给他们钱一样。

"我怎么知道你们拿着钱回不回家去呢？"我也小孩子气，不能这么便宜他们，更不能不明不白就这么把钱给他们。十块钱不是大数目，但对孩子们来说也不是好小的数。

"我们一定会回去的。"信誓旦旦的语言，生怕我不相信。

"不行，你们得告诉我家长电话，让家长来接你们。当然，我和你们家长通电话后，也可以找车送你们回去。"伫立在街口，冷飕飕的风吹来，我哆嗦了几下，还真不能站太久，真想速战速决。耐着性子问了半天，终于搞清楚他们的姓名了，一个叫王帅，一个叫彭乙田。但就这些，他们不想再多说。

两个耷拉的脑袋沉寂不语，靠着街边的横道树站着，似乎唯一的希望也破灭了。

"那，孃孃，你去忙吧。"其实不算太坏，还是很懂礼貌的。心里又生起几丝希望，沉下心，又开始唠叨。从社会问题到前途，到父母担忧，到学校生活，数落了一个遍。最后依旧落在打电话的问题上，但是，他俩依旧无语杵立。

呵呵，教书十几载，遇到形形色色的学生，离家出走的也见惯不惊了，但这么在大街上撞见离家的孩子还是第一回。

"你们不告诉我也可以，但我是老师，不能就这么放你们离开。两种解决问题的方式：一是你们告诉我家长电话或者老师电话，我通知他们来接你们；二是我通知110，让警察叔叔来帮你们。"我的语言不能再软着陆了，得强势一点，让他们看出我是个硬着性子要解决他们问题的人。

两个男孩子嘟哝了几句，我没听清楚，应该有什么问题吧。我等待，等他们告诉我实话。高个子好不容易告诉我，他知道爷爷的座机。于是我打了过去，但是接电话的同志却告诉我她根本就不认得什么王帅，他们姓张呢。我哭笑不得："没记错吧？"

"明明是啊，怎么又不是了？"我知道问题出在哪里了，或许家长并没有手机？又或许根本就是留守孩子？又或许他们本不记得父母电话？这么想就觉得电话得靠自己解决了。于是几经周折终于问到了校长的电话，还好，问到班主任真有这么两个学生。两个孩子在这一点上还算老实。

那么，是真想回家了？我心里有了一丝丝的踏实。

"你们中午吃饭没？"看看天色，已经黑了，一个人将就在外吃吧。打定主意以后，想把他们带着一起去吃饭。不是说需要做好事吗？这时候请他们吃饭应该算是好人做的事情吧？哈，我居然对自己没有资助贫困儿童耿耿于怀。

"我们中午就没有吃饭。"

"我们昨晚上冷惨了。"

两个声音终于慢慢说开了，毕竟是孩子，心思是单纯的，对一个陌生人也毫不掩饰自己的狼狈。

"你们这是何苦呢？在家千日好，出门多难受啊。你们的父母一定很心痛，可惜你们不知道。"似乎自言自语，但确实要告诉他们，两个没有长大的孩子。

于是，我装作很潇洒的样子："走，我请你们吃饭。"头一仰，示意他们跟我走。两个孩子还真信了我的话，慢慢地跟在我后面，随我去了餐馆。

几顿都没有好好吃饭的人，可想而知有多么向往香喷喷的饭菜。我点的几个菜被他们一扫而光，看着他们满足的样子，心里甭提有多踏实了。有两个家庭一定很着急，我应该算是做了一点好事吧？这么想着，心里暖烘烘的。

我终于知道，两人离家出走，已经有三四天没有去上学了。因为没钱，昨晚在街上闲逛了一夜，夜晚几度的天气能不冷吗？今天其实都没吃饭，饿得够呛。

然后接到了家长的电话，着急的声音频频传来，感激的话语一遍又一遍，都是做父母的人，我能感同身受。

饭毕，我把两个流浪的孩子带回了家，买了好些水果，端出平时女儿回家才拿出的一些小吃招待他们。两个孩子见我随意地吃着，也不客气，陪着我一边看NBA，一边吃着茶几上丰富的食物。他们脸上的满足让我也很满足。当然，我少不了一顿谆谆教导。

家长千谢万谢后把孩子接走了，我终于感觉肩上的担子松懈下来，好久没有这种紧张的感觉了。遇上这么俩毛小孩，心情是沉重的。

人生其实是很奇怪的，今天我就遇到了这么两个与自己毫无关系的孩子，帮他们找到了回家的路，嘿嘿，我伟大吧？自我夸奖一回。

2010就在脚下要踏完了，踏着2010的尾巴，我为自己留下了一点异样的感觉……

2010.12.31

第七节　拨云见日出

人生似一场旅行，却不如真正的旅行有计划，往往变数很大。在这场旅行里，与谁相伴，亦未知难料。珍惜生命里的每一场"约会"，保持禅门中"一期一会"的稀有心情，将这一会视为唯一的尊贵，稍纵即逝，犹如夜半昙花一现，那么每一场偶合都会是最美的"风景区"，欢欣喜舞相迎，不舍离去。

爱自己多一点

一觉醒来就是新的一个年头，2011年没有敲锣打鼓就这样来了。离那个医生的五年之约又近了一截，那种发自内心的愉悦，就像为身体的每一个细胞注入了"愉快剂"，怎么也驱之不去。

2011于我又会是一个怎样的存在呢？从江边跑步回家，准备写作之前一直在思索这个问题。过去一年反反复复看了如何写剧本的资料，是不是该下定决心写一个了？之前我一直觉得自己还没有完全把写剧本的要领掌握，认为时机还没到，也就一直没敢下笔。最近看了一篇文章，题目叫作"你所等的那个'合适时机'

永远都不会来"，简直让我醍醐灌顶，不动手实践怎么知道自己会不会写呢？不写怎么知道其中的难处呢？所以，我应该迈出第一步——开始创作。

我喜欢《莎士比亚戏剧精选》那本名著，曾在读大学时背过，英汉对照的外国书籍让我背起来比较吃力，却还是硬着头皮背完了那些英语。如今想想那些句子，似乎也不是每一句都那么高大上。不过，愿意写出来供人读，那才是第一要做的事情。没有写，谈什么质量？应该先想着写出来让别人评判。或许努力不一定能成功，但在这个努力的过程中，我会收获不一样的自己。

很喜欢这个积极向上且充满勃勃生机的自己。怀揣梦想，在春暖花开的日子里一边学习、一边工作、一边写作，享受着工作生活的协调前进，心情分外放松与惬意。

哈佛有一个著名的理论：人的差别来源于学习，经常抽出时间用来阅读、学习、思考，你会发现，你的人生会发生改变，成功会向你招手。我完全相信这个论断的科学性，历代名家取得的成功，都是在不断地学习与实践中实现的。

我把阅读、思考、创作，带进工作中变得越发具有创新性。我相信，改变不了环境就改变自己，改变不了过去但可以控制现在，不能预知明天却可以掌握今天，这种掌握自己每一分每一秒的感觉，即使要每天做很多琐碎的事情也不觉得倦怠。

我一直在思索关于生命的长度与宽度的问题。有时候简直就像一个哲学大师，喜欢用辩证的观点看待问题。总相信只有让思想尽情展翅翱翔，飞得越高，望得越远，才会走出那片狭隘的疆界，突破现有的局限，因而成就一番事业。

在打望窥探那些具有高品质生活的同时，心情还是略显压抑，对生命的担忧从没有停止过。只是，在不断的前行中就像蚯蚓"松土"，竭尽所能让自己这已经僵硬的"土地"变得蓬松，看起来越发可以耕种，可以酝酿生命的大丰收。生日那天，在空间里留下一句"上帝，我活得很好"的话，以庆祝生病以来度过的一千多个日日夜夜。

活着最好。活得很好，这是我最大的期望。只要活着，不畏任何的工作难题，不怕前途中可能遇到的任何沼泽。相对于生命而言，那些都不算什么。日子就像过山车，在"不畏艰难险阻"的日子里，就那么坚强地生活着。一晃进入四月，是"城乡综合治理"全区迎检的日子，我这个小小德育处主任里里外外是管理卫生的"一把好手"，所以接管了全部迎检工作。我们单位是一所百年老校，地面看起来就像我那生病的肺部，需要修修补补，卫生怎么搞都感觉还是不尽如人意，好在我们要迎接省内各级同人莅临参观学习，所以，总算得到了一笔整改资金。

这是一个值得庆祝的消息，虽然累一点，学校容貌却因此有了部分改观。因为热爱生命，连带地我对周遭的一切看起来都很"顺眼"，更希望这个我计划一辈子不再变动的工作单位环境得到优化。每一天我都那么虔诚地早早来到学校，很晚才离开校园，成了一个"工作狂"。把每一天都当作最后一天使用的心情虽然过去，但依旧珍惜眼前所拥有的日子，让自己把每一次对校园的巡查都看得分外神圣。但这种神圣带来的心情不是紧张，而是无限放松与喜爱。

我深刻体会到，能爱自己的工作单位是多么地美好。

不过，我怀着倍儿轻松的心情迎接工作，分管我的领导却不是那么地轻松。也不知道为何，快要迎检时，那个领导越发变得苛刻与犀利。说话做事总是挑剔，时不时会冒火吼我几句："我怎么说你呢？你看，有几个班卫生根本不合格，你监督不严，管理不务实……"换作我生病前，一定会"抵抗"，说不定还会甩手走人，什么人啊，这么努力居然还挑剔？鸡蛋里面挑骨头，俺不伺候了。而今我却完全不当回事儿，我尽力了问心无愧即可。一双手五指都还不一样齐呢，怎么可能必须要求四十几个班每个班的卫生都一定是窗明几净呢？卫生这东西，说不准前脚刚扫干净，后脚就有孩子弄脏了，毕竟都是些小学生啊！

　　我脸皮变厚了。就像李宗吾先生《厚黑学》里记载的一样。不过，我却认为不是什么坏事。脸厚可以抗击生气、争执等负面情绪，是"长生不病"的最好调剂。从医学角度看，人的很多疾病都是因为气不和，郁结而成。生气、郁闷、发火、嫉妒等都使人心情纠结，会导致身体机能发生变化。久之，一定会影响五脏六腑的调和，也就会病从心生。而我，肯定不会再"上当受骗"，借他人的怒火来惩罚自己的身体健康。

　　真是为了自己身体康宁而变成脸厚之人了？我对自己哑然失笑。在起点码字以前总是认为，需要写现实题材的东西，规规矩矩反映现实才是真正好的文学。但是，通过在网络中游荡这么几年，自己脸皮也增厚了，也就混起了天马横空的虚拟文学写作。换作以前，一定感觉自己挺假的，写一些不切实际的东西，让熟人知道了，感觉脸面无处搁一般。现在换个角度看，其实这也算是在创新，有什么不可以的？呵呵，有时候，角度不同，心情迥异啊。

　　有这么一句话，不识孔孟非君子，破解厚黑为丈夫。曾与几个同人潜心几年研究国学，出版国学启蒙少儿诵读选本，是否算已识孔孟了呢？而今又能厚脸待事，算不算破解厚黑了呢？就这样自己假设性地增长自己的见识与阅历，以宽慰自己渐渐老去的灵魂。宗吾先生说，厚黑上面，要糊上一层仁义道德。我不是将相诸侯，也不是高官厚爵，管不了普天百姓，却也是有善良之心。这一点，自认不缺。

那么，是不是自己就完全读懂《厚黑学》了呢？前面只是沾沾自喜，其实，离宗吾先生所谈的真正厚黑还差之千里。我所做的，只是心境静而已。无欲无求自然就放得开，也就不计较。每当看着焦躁不安的领导对我发火时，总会微笑待之，态度超级好地接受批评教育，毕竟，都是为了工作，虽然苛刻一点，却也无伤大雅。

大度点说，自己心胸开阔，不与人计较。自私一点说，我是不想伤害自己的身体。这具身躯好不容易被呵护得逐渐变得健康，我怎么允许有不利于它的事情发生呢？我要给予它无微不至的关爱，不能伤它，不能让它受委屈，更不能折磨它，一定要给予它一个和乐融融的成长环境，那才是我对它最大的爱护。

"爱自己多一点"这是我的网络签名。人生不易，每天都在大舞台上表演，能主宰这个舞台表演效果的，也只能是我们自己。如果我们自己都不爱自己，谁还愿意来爱我们呢？我们都应该让自己在这个舞台上活得精彩非凡，无须去计较别人给我们带来的那些喜悲，也无须计较我们一定要带给别人什么爱恨。在人生这场游戏中，人与人之间各取所需，不要因为什么而失去自我，只有懂得爱自己的人才能更好地爱别人。当我们爱自己，就更容易获得成功，于周围人而言，每一分收获都将为他们带来积极意义，我们于他人就是有价值的人，所以更好地爱自己也就是全新地爱他人。

与人为善最利好身体

我们常教导学生"严于律己宽以待人"，此话说起来容易做起来难。分管我的领导便是这样之人，没有什么坏心眼儿，待人很诚恳，对我算是关爱有加，对工作是一等一的认真负责，甚至不断要求我创新。从某个角度看，做这样人的部下长进是非常快的。从她身上，我学到不少，尤其做事严谨的习惯。但她太过于较真，也就会时常冒出一些莫须有的担心，然后会犀利地对待他人，尤其其对于我这个部下，偶有不遂心愿就会批上一顿。

我时常会担心她的身体健康，因为我总是想到"忧伤脾怒伤肝"这句话。所有的事物都是相生相克的，喜欢冒火必定会滋生出对身体不利的衍生物，于身体健康而言是相当不利的。

我不喜欢太过犀利批评人，她批评我时那种带着情绪说话的方式是让人不易接受的。己所不欲勿施于人，为此，我研究了如何与人交流。

我把"批评式"的沟通方式看作"暴力事件"。谁都不想让自己经常遇到"暴力冲突"，所以我一直思考着，怎么说话才能让别人不会感觉是纯粹的批评呢？

翻看了很多书籍，了解了各种关于沟通的方式，最后我总结出一个最好的方法："感同身受"之后再思考怎么与之沟通。站在对方立场思考问题，看待已经发生的事情，思考为何会出现那些不愿意看到的现象或结果，考虑主观还是客观原因后再与之沟通。

当然，很多事情有非常明确的对与错，很多人都不喜欢接受错误的事实，所以总会感觉受到指责会很不舒服。那么如果真的做错了，必须受到批评要如何办呢？就必须带上一双"会听话"的耳朵。要学会把那些批评的话"翻译"成让自己能接受的话。当我受到"批斗"时，经常会对自己说"你不会说话我会听"。这种在心底宽慰自己、对自己做"心理建设"的方式，让抵触情绪可以瞬间化解。又或当某件事儿没有顺利完成好遭到质疑时，我会对自己说"没有经验，下次就好些了"这样宽恕自己，不让自己有太大心理压力。

有一种叫作"转换翻译"的方法与自己身体沟通，我非常喜欢。如果别人说"你某个地方做得不对"时，我会翻译成"我某个地方可能需要改进"。这样自己更容易接受这种"对话"。比如，有一次一个老师对我扣其班级考核分很不满意，发牢骚骂道"你想怎么扣就怎么扣，老子当不来班主任"。我当时听到后第一感觉很生气，但马上屏蔽自己的怒火，立即用"转换翻译"的方式，让自己理解这个句子为"我的扣分是不是不公平？她在说气话，我不要与之计较"。把别人的话转化一下，冲突自然就化解了，尤其很容易平息自己的不满情绪，不易被激怒。

当别人用充满批判的"暴力语言"与我们对话时，我们联系自己用上"礼貌"用语，用"绵软而不带暴力"的方式去倾听，我们就会听不到批评、批判和攻击。应当看到，那些冲着我们实施"语言暴力"的人，其实是某些需求没有得到满足的表达，是一种负面情绪的表达，但这种表达并不能实现表达者自身的愿望，不但没有沟通反而使各种关系紧张，伤害自己身体健康，得不偿失。相反地，如果能采用"非暴力语言"，听话者就不会听到批评、批判及攻击，而仅是需求没有得到满足的话语。

在用"礼貌用语"与生气者、发怒者这些情绪失控的人沟通时，对着他们微笑、将眼睛睁大听他们把话吐完，并在他们"吐槽"的过程中运转脑子思考其"言外之意"，把问题的症结找出来，是最有利的沟通方式。当把一切问题都当作一个事实分析，而避开自己这个置身其中的身份时，一切分析都会变得理性，变得更加公平公正。也可以把自己从事件本真中挣脱出来，控制自己的负面情绪，达到良性沟通的目的。

如果我们能理性接受批评者的话语，控制好自己的负面情绪，在他们"痛苦吐槽"后给予理解，这有着惊人地化解矛盾作用。虽然问题可能还没有解决，但"事件当事人双方"建立了一种信任感，搭建了问题解决的纽带，使解决问题变得更加容易。作为管理者，更加要学会沟通，要让一切问题都在"非暴力冲突"中完成，以增加属下的信任度、理解度，提升工作绩效。

在与朋友、同事或亲人的接触中，我们会听到比批评更不堪的一些辱骂，对于辱骂的处理该如何办呢？对于辱骂，我认为它其实也是需求没有得到满足的极端表达方式。这些人往往不知道如何表达自己的需求，在最无助、最需要、最痛苦的时候，除了谩骂不知道该如何表达，他们不知道该如何与自己或他人沟通，不能有效分析自己内心深层次的需求。作为"接收信号"的一方，我们不能被他们的语言牵制，要精神纯粹地分析他们骂语下面隐含的意义，给予理解。理解他们内心的痛苦、需要的帮助、真正的诉求，并寻找最合适的语言与之沟通。

在教育孩子的工作中，我们经常会遇到他们说"不"的情况。关于对"不"的解读，我也思考了很多。我们对孩子提出要求，如果孩子说"不"时，思想意识里就会爆发出"此孩叛逆"的思维模式，然后就会发怒、生气，判断出是拒绝，甚至会感叹"孺子不可教也"。尤其自己是家长或老师，会感觉"威严"受到了藐视，会怒不可遏。当然，这只是"对抗式"的思维模式。如果换成"理解式"思考方式就会有所改观。

"理解式"沟通方式会让我们的耳朵将听到的"不"改变成"要"。"不"其实是孩子们想要什么的反面果断表达方式而已，也就是说他们是在"说反话"。比如，孩子走到老师面前表达"我不会做这道题"，其实是想告诉老师"我需要你帮助我解答这道题"。

当我们的耳朵学会接收信息时开启"自动转换"模式，将此信息转化成彼信息，所有的语言冲突都将被消灭。在平时的工作中，很多人会认为我脾气很好，鲜少骂人；即使有人怒火冲天找上门，我也会很快"灭火"。其实，我也不是真有那么好的脾气，只不过换了一种方式去与之对话，调和了氛围而已。

人无完人，孰能无过，孰能无短，孰能无怒？谁都会有脾气，只是愿不愿意控制而已。人这个主体生活在"生活外环境"及"身体内环境"双重氛围里，身体需要健康必须是双重氛围的协调呵护。

任何时候我们都希望"内外环境"对自己都非常有利。身体自身为了"运转"，它每天要呼吸、运动、吃喝拉撒、思考学习等，如果"生活外环境"给身体带回来无数"垃圾信息"，让它承受过多额外的负面压力，它会非常辛苦，久之就会"压垮"身体。所以，我们要营造一个舒适的"生活外环境"给自己，确保身体正常运行。

无论"生活外环境"还是"身体内环境"，都需要一个和平的环境，需要一个供给愉悦生长的"生态链"。两个环境或链条都协调，身体才会健康。因此，我们要学会正确表达自己的诉求，用不含暴力因素的沟通语言坚定自信地表达自己的观点、见解、需求、要求等，营造一种平等沟通的交往模式。

只有"生活外环境"加"身体内环境"和乐融融，才能万事和谐，万事兴达。

记住一句话：力的作用是相互的，在伤害别人的同时，其实也是在伤害自己；不想伤害自己，就请与人为善。

与人为善，是我在"生病修行"后最大的感悟。其实，除了生命，其他什么都是浮云。当身体健康时，就想着要金钱、荣誉、地位等一切物质的东西，贪婪的内心会不知天高地厚地膨胀。当生命受到威胁时，往往就能悟透只有生命才是一切之源，命都没有了，其他都是空谈。记得有副调侃对联是这么写的：上联"爱妻爱子爱家庭，不爱身体等于零"，下联"有钱有权有成功，没有健康一场空"，横批"健康无价"。虽然观点有点狭隘，但的确道出了健康身体的重要性。

与人为善，则是与己为友，于身体健康最利好。

不设终点的栈道之旅

爱惜自己的生命，成了我最重要的事情，这也应该是每个人一生中最重要的事情。或许，有人会说怕死啊？真是胆小鬼。是的，如果是因为生病而丢失了生命，我的确胆小。在我的意识里，因为病魔而陨损生命，这是最不值得的，是毫无意义的。如果保家卫国而牺牲了，那是值得赞颂的，是有价值的。

司马迁曾言"人固有一死，或重于泰山，或轻于鸿毛"，我们要死有所值。生命价值该如何衡量？这是一个值得每个人一辈子思考的问题。当然，很多普通人也许谈不上对国家或他人有多大的贡献。但我们可以对自己做更多的"贡献"，不断寻找一些有意义的事情做，让自己的生活多姿多彩，不倦怠不灰心不难过不沮丧，每天都在缓慢而有激情的岁月里度过。

我是一个教师，更是一个家长，每天睁开眼自然就会想到那些可爱的生命，想着他们的懵懂天真。在我刚调进小学上班时，还记得有两个孩子问我的两个问题，让我至今忍俊不禁。那时候我教三年级。某天下课去如厕，一个孩子碰到我问了一句："老师，你都要上厕所啊？"嘿，以为我是神啊？居然不用拉屎尿尿？进入六月天热时我穿了一件飘逸的桑蚕丝中长袖衣服，一个小姑娘问我："老师你不冷吗？"大热天的即使衣服再薄也怎么会冷呢？这两个问题让我想着想着就想笑。多么单纯的心思啊，在他们空白的思维空间里，我们得为他们填写一些良好的东西。尤其家长，言传身教的东西切记不要太"小家子气"。

每一个路过我们身边的生命，都有抓不住与抓得住的美好与缘分。能抓住的人与缘分，我会倍加珍惜；抓不住的，我就想好好送一程。对于家人、身边的同事朋友，我会珍惜他们的存在，总会在静逝的岁月里祝福他们一切安好；对于那些短期会面的学生家长们，我会用微笑坚强而乐观地迎送他们。我想这就是我们这种普通教师生命普存的意义。

向往一切美好，美好的东西就会奔着我们而来。在四月春暖花盛的日子里，我迎来了令自己无比激动的消息：七月上旬有机会去香港中文大学学习一周。这几年香港中文大学每年都为我校免费提供一个学习名额，培养国学教师。这是我们学校开展国学教育的福利之一。这次校长把这个名额给了我，让我激动不已。

香港之行的消息让我又想起了北京之旅。那时候我还是一个背着十几瓶药剂出行的"病危之人"，而今血液里没有了癌细胞成分，这具身体总算缓过神来，下次不用再背着药出行了。啊，世界真美好！我坚信内心强大比一切都强大，内心美好才能一切美好。想着这几年艰辛的路途，心中百感交集。我可以去香港，多么令人愉悦的消息，就像我又遇到了一次重生。

回家把这个消息告诉老公，老公调侃："这等狗屎运怎么就掉到你身上了？"

是的，我是一个幸运儿，似乎美好的东西都在向我涌来。我已经不是那个时刻需要担心自己身体健康的病患了。虽然还有肿瘤在肺上，血液成分却已经健康，我已经算得上一个基本健康之人。

一次旅行会增长一种见识，一种见识会滋生一份意识，这份意识会指挥个体的行动，促成人生走上另一个阔度。我乐意这样的旅行，促进自己一步步变得更加优秀。

有了一个向往的目的地，周遭的人与物似乎都变得更加和蔼可亲了。原本就对生活充满热情的心思，如今更加活跃。在清明时节雨纷纷的日子里，从思念父亲的思绪里挣脱出来，开始了自己参加工作回忆录的撰写。到我去香港前一天，文字材料已有了十万余字。行动就会有结果，愉悦的心思是那么活跃，我真的可以做到很多以前不敢奢望的事情。超越自己已经不是梦想。

香港，会是让我见证自己生命奇迹的又一次旅行。"一国两制"的管理体制，见证了中国求同存异的大国包容情怀，带给我无限憧憬，也带给我工作中创新管理的思考。

有梦的地方就有希望，我总是有梦想，所以希望一直都在。无论事业、身体，一直都是向着美好的方向前进。

香港之旅我必卸下药剂，轻装出行。虽然平时依旧在吃药，但我已经把那个比较贵的药改为一天吃半瓶了，是前几年的四分之一剂量。煎熬的中药剂一直未断，锻炼更是不少。我相信坚持就是胜利。最近一年，感冒似乎都避而不来了，身体的重量也到了一百一十斤左右，已经微胖了。不过，我一点也不担忧胖瘦，身强体壮才是老大。

组织完六一儿童节活动，领着学生复习完教材，完成好期末考核，我总算可以洒脱地出发了。六月底，与市上一位中学校长

一起，登上了去深圳的飞机。

这次行程全权由那个校长兄长安排，我只负责跟着走就可以。他带着妻子，联系学生，领着我们在深圳游玩了一圈。学生的热情好客，深圳的繁荣昌盛，世界之窗的千姿百态，让我眼界大开，梦幻生活多彩的旅游主题，更加扎根进心窝子。

走出去才知道外面的世界千奇百怪、美轮美奂。在触景生情的时光流淌中，心情得到释放。远离工作与生活，投入陌生人事中的感觉，总拖曳着憧憬与好奇，串成最美的记忆，照耀心灵可能荒芜的田埂。

旅游，原来可以让人如此释然。

我想，未来闲暇时光里，我找到了自己的向往。眯眼思索那美好的场景：一个人，一只包，一条路，一样景，一段行程，一种风情，无拘无束，踏遍大川，毫无羁绊，游览名胜，或吟或写，徜徉多彩情思，遗留万千感触。

那种带给我们心境的变化与富庶的经历，将撰写的正是我们这一生没有终点的栈道之旅。

更上一层楼

香港之行的学习比我想象的更加精彩。与那些我只在书上见到名字的大家们一起听讲座、谈国学、谈教育、谈中国的未来，荣幸之至。原本不爱多言的我，也变得侃侃而谈。原来我也可以屏蔽自卑，落落大方与他们对话。细思量，这几年我博览群书，外加读研，极大地丰富了知识储备，我才可以站在他们身边，略表自己的见解。

对学习的认识我又有了一个新高度。之前读书多是想分散自己的注意力，减少对身体患病的关注。而今来看，幸亏自己愿意静下心来阅读，才有了丰富的内涵，才有与那些名家大师们对话的机会。我深刻体会了丰富自己内涵，对于融入那些有内涵阶层的人群的感觉。那种感觉不是骄傲，不是炫耀，是一种恬静而美好的体验。

美国人有句俗语："和傻瓜生活，整天吃吃喝喝；和智者生活，时时勤于思考。"这两句话所说的其实是一个道理：站在什么样的圈子里决定了我们什么样的生活品质。要想站在什么样的人群里，自己首先要变成什么样的人。想钻进一个学识丰富的人群，首先得让自己博览群书，推开世界的知识之窗。

人真的是主宰自己命运的主人。面对前途未知的变数，唯一可以肯定的是，只有自己不断丰富自己，不断让自己优秀，才可以碰到更加优秀的人与事。

我很庆幸，自己找到了一条通往优秀的捷径。漫步在香港中文大学的校园，看着一个个求知若渴的背影，各种羡慕涌上心头。如果我还能像他们一样年轻，能拥有这种学习机会，那是多么美妙的一件事情。不过还好，我来过，聆听了那些著名国学大师的讲座，虽然只待一周，也是人生一大幸事。何况我还在读研，虽然只是在职的，那也是若干年前我不曾想过的美好。

我们的学习在香港中文大学新亚书院，这个书院是国学大师钱穆及当代新儒家代表人物唐君毅等人创办。如今他们竭诚推广国学教育，免费为国家培养国学教育人才。这种热爱祖国、爱祖国文化、为培养下一代孜孜不倦的忧国忧民情怀，让我倍感佩服。在他们身上，我看到了对祖国前途奉献自己一切的一群仁人志士，以及他们的博大爱国情怀。虽然每个人只是茫茫人海中很小的一分子，但众人齐心协力划桨就能推动中国这艘巨轮前进，中国的传统文化有望复兴。

　　香港经历了近一百年的殖民管理，对于祖国，很多人有深厚的感情。中国于他们就是一个家的概念，是一种身份的认同。对于中国的传统文化，他们比我们大陆好多人都热情。传承中华文明，对于国学大师们不是一句话，而是若干的行动。我很佩服他们。我也愿意为之付出自己的努力。原来，一个人要变得高大上就是那么简单的事情。爱国爱民什么的，其实说小点就是做好自己的本职工作，在自己的工作岗位上力所能及多做点对社会、对他人有益的事情，所谓的奉献精神也就涌现出来了。

　　正当我坐在大师身边学"半部论语治天下"，学得津津有味的时候，学校领导来电说教育局要在我校中层干部中推选一位副校长，问我哪天能回去。

　　选啥副校长，我没兴趣。此刻大师们的高谈阔论比其他任何东西都吸引我。学校选举的时间定为我回家的那天，我没法参加选举。不过，我并没有什么难过的，不管是作为当事人还是投票人，我都不激动。我也没想过让自己当选，毕竟，于我而言，身体才是第一要位。"五年期"还横亘在我心头，没有必要为了功名利禄而不顾自己的身体安康。

　　但很多事情不以我们的意志为转移，也不以我们感不感兴趣而不发生。在下飞机的那一刻，打开手机接收的第一条信息就是：恭喜你，当选副校长。

　　我傻眼了，这样也当选？

　　消息是分管我的那个领导发来的，她似乎比我还高兴。我却心情变得很沉重，我知道当选意味着什么。我县正在筹建一所新小学，这所小学以后将作为我校的分校，这个当选出来的副校长以后将到新校工作，肩上的担子是非常重的。

　　怎么办？闪入我脑子里的问题一个又一个，却找不到回答的最佳答案。悲喜交集的感觉让人有点喘息不过来。回到家里，我把消息第一时间告诉了老公，他却笑呵呵地说："你真牛，这样也能当选。"

我白他一眼，"牛？你知道我的担忧，去还是不去啊？"

"去，当然去。这么好的机会，你现在可是健康之人。又一个崭新的开始，这样不好吗？"老公举双手支持我。我却还是再三思量，毕竟这事儿是我自己的事情。

工作、身体，如何平衡？我不断思索衡量。我的性格就是，要么不接此项工作，要么接了就一定要做好。副校长这个职务，要么不坐上去，要么就要做到最好。"做好"不是一个简单的词，需要的是无数艰辛的付出。我准备好了吗？尤其是身体。我假设了很多种可能，喜忧参半。

坐在香港教室里的时候，我是热血沸腾的，那种余热至今还在。但真正需要担当时，我似乎又退缩了。一所新建学校，需要做的事情太多太多，我不怕工作辛劳，就怕自己身体吃不消。万一物极必反，身体里的癌细胞复活了怎么办？担忧像一撮杂草，迅猛滋生。

我还没有缓过神，分管领导就找我拉开了工作的序幕，原来她将去主持新校工作，我是她看中的得力助手之一，是她"智囊团"的主要人物。

看着她那高涨的工作热情，那种想把新校打造成她心目中的理想校园的心思，让我心底涌现无数酸涩。我何尝不想打造一所自己心目中的理想校园？读研的这些日子里，对心目中理想的校园越发有了一个轮廓。其实，新校园正好可以是我的试验田。

而我此刻却犹豫了，说白了我就是胆怯，怯这具身体的承受能力。

潜能究竟有多大？

人横竖都有走向生命尽头的那一天，如果不是生病而白白死亡，那就算是值得的。我怕什么呢？我已经远远活过那医生曾经在"判决书"上判决的时间，而且越来越健壮，大难不死必有后福，我相信自己能活到七老八十并有所为。所以，我不应该畏惧什么，勇往直前，才该是我人生的标签。

思量一周时间后，我总算建设好了自己的心灵。拿通知书那天，为保证新校区能及时开校，我接受了领导安排的所有工作：监看学校建设，做好新校装修的构思工作及拟订新校的发展方案。

"我保证完成任务！"在那一刻，我是多么自豪。整理文字性材料我是一点也不惧怕的。尤其能构思自己办学的理念，真是莫大荣幸。

那一个暑假，我与另外几个同人一起，从学校硬件设施建设到软件建设，无数次会议论断及现场办公，有时候热得中暑，喝一瓶藿香正气液继续工作，几乎没有一天休息，总算在八月二十五日基本完成装修。

虽然离完善还有一段距离，但学生可以入场学习了。望着那红墙散发出的勃勃生机，我看到了这所学校未来辉煌的前景。

但世事多变化，临到开学前一天，教育局组织全校老师开会，宣布了学校原校长调离，分管我的领导担任校长，主持分校工作的是一位新来的乡下校长。

我说不出是喜是忧，管理岗位人事变动属正常。一个我们都不熟悉的新校长带领大家入驻新校区，不知道以后合作是否愉快。我与几个中干都怀着期待的心思开始与新校长接触。还好，这个新校长为人和善，很尊重我们之前的劳动成果，很快我们就对他信任有余。

如今的我，属于没有多少逆鳞的人，新校长说的原则上不伤害学校老师及孩子们的利益，我都不会与之计较。但中干中却有个性鲜明的家伙，时不时与新校长会有些磕碰，我这个副校长有时候还有"灭火"功能。

争啥呢？吵甚呢？在我看来，一切都是那么幼稚。对于我这个在生死边缘走过的人，那些鸡毛蒜皮的小事儿简直不想去计较。不过，情绪还是会受到或多或少的影响，毕竟我是个人，不是神。但我会尽快调解自己的情绪。曾有免疫学家说过，保持愉悦的心情是防癌秘籍之一。所以，我想在新校区营造一个大家都能愉悦心情、保持健康的工作氛围。

还好，这种争执仅是管理理念与工作方式的磨合，很快大家就相互适应了。每一个人其实都想把工作干好，心思都是善良的，只是其思考的角度与实施的方法差异导致了他们的分歧。很快我意识到，管理者看问题的角度与高度，直接影响着他们对工作的实施方法与态度。当然，这种方法与态度也就是一种理念的体现。

用什么样的工作理念管理这所学校？我从接受任务就开始思索。在大家的磨合过程中越发考虑了很多，阅读了很多书籍，一方面想解决校内问题，另一方面也为硕士学位准备论文。

有人说父母的高度决定孩子的高度。在我看来，校长的高度决定学校发展的高度，决定老师工作的新度，决定孩子享受教育的阔度。而一个善于学习的校长，算得上是一个学校的福利。我们的分管校长还算善于接纳新事物，是老师和孩子们的幸运。

因为我一开始拟定的学校发展五年规划中就把学校的定位提到了一个相当的高度，所以，在后来的工作中，事事都是高标准高要求，给老师们加码不少。还好，因为选拔入新校的老师中很多都是"帅才"级别的人物，一个学期，仅仅一个学期，整个新校园就赚足了家长与领导们的好口碑。

新校管理工作中最麻烦的是迎检。迎来送往的过程中，领导、同人们被学校高屋建瓴的办学理念折服。曾迎接某市的一批局长参观学校时，有局长私下问，你们这是公立还是私立学校啊？每学期收费多少呢？我们当然回答公立免费，但他们都不相信。

看来，在人们陈旧的观念里，具有先进办学理念的学校一定是私立学校。一个我们这种在西部小县城的公立学校，能提出具有前瞻性的办学理念，领导老师能如此卖力工作，师生能有如此大的创新性，他们是"难以接受"的。

能把学校引导成一所如此受师生欢迎与领导赞誉的学校，我是偷着乐的。还好我没有拒绝到新校来，还好一切都按着预期目标发展，尤其是身体。

过去几个月的辛苦都是值得的，这种略有小成绩的感觉，令人沾沾自喜。

我的潜能究竟有多大？一个疑惑慢慢钻进脑子，促使我想不断地"折磨"自己。

第八节　潜能与发展

　　"生命的途程从来就是一个惊人的国度"，没有人一生都是苦楚，也没有人一生都是欢乐，苦乐总是结伴而至，就似祸福相依。人生所有的失败都有成功相接，所有的离别都在等待崭新的重逢，所有的放弃都有最好的守候，所有的苦楚都有微笑相迎，我们只需要默默陪伴。人生，是一个个梦的延续。一个人要有梦想，有梦的地方才有希望。

"马太效应"

　　在世界吉尼斯纪录中，收录了许多光怪陆离、难以想象的纪录。其中有一类关于人类极限的，纪录保持者通过努力在活动中创下了一个个不容易被打破的纪录。那些纪录都是常人无法想象的，是值得载入史册的。

　　人究竟有多大的潜能？我有多大的潜能呢？有哪些潜能呢？这些问题一直困扰着我，令我不断追问自己。

　　潜能即是潜在的能量，是身体本身就带有的，但要在一定条件下才会显示出来的某种特长或能力。每个人的潜能都是无限的，但很多人并未开采出来。就其根源，是生活没有达到要激发其潜能的条件，尤其是一些逆境。或者用科学解释未能激发出生命"核能量"，未实现"核裂变"或"核聚变"，当然就难以释放其潜能。

那么，要大脑产生"核聚变"究竟需要什么条件呢？我是否也需要去激发这种潜能呢？

科学家研究发现爱因斯坦的大脑使用还不到全部的10%。最伟大的科学家的大脑使用都不到10%，那作为其他的普通人用了多少？我自己又用了多少？

不经意的思索让我感觉自己浑身都是力量。时间被我慢慢"征集"得越来越多，在身体自然生长的环境里，给它一个目标，指明前进的方向，一切事情随遇而走，尽力而为，无比舒坦。无须计较得失，无须强求功过，但这样会激发潜能吗？

潜能这东西是稀罕物儿，需要激发才能呈现出来。生活中我们遇到"核裂变"或"核聚变"的时机太少。爆发需要在适当时机，讲究"天时地利人和"，不是想怎么样就一定会怎么样的。对于我这样一个"死里逃生"的人来说，"胁迫"自己去挖掘潜能或许不太适合。不过，我毕竟闯过了"生死线"，这是否算在挖掘"抗死亡"潜能呢？

其实，凡事尽力而为，工作保持高度热情，业余时间充分利用，休闲娱乐创作安排紧凑，把日子过得津津有味，那就足矣。我坚信，专心做一件事，这件事就会被越做越精致，这方面的潜能就会慢慢浮现。

对自己能力"评估"后，2012年顺风顺水地走来了。我喜欢时间就这么奔跑着向我撒欢般冲来，这是我努力"赚"回来的，能不心情愉悦地接受它吗？

　　新一年新气象新心情，每天睁开眼睛看到光明，身体舒适的感觉真好。元旦三天休假回校后，接到一封区政协发过来的信件，拆开后看到的居然是应邀参加政协会议的通知。

　　我当上了政协委员！真是让人高兴。这次参会不比往常，这是我县升区后的第一次会议，具有历史性意义。对于我这样一个从没想过跳"政坛舞"的人来说，"人大政协委员"只是书上、电视上的存在。而今我居然是其中一员，想想真是神奇。

　　世界真奇妙，万事似乎皆顺利，我心情好得无法形容。

　　我获得了很多人辛辛苦苦努力才能挣来的荣誉地位，虽然不算很高，但于我已如攀崖登高望远，跃上了我生病前也没有计划攀登的一个高度。

　　虽然"政协委员"只是一个称号，仅是参政议政的民主人士履行公民权利的一种责任与义务，却让我感觉无上荣耀。对于我这个干事认真的人来说，感觉肩上的担子一下又增重不少。

　　生活就像一艘巨轮，我们都坐在上面被载着驶向生命的终点。它引着我们驶过一个个精彩纷呈的"旅行地"，追寻生命里的一个个精彩。这一轮它把我从学校推入社会，推上一个参与政府工作建言献策的高度，促使我迎接生命的又一轮梦幻之旅。

　　真是一段愉快的生命旅程。

　　我又一次成就了一个不一样的自己。我甚至觉得，这几年诸事顺，宜生长。当然，不看癌症这个"调皮捣蛋"的家伙，身体健康是走上坡路的。

　　"我们家出了两个校长，两个政协委员。"老公调侃，他是上一届的政协委员。

　　"这叫前仆后继。"我思量着自己以后的路途，如今当上了副校长，还要向校长正职进步吗？

"你难道还真想当正校长？"老公简直就是我肚子里的蛔虫，居然一针见血看出我思考的问题。

"有何不可？"我撩起胳膊示威，"你能做到的我也能做到。"

拿破仑说不想当将军的士兵不是好士兵，我似乎一直都是一个"好士兵"，但我却还真没有当"将军"的想法。

"我当然知道你能做到，但还是别去做，即使有机会也别去，我希望你成为大作家、大教育家，而非名校长。"

老公虽然没有说原因，但我知道他的担忧，他身在那个位置已有些日子，烦琐的学校杂务时刻"折磨"着他，他的两鬓已有了少许白发。

随后的日子里我也没再想这个问题。一如既往工作、锻炼、熬药、阅读、创作，把每一天的日子都安排得丰盈有余。在起点码字偶尔有点进账，虽然很少，却乐在其中。这算不算我在激发自己的一项潜能呢？

走过了学校初建的忙碌，当副校长其实是最轻松的。上有校长顶着，下有中干干活，不需要像以前一样在第一线干得热火朝天，只需要给出理想方案，适当给予汇报、提点，更多的是关注问题存在的原因，不但低头做事，更要抬头看路，做到收放自如，起到连接和纽带作用。

我感觉日子过得越发自在了，心情更加惬意，整个人一天到晚都散发出愉悦。微笑，成了我的招牌式见面礼。

李白说"人生得意须尽欢"，我对这个"欢"的理解更倾向于健康地生活。担任副校长后偶有应酬，但我仍然坚持自己的作息规律，晚上不在外滞留太久，保持按时睡觉的习惯。我始终坚信，身体有规律的成长，一定是生活有规律的展现。打乱了作息规律，也就是打乱了身体的生长规律，终有不好的情况发生，重则生病。

与日月同生息，与天地同筹谋。把世间一切俗事于心中化为"无"，即摈弃干扰自己的私欲、杂念，一切按照自然规律安排一天、一周、一月、一年的生活习性，像自然界万物一样与日月同生同息。我把这当作一个人生而存在的命理。

生而存在的命理是人生命运的道理。生命是地球演变而来，生命全息论观点认为，地球生命都会受天体运动影响，天体运动在生命体上会留下信息，即生成了命运。中医的望闻问切，看的是人身体的调和能力，也就是人体对天体运动的各种信息的感应能力。生命能随天体自然规律运行，则是不忤逆自然规律，命运随流而行。

如此，顺应自然规律成长，则是生命保持健康的法则。

高处不胜寒

世间万事万物瞬息变化，在我窃喜着参加区政协会议的时候，老公却接到了一个让他惊诧无比的信息：调离现在学校，回到他当副校长时候的学校去当校长。而且，领导谈话后即刻上任。

"为什么？"我比他还要吃惊。没到换届时候，怎么中途换人？而且，他在现学校拟订的五年计划才实施一半，老师们正干劲儿十足，这么离开多可惜？

"那个学校的校长犯了错。"老公心思凝重，"被撤职了。"

"看来，校长也是高危职业啊。"我调侃而笑，"还是平头百姓好，没有风险忧患。"没有想到犯错误的人居然就在身边，老公还成了那个去坑填"风险"职务的人，我下意识地想了想自己，的确，想要谋求私利似乎还是能找到机会。

"高处不胜寒。"老公颇为老练地颔首,"其实原来那个校长也不是犯多大的错,只是自己建了个'小金库'而已。"

"贪污?挪用?私自发钱?"我惊诧,"不管怎么说违规操作就不当,还'小金库'而已。你要引以为戒。"一直以来我是最担心老公的,他性格大大咧咧,对金钱没有什么概念,怕他犯错。当然,自从我们工资上涨、他帮人美工设计找点"外水",外加我缩减用药的开支后,我们的经济状况空前好转。所以,我也就不太担心他会为了钱走极端。

"放心,我不会做违纪的事情。"老公是个很睿智的人,心思坦荡,一心扑在教改上。我一边读研一边与老公探讨教育改革,并把改革在我们两所学校践行,他简直是我最好的学习搭档,能让我理论联系实际。

那段时间中央的"八项规定"下来,校长这个版块"地震"了,连续有几个校长传出被查的信息。老公居然也被人"检举揭发",是原学校的那个食堂管理人员。

这件事情老公没有告诉我,完全澄清是子虚乌有的事情之后,才告诉我他虚惊一场。原来老公走之前,那个食堂管理人员不按规矩操作,学生饭菜偷工减料、卫生与管理不达标,提出多次整改意见,但那员工屡教不改。老公走后,新任校长直接把那管理人员开除了,那人让老公帮他忙留下,老公拒绝了,他就发难说他曾送钱给老公。

真是比窦娥还要冤。这人怎么这样啊?我对美好世界的感观简直被如此恶劣之人一下毁掉了大半。幸亏老公正直,否则真会"阴沟里翻船",自毁前程。

子曰:"君子喻于义,小人喻于利。"老公懂得道义,偏偏遇到唯利是图的小人。还好,总算有惊无险。不过,这却给了我们一个警告：为官者，受围观也，观众的反响会五花八门，自己的行为一定要规范，决不能留下一点点口舌让观众们有机可乘，否则，终将悬崖落马。

最近学校收到了一封检举老师补课的信，以前这样的信件我也处理过，不外乎调查、写材料、整改。这次却很严肃，纪委与局里的领导都到学校来彻查。

看来组织上动真格了，这么一封检举信弄得如此严肃，让我感觉紧张不已。我非当事人，却总感有监管不力之嫌，觉得挺愧疚的。

查来查去，某老师的确收有几个学生收费补课，责令立即退还，并写检查。还好，人少钱少，没扩大影响。后来我调查到，那个检举揭发的家长是一个培训学校的负责人，也是他第一个提议让老师给班级孩子补课的，结果他反过来又检举揭发老师，真是司马昭之心路人皆知。

怎么会有这样的家长呢？我百思不得其解。姑且不谈论这个老师的确收了几个学生钱财对不对，这家长如此处心积虑算计老师，对他有多大的好处？对于他的孩子，会是什么样的引领？如果学习了心思不端正，以后长大成人会不会走上极端之路呢？我很担忧，也很气愤。

一波未平一波又起，校本部老师在某校外机构补课，被纪委的人暗访逮住了，还摄像留下了证据。这件事儿影响极大，全县产生了轰动效应。说是暗访，其实也是被家长引去的。

我们学校刚发生事儿，另一所老牌学校也被家长举报多位老师收费补课。据说有个家长告某老师居然连续告了好几年，很"执着"呢。

教育都怎么了？老师和家长们都怎么了？这样的"对峙"能

搞好教育吗？我忧心忡忡。师生本该和谐共处，而家长与老师的僵硬关系就像一根鱼刺横亘在师生之间，怎么也不能让师生关系融洽。如此下去，校将不校啊！

收费补课是一大问题，各级都在三令五申严查，也在组织学习相关要求，我这个党外人士也不断跟着进阶学习，灵魂在一次次的洗礼中净化。

教育行业内部在整顿纪律，校长老师们一个个神经绷紧了。我分管德育工作，也感觉压力山大，连续几周我居然有点失眠。

这可不是好征兆，我可不能顾此失彼。身体的"预警机制"出现问题，我不断地调和自己的思绪，寻找处理好老师与家长之间矛盾的方法。

我们在学校内大学特学党的各类纪律制度，其他单位也在组织内部整顿纪律，大家都在学习党中央下发的各类纪律文件、精神。场面空前"壮观"。

这是一次行业风气、工作作风的整顿。我是比较认同的。在物欲横流的当今社会，做一个素心之人、享受真水无香的幸福、追求长久唯美的人生之人已经太少。尤其是官场，已经早被人们当作一个装满污泥的"大染缸"，再不清理那些"淤泥"，这个社会都会被染色，国家终将褪去其原本的姿色。

社会是发展的，世界都是我们的，人人都应为之付出努力。国家前途与命运是全社会的问题。执政党更需要洁身自好，我们也需要从中学习净化自己。我们这代人怎么想怎么做，对社会的发展很重要。尤其我们这代人里的精英人物，那些掌握资本、技术、科技以及管理技能的人的思考，对国家的发展、子孙后代的影响非常重要。

教师这个行当，是推动社会发展的一支主力军，这个推动，不如科技发明那么明显，但它是培养人的行业，是缔造未来社会生力军的，其作用是显而易见的。而基础教育是人成长的启蒙时段，这一段直接决定了未来的人才的质量，不可忽略。而我们的老师们为何要收费补课？最大的问题还是待遇较差。想着我以前穷困潦倒的日子，再看看那些囊中羞涩的同事，又怎么能怨那些老师呢？而且，也有那么一群家长，经济实力足够雄厚，的确希望老师能用课余时间帮助他们协管孩子。这其实是一种双向需求，是值得考究的问题，不应该一刀截断。

教师和学生、教师和家长、学校和家庭、学校和社会，从来就不是对立关系。

为师，当肩负起为子孙指路的责任，应该得到高度的信任。

想着自己身为人师，知识结构、行为习惯、思想品德、言谈举止、生活方式都会或多或少影响着部分师生及他们的家庭，心情随之激荡，感觉自己的存在价值不可小觑。

有存在感，自我觉知很明晰，读研后精神叠加的东西越发觉得有价值，这是一种比美貌财富更加让人觉得幸福的力量。

人生路遥，倦怠感会在日复一日的生活与工作中生成，但存在感会消灭这种倦怠，让自己充满力量。找到存在感，认识自己的存在价值，对平静自己的心思有积极的影响，并能让自己认可自己的事业为终身职业。

付出就有收获

美国商业史上第一个亿万富翁约翰·D·洛克菲勒说过："一个人自我观念是其人格的核心，你们认为自己是怎么样的人，你们就真的会成为怎样的人。"我对这种说法深信不疑。我认定自己是个坚强的人，所以在患癌的这几年能坚挺过来；我认为自己可以痊愈，所以我深信不疑会康复，现在总算大有好转；我深信自己可以做个不一样的自己，所以我不断求索，取得一次次进步；我深信我的学生们都能学有所成，所以我教育出了一大批优秀的孩子；我深信我的家庭会幸福美满，所以家人们一个个都发展良好，尤其是老公，圈子里的人都认可他；我深信自己孩子可以不比一般人，所以她语言、艺术天赋得到很好发挥……我深信很多东西，并把所有的东西都向着良好的方向规划，都得到了较好的结果。

相信自己是个好人，定会变成一个好人；相信自己能健康长寿，总会想着往这方面发展；相信自己能干一番事业，定会不懈努力。相信自己，定能活出不一样的自己；相信未来，定能造就一个个良好的结局。

我把自己看作一个"幸运儿"，总希望那些与我接触的人、物都得到幸运之神的庇佑；我希望自己周身都散发出正能量，给予每个接触我的人无穷力量；我希望自己变成那些需要点拨者的人生导师，为他们迷茫的人生之旅点盏灯，照亮前行的路；我希望自己做一个成功的教师，为那些纯洁的心灵撒播人生幸福的种子，让他们成为一个个幸福、普通的成功人。一切美好的愿望我都寄托在周遭人的身上，也托着我可以换得美好的生活。

我深信自己管理的学校可以成长为名校，并为此做出了长远规划与不懈努力。一年过去，在践行学校的五年规划中，学校几大特色的打造闪亮起步，每一个特色都很用心地做出创意方案实践，取得了较好的成绩，得到了家长的好评。于是，一学年完，学生蜂拥而来，一下子吸引来了好几百名学生，学校慢慢开始壮大。

付出就一定会有收获，我再次窃喜这种"丰收"。我们走过了学校成型的第一年，付出了难以想象的辛苦，也收获了高于期望的成绩，一切都是值得的。

只要坚持，梦想总有实现的那一天。我一直想为学校和孩子们编织一个梦，让他们可以开心地在学校度过每一天。只是，这个梦还有很多羁绊，还不能完全按照我的意愿实施。不过，教育改革本就不是一蹴而就的事情，需要徐徐推进，无须等待最佳时机的到来。

想要成就一番事业，不是说说就能成的。

我相信水到渠成的道理。中国的基础教育改革不是一句话的事儿，是需要一个联动机制，需要学校、家庭、行政部门三方联动才可完成。行政部门要怎么改我们可以关注，在没有改动之前，学校内部可以竭尽全力改变老师、家长，从而改变教育生成的过程，获得教育的最佳功效。

改变一成不变的学校教育是我的教育梦。宋代哲学家张载讲过一句话："志大则才大，事业大；志久则气久，德行久。"从幼儿园到大学所有立志改变教育的人，他们无一不是在孜孜不倦追求教育的梦想。我欣慰接到这样一所零起点的学校，这样一个崭新的学校正是我的"试验田"，播下任何理想的种子都可以很好生长。

利好的身体生长，让我精力充沛。我对教育有了空前的热情，并拟定了自己心目中的教育形象。我希望的教育一定是充满生命活力的，一定是带给孩子们欢愉的，一定是为孩子们的终身发展奠基的。我要打造的学校一定有特色、优势与风格：建筑、绿化、墙壁都要为师生而定制，传递知识、文明、团结、友爱、意境、情怀、激励等；制度、目标、评价、规划为师生发展而定制，人人找到存在感；教育教学富有魅力，因材施教自始至终；教会学生学习生活，培养知识框架结构；教会学生生成智慧，体验学习生活的成功；培育学生创造激情，不拘一格教学特色；培养至少一种特长，师生才艺五花八门；培育学生个性张扬，懂得取舍合作共赢；培育主流文化意识，紧跟时代潮流；培养爱家爱国情怀，关注家国命运……总之，学校要培养师生对理想的追求、对生活的热爱、对困难的信心和对他人的友善、对学校的留恋。一切都在研究中慢慢步入轨道。

任何时候我都喜欢用长远的目光看待问题，寻找长久之计。我相信站得高望得远的道理。虽然我只是个副校长，但我把自己提到了校长的高度，甚至是更高领导的高度来看待学校教育。对于校长，我的期待也很高，理想的校长应该拥有渊博的知识与创新的思维、海纳百川的胸怀、睿智管理的艺术、敬才用贤的气度、洞察时局的方略、冷静自省的心志、秉公处事的威严、通情达理的真挚、敬业奉献的精神……作为校长一定要能认识自己的价值与使命，致力学校高屋建瓴的发展，爱惜学校荣誉；作为校长，要有强烈的危机意识和办好学校的坚定信念；作为校长，要进不求名、退不避祸、唯师生为重。校长只有这样了无羁绊地一心扑在教育上，学校才可以走出一条特色之路，全校师生才能在一个健康的环境下成长。

我是一个理想主义者，所以，完美无缺的要求总是在心口萦绕，有时候我自己都觉得过于苛刻。

但是，人不想就不行，想到才能有意识去达到。我相信，一切完美都是在一步步的行走中达成的。

任何单位任何工作，如果遇到了全力以赴干工作的团队，这个单位一定可以非常优秀。教育是一种纯粹活儿，是一种与时代发展紧密联系的公益事业。其发展水平也是各国竞争力强弱的后续反应。作为一个教育人，更应该有"先天下之忧而忧，后天下之乐而乐"，为国家发展的忧患意识。

我虽是一个不起眼的个体，但如果把这种力量传递给学校的一群教师，共同打造一所学校，培养出成千上万充满能量的孩子，他们入社会去影响很多人，那么，个体的力量就被无限放大了，将不可抵御。

我始终坚信这种能量的传递是无穷尽的。

改变，从来就不是遥远的存在。

写意人生

我很高兴有一个自己构建的教育理想，这个理想激励着自己不断去增识长才。海量阅读加实践探究后，我总算研究生毕业了。在获得那张学位证书时，我是无比激动的。人生跨越的高度又提升了一档。这一年我虚岁四十，迈入了不惑之年。

人过四十，光阴含香，边走边悟，边悟边省。年华似水汲汲奔走，坎坷人生路，风雨几十载，历尽世间沧桑，阅尽人间百态。心思越活越沉，心量越活越大，心胸越活越宽，心境越活越淡。万千景致，跌跌撞撞穿插而过。不知不觉中，自我陶醉越发明显，大有在走人生之路后半段的感觉。

其实人生就像进阶游戏，一步一梯都是自己走出来的。只要敢于出发，就有机会到达。我希望自己一直有出发的机会，那样可以看到一个个的目的地。

进入不惑之年，我惑还是不惑？孔子曰"智者不惑"，用智慧给自己更多的理性判断，为自己指明前进的路途，并在前进路途中看清楚很多东西，这或许就是所谓的不惑。惑与不惑，其实是内心与外界的一种平衡。

我一直认为自知者明，但我对自己的了解似乎远远不够。五年前那"兵荒马乱"的身体让我只求活着，哪里还有心思想办一所自己理想的学校？哪里还有心思思索怎样做一个好校长？那些功利的东西是根本不敢奢望的。可五年后的今天，我居然拥有了这一切不敢奢望的，真是大快人心。一切发生了变化，让我知道一切皆有可能。原来我也可以做这么一个有为之人。

一个人越过表象的自我去看真实的自己，蜷缩在角落里的那个"本我"是可以散发无穷潜力的。本我有潜力才会有"超我"的存在。每一个人通过指导"自我"，鼓动"本我"，实现"超我"，"我"的社会面就会在道德、良心、理想等因素的刺激下得到淋漓尽致的展现。

一个"超我"的存在让我感觉到自己的能力可以大一点、再大一点。给自己建立一个跳一跳摸得到的空间区域，让自己在不知不觉中就触摸到稍高距离的"苹果"。

不过，我并不给自己压力，尽力而为即可，能得到的高高兴兴拥有，不能得到的宽容释怀。淡定，是任何时候都应该保持的心态。做一个简单的人，看清世间的纷繁复杂，不在心中留下伤感的痕迹。随时整理自己的心情，忘记那些不愉快的事情，空出一块"自留地"，随时耕种那些自己想要收获的"物什"。

只要我们认真做过每一件小事，将来都会为我们亮一盏灯。这盏灯，将会指引我们走更远。而且这是一个有因便有果的循环故事。

不知不觉中，2012年就要过去了，我不再如前几年那么盼着时间飞逝。"五年期"无波无澜悄然而逝，我幸福的微笑满含眼泪，更是满含激动。在最后的几天里，我请假专门去做了一次体检。有了上一次病情好转的诊断，这一次我没有那么激动。不过，在获取结果那一刻，心情还是有期许的。如我所愿，身体里的癌细胞没有了踪影，血液完全正常，肿瘤又缩小了很多。这一次医生给了我一个"继续观察"的后续诊断结论。

身体的健康指数按照期望方向发展着，担忧已经完全没有了。从2007年的那个夏天到2012年末，五年有余，我坚持过来了。五年里，熬药、吃药、锻炼，一天也没有落下。五年余，近两千个日日夜夜，从惊慌失措到心如止水，那是一种有点痛有点苦又有很多期待的煎熬。还好，苦尽甘来，回报的不仅是身体的逐渐康复，还有事业的一路飞驰。对于这一段人生之旅，我有太多太多的体会。

庄子说："天地有大美而不言，四时有明法而不议，万物有成理而不说。"也就是说，我们能用心去感悟的东西很多很多，但能说明白的东西却很少很少。这五年多，我感受了生死一线的悲切，养病复健的辛酸，重获人生的喜悦，却不能用深邃的语言完全表达我的思绪。五年，真真切切就那么过来了。

走过五年，心完全能静下来了。一花一世界，一叶一菩提，我学会了接纳外界的一切东西，哪怕是痛苦与寂寞。

生活的困顿已经不再是问题，绝望已经从我身体跨过，一切生活的艰辛都斗不过我内心的强大，在自我的成长修复中，慢慢地培养了一种叫坚忍不拔的力量。

经过五年癌症的磨砺，无处安放的心渐渐"归巢"，借着那些囤积的力量，将胸中那些沉睡的、蛰伏的东西，在不知不觉中敲醒。

当那些身体里睡眠状态的、潜伏不动的东西从朦胧中苏醒过

来，这具身躯就滋生了与外在的枯燥保持抗衡的能力，展现它的生命力。

这种生命既有坚定、果敢的内在，又有傲骄与从容的外在。这种内外整合的生命体，是可以抗衡一切挫折与困苦的。当然，很多时候，我愿意让挫折与痛苦成为生命的一部分，对它们礼待，对它们呵护，让它们与我共同成长，渐渐被我感化而淡出我的生活。

在这个文明的世界里，摒弃一切而获得一种安宁自在的生活，这就是我所向往的写意人生。

幸运之神眷顾勇者

五年里，只要提到"癌症"这个词儿，胸中就会莫名地悸动一下。或许，这具身体其实还是"胆小"的。不过，我的"心理建设"足够扎实，赛过了全国各地新建的高楼大厦的质量，抗得过地震，挡得过水淹，经得住风吹雨打，绝不怕那区区小小的癌细胞兵将。

2013年在热火朝天的"迎春运动会"中跑来了。我们学校的孩子们真是好样的，在比赛中获得了全区总分第一的成绩。首场活动告捷，师生一片欢腾。我怀着无比虔诚的心领回了奖牌，就像捧回我的新生一样。

望着身边那些可爱的人影，我默默地在心里叨念："你们是我生命的奇迹。"这么些年，感谢一路有他们，让我感受不到寂寞，让我有奋斗的目标。

佛说："前世的一千次回眸，才换来今生的一次擦肩而过。"他们路过我的生命，与我共同生活几年或更久，这前世得有多情深意重啊！我越发珍惜这种情缘，对路过生命的每一个个体都不轻看。

一路行走，一路梦想，一路念怀，一路迷醉，我的青春岁月，从"刀山火海"般的苦楚中走来，如今过得"温润如玉"。生活，一本没有彩排的剧本，囊括了红尘滚滚的所有俗事，诠释了人间冷暖爱恨的所有感悟。悲喜都让我邂逅。五年，似穿过寒冬腊月步入阳春三月，柳暗花明又是一村。

在我感叹阳春三月柳暗花明的时候，2013年春开校季，我又迎来了不一样的人生体验——我们学校的执行校长调走了。空出位置无人上岗，我们日日盼望，却了无音讯。最后我直接挑起了他那份工作。

学校本来校级干部就只配了一个执行校长和一个副校长，执行校长走了，我这个副校长显得孤苦伶仃的，典型的"无政府"状态。

"没人管"了，起初感觉一个人干俩人的活儿有点劳累。慢慢地，发觉没人干涉自己的办学思路、行动计划等，完全可以按照自己的意愿做事后，情绪一下高涨。

还有什么比把自己的梦想变为现实的事情更好呢？燕雀焉知鸿鹄之志，我不能像那些抱怨教育存在缺陷的人一样，只说不做，我需要立即行动。那种如脱缰野马想驰骋万里碧疆的感觉，怎么也抑制不住。

我要让教育的梦想变成现实，让现实的教育变成人们理想的教育。抓住"上面"无人直接管辖的空当，紧锣密鼓实施一些管理方略。其实以前那个执行校长原则上是不会反对我的意见的，但人就是一个敏感的个体，还是让我感觉有"拦路虎"在身前。现在他走了，我真有"山中无老虎，猴子称霸王"的感觉。自己说了算，想怎么搞就怎么搞，说不出的惬意。我总算明白老公当初为何想自己去办一所学校了，那是自己教育理念的直接诠释啊！

思绪随着教育史的卷轴伸展，我总算体会了校长这个位置的"价值"与"风险"。一个学校要发展，校长的理念比任何东西都重要。校长把"剑"指向何处，那里必定"刀光剑影"。同理，一个县、一个省、一个国家要发展，第一责任人的素养、见识、胸怀等必将影响深远。

我要办一所"现实的理想学校"，我为我们学校下了这么个发展概念。这所学校虽然地处西部小县城，接收的多是农村孩子，但我要让他们有大都市孩子的味道。要让他们志趣高雅、举止文雅、学识渊博、胸怀博大。

想，是很容易的；做，却是艰苦的。改变家长、教师的教育观念是第一环节。为此，我亲自上阵，在教师、学生、家长中多次做"心灵鸡汤式"的讲座，把一些观念、理念通过与教育学、心理学知识结合，与学校发展现实结合，与当今社会发展趋势结合，慢慢传递给大家，提升大家对教育的期许与行动目标。

我就像"传销"人员对顾客进行洗脑一样，任何场合、任何事情中，都不忘要带上自己的教育观念、信念、思维方式等东西，让大家在不知不觉中受到感染、改变。思维意识的东西对人的影响真的很大，经过精心谋划，就我这不太利索的口才在2013年上期，便让周围很多人对教育的理解发生了变化，对学校的发展有了一个概念性标准。

七月上旬，千盼万盼的执行校长没有来，却在学校中层干部中遴选出一名副校长，顺理成章，我被推到了执行校长的位置。

我矮子爬梯子又升了半级！真是令人匪夷所思。有种坐上了中国造高铁的感觉，就那么四平八稳地向前冲去。

幸运之神眷顾勇者，我偷偷在心底微笑。我终于"如愿以偿"坐上了那个位置，虽然我不求名利，但能占着那个位置，做自己想做的事情，实现自己的教育梦想，那又该另当别论了。

我又想起了"无为而治"这个词。这个出自《道德经》的成语，是道家的治国理念。它的含义是"不是什么也不做，而是不过多的干预、顺其自然、充分发挥民众的创造力，做到自我实现"。就教育而言，要求老师与家长尊重孩子的天性、信任孩子的能力、发展孩子的潜能，放手让孩子去学习、探索、尝试、发现，让他们在体验中寻理、学知、培能。除此理解，我还把它理解成"有所为有所不为"。带着公心做实事，不争个人利与誉。只要自己努力了，有些东西的到来，比如荣誉地位，会是水到渠成的效果。

六年里，我深深体会到"心宽一尺，病退一丈"的道理，明白世间万物都有其两极性与相生相克的中庸之道，这让我懂得在修身养性与学校管理中进退有度，收放自如。

在学校管理中，我并不把自己当成纯粹的管理者，而是一个管理兼服务的教育者。任何事情的处理，除了参考自己经验与知识，还要参考大家的意见与建议。凡是有利于学校与师生的事情，就一定保质保量完成。不利于大家的，原则上不在考虑范围。民主与创新，成了我自己掌控一切的标准。

无私心做事情会放得很开，看问题也会很准确，会很快就树立起组织的正气。我喜欢看到那种其乐融融的集体，大家奋力拼搏而毫无怨言，一切都是为了学校的成长，一切都是为了实现自己的价值，目的明确而且行动果敢。2013年，在忙碌中匆匆而去，我甚至没为它写下一字半词的纪念诗篇。

这一年于我，于学校，都是一个丰收年。

　　"我们俩都走到了自己满意的岗位，倒是把自己的学校打造得不错，可苦了孩子没人管。"老公一直感觉对孩子有愧疚。可我哪里想过要"管"孩子？一直以来我们都是"放养"的好不好？

　　放养让孩子变得无比自立、自主，也让我们感觉她性格强势，独立特行，偶尔难以沟通。典型的，老师"教不好"自己的孩子。

　　生活就是这样，无论多幸福都总有让人无法弥补的遗憾，这也算是一种缺憾美。人生的路永远是自己走的，我只是让孩子提前走自己的路而已，或许她自己选择伴随一生的东西，正是她自己想要的。只是我还要告诉她，有些东西可能自己不想要，生活中也会出现。当强势的东西到来，学会接受并感化它，生活轨迹会并入一条更加宽阔的道路。

第九节　遇见未知的自己

觉得人生苦，那是因为我们在走上坡路。增值期往往都会让我们抓狂、痛苦，但它能让我们增值。途经任何困苦，都是增值的经历，值得珍视。"所有千夫所指的困难，都是为了淘汰掉懦夫，仅此而已。"当跨过那道坎，必将会遇到一个未知的自己。

浮生若茶，甘苦一念

生活的"审判官"尾随我就这么一直幸福地走了过来。不过，于自己的病况，我还是一直没有放松警惕。按照事物的归因理论，我生病该有一个理由。或者说，应该有什么诱因让身体里的不良细胞衍生了出来。西涅里尼科夫说："人的一切问题（疾病、精神压力）都是显意识的愿望与潜意识的意图不协调所致。"

那么这些不良诱因是什么呢？意识的不协调又凸显在哪里呢？

细细思索，我归纳出了几个诱因：

诱因之一：属相惹的祸。很多人都说我与老公两个属相结合的婚姻不会是和谐的，我属虎老公属猴，命里书上是这么讲的：属虎的人最忌与属猴的人在一起，因为"寅""申"称为二刑，为无恩之刑，如果二人属情侣或夫妻关系，必定问题多多，意见不合。所以，在我心底一直有点担心我们的婚姻会不长久，这种担心慢慢地聚集，它成了一种心魔，不时折腾我，打击我。

诱因之二：起点的不平衡。参加工作时我们俩的起点不同，我总是认为自己比他更优秀。我参加工作时赶上了"优生优分"政策，以省优秀学生干部身份参加分配，刚工作就任了校长助理，是教育局要大力培养的后备干部。而我的老公当时是一个"不务正业"的"问题老师"，不服领导管理，领导们不太喜欢他。很多人认为，从业务上看我们俩是有差距的，所以我总感觉自己没有找到最好的。因为有这样的心理因素，心理不平衡问题就一直是我的心结。人都有不满足心理，这种心理就导致心理不平衡。不满足的婚姻一直困扰我，让我打心底觉得不甘心，造就了不平衡心态。

诱因之三：性格习惯的差异。我们两个人的性格差异很大，我是个比较内敛的人，性格趋于温和。不算很内向，但相较喧嚣场所，我更喜欢宁静。而我老公属于典型的开朗性格，喜欢热闹，喜欢与朋友一起玩耍，无论什么人都可以打成一片。而我，有点自恃清高，对于自己感觉不太舒服的人，是不愿意去接触的。这就导致我们有些朋友不是共同的，他接触的人三教九流样样都有，我感觉与他的生活价值观和档次是有差异的。衍生了心底的不满情绪，并时刻感觉被缠绕。

诱因之四：个人素养和行为习惯也有很大差异。相较而言，我读了很多书，知识面广，能力较强。老公是个美术老师，知识面窄些，但他也有才艺，比如会弹吉他、歌唱得不错，个体表现太活跃，身上还有很多我不认可的坏习惯：抽烟、喝酒、打牌、邋遢、懒惰、粗心。这几点，对于我来说，是非常厌倦的，可算是致命的打击。因为见着就厌倦，而时刻又要面对，所以没有哪一刻看着他心情是彻底愉快的，这就导致了这么多年压抑的情绪慢慢在体内集结成无助的负面资产，打击我报复我。

似乎，老公绑架了我的生命含义，我一直对他怀有"敌意"，这种含义诠释成了很多种对抗：身体经常感冒，不断教导修正他，修正不了他就吵架闹腾。这些不满情绪日积月累，慢慢地成了压垮我身体的千斤巨石。或许，真的就是生成癌细胞的原因。我不敢确定自己的想法是否正确，所以我在网络中、书中去寻找答案。

其实，老公很珍视我。他为了证明自己可以给我幸福生活，自己不断努力，当上了校长，也在专业上突飞猛进，国画有了一定造诣，如今已是小有名气。可我以前在心底真的不能完全认同他，直接让我表现出来的就是：恶语伤人、过度忧愁。

他的努力我看在眼里记在心底，却还是没有冲淡那困扰我的不甘。于是我试着转变自己的观念。为此，我专门去报读了心理咨询师课程。以期待彻底抹去心底的魔鬼，让我可以完全接纳那个要与我生活一辈子的人。

说来真的很可悲，二十余年生活在一起，我居然还没有完全接纳他。

为什么不能接纳？生病了他那么无微不至照顾我，幽默的语言为我带来了很多欢乐，只要在家，都能为我准备可口的饭菜，家里大小事情，他扛得最多。我经常戏言：小事我不管，大事我管不了。按照道理我该无忧无虑的，我为什么就不能只看他的好呢？

细细想来，我是一个要求爱人完美的人，所以直接掠过那些优秀而关注不足，让心思总沉浸在荒漠里。当走过一段落难时光，才知道自己的眼光多么狭隘，心思多么苛刻。

改变，必须改变。要学会看时光轻转，看流年翩然，几重岁月皆要微笑浅谈。我知道，这一切状况与心绪有关。曾经的执念不该再坚持，我应该渴望生命之妙随心而舞，让一切在指尖落定，摒弃心中的怀疑、偏见，给予自己心灵一种正确感知。

可我却在死死纠结。浮生若茶，甘苦一念。茶，甜藏于苦中。人生如是，是苦是甜，自己把控、品味。人生若茶，生活似水，水能让茶由苦变甜，生活磨砺能使人超越苦难。不经苦，何来甜。一念是苦，一念是甜，转个念就是希望，我为何在那苦念的边缘久久挣扎？突然我豁然开朗，寻夫如此，让我甘苦同饮，患上癌症，或许，就是我人生一个新高度的起点。

大脑之内，念意悠悠，潜意识在慢慢被我选择的正能量替代，思维在发生质变。

不知何时是我真正转折的那一刻？

我完全相信，我的理性让我不想走出自己的婚姻，并且是珍视这段婚姻的。所以心底的两种背向而驰的势力与身体相处，他们不愉快就恐吓我，让我走进生病的"现实"，而癌症是最具有威慑力，也最能引起我注意的方式。

在现实生活中，我没敢把自己身体的状况告诉任何人，用各种谎言装饰着恐惧的内心。看似平静的躯壳里，那颗心是惴惴不安的。而我自己的修养又迫使我不断追求进步，任何时候都严格要求自己，不断提升自己，形成了一个内外真假共存的实体。

我的灵魂需要救赎，必须调停这两种势力。读书成了修心的唯一捷径。

为了要逃离这个被我豢养了十几年的病魔，让它不在身体里作威作福，我认真拜读了西涅里尼科夫的《爱上自己的疾病》。这是一本神奇的书，让我心里彻底放下恐惧。

西涅里尼科夫在书中就潜意识有这样一段描述：我们的潜意识是个了不起的魔术师，根据一定的规则给我们制造一种神奇的幻觉魔术，它从大千世界的一片混沌中为我们的知觉选择被认定为有用、安全的东西，创造了我们的世界，使我们的意识免于混乱。但是对许多人来说，潜意识在承担创造与保护功能的同时，也不知不觉地成为一个狱卒。因为正是我们的理性不允许我们走出这个被造就的世界。它总是想出各种花招，经常恐吓我们，让我们相信，它为我们建造的幻想就是"现实"。

有什么比爱上自己疾病更有说服力的呢？首先我试着在潜意识里暗示自己：我一定要珍惜与老公的这段情缘，毕竟他为了我完全改变了自己，成了一个外人眼里很优秀的人，这样的人是值得托付终身的。其次，忽略自己的不愉快感受，暗示自己，一切都可以好起来。

当有了这样的认知后，我的心境平静了很多。看见老公也就少了很多挑剔。

一个很简单的例子证明了我努力有效果：以前，只要晚上老公没有按时回家，我就很难入睡，基本上都是看着时间在屋子里烦躁。有时候我会像其他怨妇一样，不断给老公打电话，并用威胁或者挟持的语言，这样的结果就是自己越说越想越气愤，导致更加睡不着觉。或者，不给他打电话，自己却在家里生闷气，心底不断抱怨：为什么就选了一个这样不归家的男人呢？为什么我有这样错误的选择呢？这样的婚姻有什么意义？还不如离婚的好。这样胡思乱想的结果就是，一个人越想越悲伤，越想越觉得生活一团糟，越想越觉得自己很失败，甚至可能一个人号啕大哭。

以前这样的事情经常有，十天半月就要与老公纠结一番。最后搞得两人非常不愉快，有时候甚至影响家人。而我调衡自己的心态后，每天晚上把注意力转移，甚至从2007年开始，我在起点中文网上开始写言情小说。做自己的事，把老公撇在身后。当专注做事后，疲倦袭击时，倒床就睡觉，那时候必定可以睡个好觉。

当然，梦还是会有的。

人都有修道的潜质

我自认为有点小迷信，或者说，有点信佛。比如，我会偶尔去算命的网站看看，反复翻看自己属相的那些解释，再对照自己的情况，一番思索，并选择好的东西记住。偶尔也会去庙里祭拜，比如，方山上有个"黑脸观音"菩萨，人们传言她很值得信赖，我也就会特意找时间去祭拜一下，也为自己的健康做点什么请求。

有时候自己都觉得那些虚幻的东西不太可信，可心底又似乎在寻找一种慰藉，算是为自己寻找一种信仰。

人们说没有信仰的人是很可怕的，我想到了孔夫子与学生的对答。

学生问孔夫子："一个国家要在政治上安定有哪几个条件？"

孔夫子答道："足兵，足食，民信之可矣。"

孔夫子的回答道出了人民一定要对国家心存信仰与信心。国家又凭什么让人民去信仰它呢？人不琢不成器，木不雕是为朽。所以，对于人的任何问题，如若任凭他毫无约束自由发展，必定极端邪恶。国家机器自己首先要有明确而远大的信仰，这是社会进步的源泉。人民在这种信仰熏陶下向往的永远是平等，是信任与互助，这是主流文化。这样的文化熏陶下，人们才能负责任地克服一切可能的障碍，去追逐一生的所求。这种信仰可以是雅俗共赏的，是一个民族的原动力与精神支柱，当然，也会是一个人的原动力与精神支柱。有了信仰，就会有自己的世界观，并支配着自己的行动。

积极向上的信仰会指导人从事积极的社会活动，促进其健康和谐发展。我在一次又一次的反复考量中，为自己寻得一点点精神寄托，并无限扩大享用。

有人把求神拜佛看作迷信的东西，我对它的理解是：迷信迷信，理智地信，不迷恋，不全信。人有时候也需要精神麻痹，适当麻痹自己，其实是一种善心的展示，可以给自己带来愉悦的体感，可以让自己向善向美发展。当然，过于偏激的一些信仰是不可取的，比如，法轮功什么的邪教，是绝对不能去沾染的。

还记得我第一次因为生病的原因去方山时那种虔诚的心情。那是去华西看了那个教授后的星期六。那天天色灰蒙蒙的，下着绵绵细雨，就如我的心情有云有风也有雨，说不出的哀伤。

"放心吧，见了菩萨一切就会好起来的，没事没事，别沉着一张脸，一会儿菩萨见了也会心疼的。"老公很想营造一种轻松的氛围，可我周身散发着冷气，甚至我有那么一刻看到了死亡的气息。

一座座朱红色的庙宇巍然屹立在方山腰间，一尊尊威严的神像静静矗立在庙宇里，整座山都散发出庄严肃穆的气息。望着眼前高大的山峰，心里默默许愿：但愿人长久，生命会延期。

"放心吧，菩萨一定会保佑你的。"老公在身旁宽慰，他拉着我开始攀登。我跟不上他的步伐，没攀登多久就开始喘粗气。

"我也相信自己，福大命大。"不想拂老公的好意，我几步一休息，心不在焉地回答他，"我还要与你长相厮守。"说这句话的时候，心里是虔诚的。似乎我看到了菩萨给我生命延续的机会，看到了黑白无常已经越过我的身体，扑向了其他需要带走的病人。生命静默不悲不怜，攀上半山腰时，我实在感觉累了，就停步休息，转身看着山下的景色，郁郁葱葱的高大丛林中，庙宇里冉冉升起的香烟装点了山峦，山涧云雾缭绕，仿若人间仙境。

美景于眼前，心情变得分外轻柔，刹那间我忘却了城市的浮华，忘却了在这个浮躁时代给我的功名利禄及悲喜情愁，更忘却了自己是个即将"见上帝"的未亡人。那一刻，心情平静得如一面镜子。我总算理解了修道之人他们长寿的秘诀，原来无欲无求是这般境况。

世间万物幻化成有形，皆不过过眼云烟。人世浮华再多精彩，也不及这山间美景。这种景致留给心间无穷震撼，尘世浮华里的那些纷争被摒弃在脑后，一种美的陶冶、一种向往宁静的心思油然而生，似乎一瞬间心智修炼得到完美提升。

"走吧，'黑脸观音菩萨'还在上面两层。"老公见我神色凝重，怕我多想，不断地催促前进。

我很想告诉他不要打扰我，可看着他看似无所谓却满心焦急的样子，不忍让他难过。一个人的悲伤不算悲伤，让更多的人来体会自己的悲伤那才是真正的悲伤。这种伤情就像无形的空气，四处飘荡，带给人拒绝和绝望。老公是我这段时间所有负面情绪的接受者，他承载的痛苦应该不比我这个当事人少。

依旧牵着老公的手，突然感觉他的手是那么地有力，仿佛通过那五指能传递给我满满的正能量。我的心一下子把那些对他的不满全部抛开去，患难见真情，此刻，他的形象就像那些菩萨一样高大，一步步领着我向着生的方向前进。心中的柔软如浪开的涟漪，一圈圈不断扩大。心是一切感情宣泄的基础，它造就了痛苦，也造就了慰藉；创造了我的死讯，也大方地给了我生的希冀。

名家史者用了不同的辞藻来修饰他们所悟出的生命真理，以前见过很多，也读过很多，可没有一次如当下这么理解深刻。佛教徒口里的"空"，基督教徒口里的"罪"，印度教徒称谓的"梵"，在我这里，全部都幻化成了"了然"，一种心性无波无痕的了却和释然。

生活在现代社会里，无限的欲望复杂了我的内心世界，忘记了认识性灵的初源。这种欲望挟持我不断在物质世界里贪求更多的获得，让自己身心疲惫。

"听，钟声响亮。"突然，头顶方响起了浑厚有力、绵长悠远的钟声，那是"黑脸观音"的庙宇里传出来的声音，或许是哪位"香客"正在恳求什么。

老公拉着我迅速往上爬，很快一排长梯子跃然眼前，陡峭的石梯衬托得"黑脸观音"所在的庙宇越发地宏伟壮丽。我们拾级而上，前面总有人挡道，堪比穿梭在闹市区。

好不容易挤进庙堂，一个个跪拜的"香客"挡在面前，十分虔诚。有个"香客"居然拿着一叠厚厚的钞票和其他物什，原来他是"还愿"的。

看着他一脸严肃的表情，我不自主地跟着肃然起来。

"大师，我是来还愿的。"他把钱都放到了菩萨面前，我抬头望黑脸观音，她的眼眸似乎也望着我，而且似乎要穿透我的内心，寻找我的那份恐慌。我不敢再看她，低头跟着其他人跪拜下去。双手合十，虔诚地祷告：请保佑我健康。

老公去咨询了许愿的情况，然后让我在一个功德薄上签字写上我许愿的金额，我毫不犹豫地写了个680元。我其实很节俭，换作以前，我是肯定不会浪费这些钱财的，可如今生命有了危险，这点钱算什么？

我把所有的希望都寄托在了这个黑脸菩萨身上，一点都不觉得荒诞，我甚至觉得，这给我带来了无限希望，比任何的药物还要管用的希望。

再次跪下抬头时，我又与黑脸观音对视，这次我从她的眼眸里看到了暖意，甚至觉得那双眼眸里有丝丝笑意，似鼓励、似肯定，似在告诉我万难不过一瞬而过的人间悲苦，不足为虑。我感觉，她一下子就化解了我心里的疾苦，让我有幡然醒悟之感。

其实，这只是心灵错觉，我却捧着这种感觉一直回到家，久久不愿丢舍。我知道，我只是在借"黑脸观音"这个"心灵鸡汤"形象喂养自己的灵魂。佛教以擅长治心著称，以治疗众生心病为己任，我其实是在利用人们塑造的一个善良形象宽慰、鼓励自己的灵魂。

我个人认为自己有修道的潜质。能在一次祭拜中参悟，是生命之源不会枯竭的昭示。尼采说："我们所有人都是比我们自认为的更有本领的艺术家。"我充分相信自己还有很多潜在的能力有待开发。这样一个未知自己潜能的人，有什么理由放弃生的权利呢？

我还有很多未开发的能力等待着的，我一直坚信。

遗传是很可怕的

很多媳妇与婆家人相处都会存在一定问题。我也不例外。老公家与我家一样在农村，只不过，我家父母都很勤劳，相对于他们家经济更好些。他们家，父亲比较懒惰，母亲一个人操劳，兄弟比我家多，生活非常拮据。

第一次进他们家，我是很排斥的。他们家除了破烂不堪的房子，公婆太有个性。婆婆很能干，但叽叽喳喳话多得让人有点受不了；公公一直在茶馆里喝酒打牌，不问家事，典型懒主。我对于家风很重视，总觉得这样的家庭会有很多问题，自己一旦涉及，将会有很多麻烦事。果不其然，后来的事情让我料中。所以，心底其实一开始就对他们的家庭存在排斥。我看过很多与公婆家庭关系处理不好的媳妇，我相信他们与我一样，首先感觉是家庭文化的差异。

还没有与老公结婚，他就带着大侄子。也就是说，我还没有自己的孩子，却与他一起抚养着他大哥的儿子。后来有了孩子后，总算清净了一阵子。但两个人都是教师，都要上班，没有父母带孩子，少得可怜的工资更没有请得起保姆的可能，所以，很劳累。以前生孩子不像现在，可以耍好久，那时候我们的校长比较抠门，只让我请了四十天的产假，而且还要自己出代课费。说真的，这样的事情不是谁都能遇到，但我很不幸地遇到了。或许，那个时候没怎么休息，也是诱发身体生病的原因吧。

好不容易把孩子拉扯到六七岁，总算有了一些结余，我们就打算在城里买房子。买房是我的意思，因为在就读中学那青葱岁月里，从农村到县城读书的我，很是羡慕城里人的生活品质，希望自己将来也有一套像样的住房。东拼西借总算凑齐了首付款，那时候我的身体也慢慢变差，有几年几乎都是学生考试我就进医院输液，反复无常。

后来房子装好后，我本很高兴。可还没搬进去就开始闹矛盾了。为何？因为老公的所有兄弟的孩子都想弄到城里来读书，由公婆统一带着。

这样的结果也是我最初怕遇到的，但怕什么什么就出现。老公兄弟五人，只有他一个人有工作，理所当然地，他也就担负起家里兄弟们孩子的教育。我们家成了一个大家庭，我需要关注至少三个孩子。

让他们的孩子在我们家读书并不是最难的，最难的是他们寄来的生活费很少，甚至不寄。我们两人的工资既要赡养公婆还要额外养几个孩子，那日子苦得让我总是想骂人。我没有让自己的父母享受一天的好日子，甚至到现在还在拿着娘家的"救济粮"，却要为婆家供养这么多"闲人"，说真的，那时候我真的非常郁结，心情总是不开心。每天在学校要面对闹哄哄的学生，回家还要面对几个闹哄哄的孩子，外加婆婆是个大嗓门，整天东家长西家短，哪里有不好的信息她会像数家珍一样传进我的耳朵里，惹得我心烦气躁。

某天我实在忍不住了，抱怨："老妈，希望您以后都讲点好的消息给我听好吗？别再讲那些让人不舒服的事情了。"每顿饭她总是传给我们这里死人那里车祸的信息，听得我们非常不舒服。试问：谁愿意一直接受这样的负面信息呢？

可这换来的是家里一阵狂风暴雨。尤其是从不做事的公公，不知道为何，居然不断数落我的不是。说我不笑，没有好脸色给他们；说我不懂得孝顺老人，没有经常拿钱给他们；等等。我被他们噎着了。不笑？我笑得起来吗？整天在学校累死累活的，回家还要看到那么多人闹腾。一会儿家里被他抽烟弄得烟雾缭绕，一会儿又是孩子们打架哭爹喊娘，就是放个电视，也是声音大得关好卧室门后都能听得清楚声音。活生生地，他们把我气病了。

老公站在了中间，他还算没有伤我的心。我总算还感觉自己至少找这个男人不是没心没肺的，他还知道我的一些习惯，勉强调停家里紧张的局势。

当然，我也不想和他们争吵。看着兄弟们都外出打工了，孩子们也可怜，就当抚养没人要的孩子吧；公婆的生活费几个兄弟不拿，就当老公是独生子必须赡养父母吧。我总是这么宽慰自己。后来，老公也狠心向他们的兄弟们要钱了，总算让艰苦的生活稍微缓和一些。

其实，那是一个时代的拮据和疼痛，怨不得兄弟们。再回首，那些日子不仅是我们家里的苦难，周遭的朋友都不轻松。要养兄弟姐妹孩子的远不止我们这一个家庭。打工浪潮涌现，留守孩子都会被送往那些亲朋好友家寄住。一个老人带一群孩子，那是很常见的。而今我也会经常碰到这样的家庭，我一定会赞扬这个被容忍很多孩子的女人，真的很不容易。接纳，需要多么宽广的胸怀！

从老公的家庭，我完全看出了父母对孩子的影响力。老公家里人说话都是大嗓门儿，生怕别人听不见。那是因为，婆婆就是个大嗓门，她对孩子的影响是那么实在。公公比较懂得享受生活，基本不理家事，家里的几个兄弟都有这样的大男子主义，好在都还勤快。不过，眼高手低的时候还是很多的。

老公被我不断改造，改掉了很多坏毛病，但依然不是我最满意的那个。不过，随着心态的调整，心里变得越来越柔软，越发觉得老公身上有很多闪光点。对他也不再总是挑刺。

在我的教育生涯里，现在但凡遇到有什么问题的孩子，我一定会去观察了解他们的父母，甚至整个家庭的成员。因为孩子的问题就是父母问题的折射，也是家庭问题的展现。所以，在教育学生的同时，我喜欢先就父母进行耐心教导。帮助他们寻找自己身上的缺点。因为遗传是个很可怕的东西，无意识中我们会被传递思想病毒，也把它传递给下一代。

　　我们所有不愿意疗愈的，都会传给孩子们。心理学研究的案例告诉我们：很多关系不协调的夫妻把自己的模式传给了自己的孩子，上一代家暴，下一代也会效仿；妈妈情绪不稳定，女儿就会暴躁。有了这个认知后，我会劝解家长，如果不愿意孩子受同样的苦，最好疗愈自己、让自己成长。家长所有的改变，也会"遗传"给孩子。

　　我也不想让自己的问题遗留给孩子，所以，自从有了这个认知后，我对公婆的态度也发生了很大变化。他们那些不好的行为，我会轻言细语告知，经过几年的磨合，他们也了解了我的脾性，慢慢地改变了很多生活习惯。比如公公，他会照顾我肺功能差，会上天台抽叶子烟。婆婆因为我说话总是轻言细语，也就慢慢说话压低嗓门儿，不再有大吼的感觉。但溺爱孩子还是有点难以沟通，我甚至在教育侄子们的身上，感觉比教育其他在学校里的孩子们都要困难些。

　　没办法，婆婆没有读过书，沟通肯定会存在障碍。尤其令我遗憾的是，还没有把教育观念和理念沟通好，那些侄子们已经毕业而去。成绩不理想，这是必然的。如今大侄子成家立业有了两个孩子。这个侄子的性格受到了公公婆婆暴躁性格的很大影响，为他一生带来了一些遗憾，还好，现在外出打工，可以慢慢被打磨。

　　中国有句俗话，龙生龙凤生凤，耗子生儿会打洞。这句话说得太形象了。从公婆一家，我看到了老公几兄弟的性格特征及家庭成员的处事方式，简直是一个模子里铸出来一般。所以，我一直倡导父母教育孩子时，看到孩子不足的地方先检查自己的言行，孩子的言行就是父母行为的再现。

　　曼德拉曾在监狱被关押了27年，受尽虐待。他就任总统时，邀请了三名曾虐待过他的看守到场。当曼德拉起身恭敬地向看守致敬时，在场所有人乃至整个世界都静下来了。他说，当我走出囚室，迈过通往自由的监狱大门时，我已经清楚，自己若不能把悲痛与怨恨留在身后，那么我仍在狱中。原谅他人，其实是升华自己。曼德拉27年的监狱生涯都可以置若身后，我还有什么理由对自己的亲人耿耿于怀呢？

心中永远的疼痛

　　家人对孩子的影响作用，我作为教师非常清楚。公公爱喝酒，他的五个儿子都好酒，且经常喝醉，包括我老公。下一代中最大的侄子也如他们，还好，我生了个女孩。从我孩子身上，也看到了家庭成员各种影子的折射，有时让我感觉很无奈，这是我的选择，我只能承受。

　　孩子是在两种教育理念下成长的，这可苦了孩子。她不得不承受婆家人的那些中国式最骄纵的教育方法，又必须承受我这个严厉母亲的现代教育方法。

　　双重压力让她无所适从，经常都在焦虑中度过。

　　我相信，很多有老人又有兄弟姐妹孩子借读的家庭，都会遇到与我同样的问题：那就是，无知识的老人会过度宠溺孩子，而作为知识分子的我们，却不会娇惯，这样孩子就会非常矛盾。老人把孩子的坏习惯教出来了，我们要负责把孩子的坏习惯纠正过来。教会容易，矫正太难。尤其是，我还不敢对兄弟的孩子们太过于指手画脚，那样一定会产生矛盾与隔阂。我试着沟通，但效果不好。婆婆总会说："他们的父母都不在家，你要求他们那么严格干啥？小孩子嘛，长大了就好了。"

　　多数孩子还是如她愿，长大就好些了。但最大的那个孩子如今结婚后有点让人担心，如公公一样好酒，喝酒后会失态，甚至家暴。我很担心他们的婚姻会不会走到终老。

我的孩子受到了家族的影响，中学时有点叛逆，性格有点歇斯底里。为了减小家人性格及处世对她的影响，我总喜欢周末带她外出。有时候我很自私，只带自己的孩子出去，不带侄子们。因为一旦带上他们，婆婆就想跟着去，我还有什么空间和时间与孩子一起成长呢？

后来婆婆总算感觉了这一点，也不强求我了。毕竟，我自己的孩子需要怎样教育不是她说了算的。为了让孩子远离这个家庭其他成员的影响，我甚至把她弄到了乡下老公的单位去读书。后来到了高中，发挥她的特长，我送她到北京去学习画画。一切都是为了远离。

孩子一路走来很辛苦，也很快乐。辛苦，是我这母亲在品行上对她的要求很严格。快乐，是在学业上任其自由发展。从某个角度来说，我是一个不太负责任的家长。太专注于自己的工作，没有多少时间照顾她。有点时间就慌着纠正她的一些不良习性，没有让孩子全力以赴努力学习过。别人家都是让孩子考高分、考好大学，我心里虽然也想她考高分上清华北大，但却没有在行动上实施。

还记得进大学前，为了避开周末总是在家里，我让她去报培训班，为了鼓励她去，只管按照她的喜好选择：唱歌、跳舞、画画、吉他、钢琴、古筝、篮球、排球、日语、韩语……想学啥就学啥，几乎是一个学期一个项目地换，搞得门门懂样样不精。想学就学，不想学就放下。最后的结果是，报了那么多兴趣班，却没有一个项目可以拿得出手。

培养爱好是如此，学习上我也马虎，没有对她系统要求。曾经看过一本书，讲的是随性生长，也就是要照顾孩子的天性，让其自由发展。我不知道作者是个啥样的人，更不知道他培养的孩子是啥样子的，可这种观点对我却影响极深。所以，我从没有让孩子一定考多少分，一定要把哪科学到极致。当然，这样的结果就是，不会强迫她进补习班，不会强迫她做多少作业。

从小到大考试无数，可她对考试就没怎么放在心上过。我也比较淡定，不管她成绩考多少，都没有狠狠批评过她，因为没机会批评，一批评奶奶就要唠叨庇护。当然，有时候看到她成绩分数少得可怜时，心情还是很低落的。可每一次关键时候，她就像总有幸运之神眷顾一样，每一次想去哪个学校，居然都能如愿。转进城里小学，虽然是找了关系，但面试考试时，成绩居然很不错；小学升初中，别人都紧张地参加辅导学习，她这家伙居然只喜欢老师辅导作文，因为老师会带着他们玩游戏、吃好吃的，不过却很顺利就考进了重点中学，当然，没能减免学费；初中升高中，理科成绩不太好，她初三时心血来潮，要走美术艺考，于是经过一个月的强化训练，居然以高分考上，当然，她有绘画天赋，这是主要的；高中成绩更加恼火，除了语文与英语，其他科简直是差得没有底，可她就是那么幸运，因为我去北京学习，无意中认识了一个中央美院教授，于是就送她去了中央美院学习，逃离了家里的影响，更是结识了高起点的老师，绘画学业突飞猛进。高考时，本想着要复读只去参考试试，居然折合后考了五百多分，远远超出她申报留学的分数，真是一个让人无语的家伙。

当然，高考还是要看成绩的。理科为何她那么差，那是因为以前我忽略了对她思维的训练，所以，我倡导孩子在中小学时，一定要有意识地加强思维训练，提升孩子们的思辨能力，促进左右脑同时发展。

成绩差也让孩子在成长路上吃了不少苦。记得她上初中时，他们班里有一个女同学，一个离异家庭的孩子，因为有男生追求，上课写条子咨询我女儿意见，我女儿劝解说年龄小不适合，反而让老师当着全班同学的面批评，导致她被那个男同学全城追打，极为受伤。追究原因，其实就是她成绩差，老师看她不顺眼，当时他们班是个大班级，有七十几个学生，所以，老师想赶她走，或者，想让她去补课。那时，我也没有理解老师的意思，还傻乎乎地只觉得老师处理此事有失偏颇。

老师，于一个人一生的影响，就是从这样的一些事情中突兀展现。我这个老师的孩子也遇到了教育中的"冷暴力"，是何其之哀，是一个多么让人可怕的"相逢与偶遇"。

我的孩子从此叛逆并转学；初三到高一，因为受到欺负过，在家里也处在两难成长的环境中，超级叛逆。总想着当大姐大，甚至打同学耳光，为此我当道歉家长。还好，我送她外出，改变她的外围环境，从此树立了信心，让她见识了外面的人与事，知道自己的行为多么幼稚，一改自己的鲁莽与暴力，变回了淑女。

当然，这还要感谢她在央美遇到的一个老太太，待她如闺女，还亲切地叫她"小四"——来自四川的小姑娘。

所以，以身试人。每当看到教室里坐着的孩子，我就会想到自己的孩子，就会想着如何让他们不受伤害。

想想自己的家庭教育，如果与高考挂钩，似乎是非常失败的。中国的机制看，拼成绩的时代还没有过去。中国教育在慢慢蜕变，但这是一个过程，从科举制度兴起的那一天，这种传统的选拔人才方式是最公平的。当然，过犹不及，也需要反思，尤其作为老师。

孩子成绩差却为何能一路顺溜呢？究其原因，我想有一点很重要：能力的培养。虽然我对她成绩分数要求不高，但对她的自

理能力要求很高，也强迫她从小广泛阅读。比如，我会要求她每
周必须做饭、收拾寝室，必须阅读多少书目，必须学习人际交往，
等等。这些与考试无关的东西，看似无用，其实最后都影响着她，
使她综合素质很好，个人素养超越同龄人。

　　在孩子的培养过程中，虽然随性，但对她生存能力的培养却
是侧重。我曾让她照顾小动物，从小到大，家里养过无数的动物：
乌龟、鹦鹉、鼹鼠、兔子、鸡、鸭、狗、猫、鱼等，她总是可以
很好地照顾它们。当然，养死的时候是有的，也是很伤心的。不过，
经历过后，她会变得稍微坚强一点。生存能力的培养第二个方面
就是生活技能，主要是做饭与整理自己的房间。家里其他事情我
不要求她做多少，但周末锻炼买菜煮饭是必须的。虽然味道不咋
样，但好在我不挑食，所以她也就一次次大胆尝试，因此我也就
可以偶尔睡睡懒觉，得到"贴心小棉袄"的照顾。我要求她那间
寝室必须整洁。家里订了很多书与杂志，各种类型的书要求她按
一定秩序放好，经过几次训练后，她的卧室是我们家最有秩序的。
第三个方面对她的培养就是格局。从小到大，我们一起看电视最
多的栏目是访谈、时事、科普等能提升人心智的节目。尤其是胸
怀的培养，我一直比较注重。其中有个小故事让我哭笑不得：在
初一时我为她买了一套日本动画片《犬夜叉》，于是她迷上了日语，
后来在学院找了个日语系的学生专门教她学习，本来学得好好的，
眼看着一天天她能唱日语歌曲、看基本的日本动画片、说得越发
流利时，钓鱼岛事件蹦了出来，她立即终止了学习日语，说是打
死也不再学习小日本的语言了，让我的心血又是功亏一篑。后来
追星，迷上了韩文，自己买了一套学习韩语的书籍与碟子，高一
时时不时唱韩语歌曲，写韩文文章，也不知道她自己怎么在没有
任何人会韩文的情况下学习的，反正，她有个笔记本，上面写的

都是韩语，当然，歌词是绝大多数。后来去了北京，她一心想学好英语口语，我为她找了一个捷径：看英语大片。她总是喜欢一边画画一边听英语大片。为此，下狠心为她准备了一个平板电脑，估计看了几十部英语大片吧，高三时，她回来参加毕业考试，她与我们学校请的外教居然能够流利对话了，真是大大出乎我的意料。

当然，语言能力的培养是我非常注重的。其中从小到大我就让她在歌声中成长。自从有了她我就规定自己必须天天听音乐、唱歌（其实我五音不全）。不过，经过我的努力，她对歌曲的敏感度真的很不错，一首歌听几遍就可以非常流利唱出来，而且没有音误。其次是阅读。我自己喜欢读书，对她影响比较大，我们经常一起静悄悄看书。我会看她需要看的书，然后与她辩驳，培养她的思辨能力。语言能力的培养我还用另外一种方式：作文式。也就是我会作文，然后请她批判，当然，其中不乏想要让她明白的道理。为此，她也会写文向我炫耀，甚至写一些愤青文，弄得我感觉她简直是个社会批判学家，所以有段时间她的理想是当记者或律师，想着曝光一些黑暗的东西和帮助那些受到伤害的人。甚至还买了法律书籍来读，不过，我并不热衷鼓励她，所以也就不了了之。

我不知道别人家的孩子是不是像我家里这个一样有"逆鳞"或"反骨"，反正我感觉在陪伴她成长的过程中我们是在斗智斗勇。曾经她叛逆期间，我们有一个月没有说话，我每天也避而不见她，只用漫画表达我想说的。她居然也与我用漫画互动，整得好像搞地下工作。还有一回我为她选了一个比较好的老师，结果她硬要说我以权谋私，整得我好像十恶不赦一样。唉，父母这个职业真的很难搞懂，孩子的教育之路要如何选择，要把孩子塑造成什么样的人，真的是很费神的。

我对孩子学科学习的"放养"方式，一直都是我心里的一个疑虑：于她而言，初高中没有考过前几名的体验是不是很糟糕？

态度决定一切

个人的幸福指数是由家庭决定的。家庭的幸福指数对一个人的影响是从多方面体现的：健康、人际关系、个人工作、社会保障、社会公平感等。我的幸福指数受的"折扣率"在家庭受到的最大影响是婆家人身上的不良行为。只因第一印象接纳进身体后，对它们就心存敌意，怎么也不愿意消灭掉。

幸福指数对个人身体健康有反作用。幸福的人身心愉悦，总会产生积极情绪。不幸福的人则消极情绪更多。两种情绪会直接影响一个人对家庭的观念，又直接提升或降低其幸福指数。

很久以来，我潜意识地更关注那些不足，却对那些优点和长处选择性忽视。比如，婆婆每天为我洗衣煮饭，收拾家什，等等。自从有了婆婆后，我就极少做家务。再比如，老公和我争执，一般都是婆婆先狠狠批评老公。其实，她老人家对我就像对自己的女儿一样，心疼着呢，可我过去怎么就看不到呢？

还是因为心理的问题。我对人的要求太完美，主导意识也很强，总希望一切都按照自己预定的轨迹发展。脱离那个轨迹，我就心生恐慌，在两难的心情下自我折磨。

态度决定一切。我的大脑过滤器现在开始指挥着发出接纳、忽视那些不足的个人指令。我要对自己的生命负责，必须创造一个有利于身体健康的自我生活世界。意念决定着生死命运，从语言、行动诸方面，本能的诉求需要得到满足，一些预约良性的情绪才会产生。

生病后，我对老公的家人说了"不"。大侄子结婚后有了两个孩子，居然还想弄到我这里来让婆婆喂养。这次，我遵照自己的本意，向老公及其家人说出了不接纳的本意。经过了一番争执，老公最后妥协了。起初，两人有点隔阂。随着时间的推移，两个人的世界慢慢融洽。没有了他们家人的打扰，我的心情也慢慢趋于平静，那些烦心的事相对减少，总算满足了我喜欢独处的性格。

或许，会有很多像我一样，为了整个家庭发展大局，忍气吞声做着一些自己不喜好的事情。满意了别人，却苦了自己。人性是自私的，当然，人性也是善良的。他们用自私来挟持我，我用自己的善良绑架了自己的感觉，造就了一个内外表象不一的躯体，最终导致它以生病抵抗。所以，有时候还是应该为这具身体考虑。

每一个想要成为父母的人，他们都有义务与责任照顾自己的孩子。想要丢弃自己的孩子让别人抚养，其实是一种极其不负责的表现。我们有理由让更多的孩子接受父母的照顾，而不应成全他们美丽的谎言：为了孩子出去打工找更多钱。其实，那些都是年轻父母为逃避责任的借口之一。既然要为人父母，就应该想好后果，如何照顾孩子，而不是把责任推给别人。

我要劝诫那些想要生下孩子外出务工的年轻父母，不要想着找更多钱财而把孩子留在爷爷奶奶、外公外婆或者其他亲朋好友身边。那对孩子其实是最大的伤害，比给不了他们好吃好穿更加伤害他们。这样的"留守孩子"，他们的心理是不健全的，人格也会有很大的缺憾。"留守孩子"成绩都不是特别理想，行为习惯也容易出现问题。并且，遵循"遗传"的原则，父母打工，孩子往往也容易过早踏上打工族的道路，很有可能一代传一代，代代都是中华人民共和国的"半文盲"打工族。

任何父母都要相信，陪伴才是最好的教育。父母陪着孩子读书，孩子必然热爱学习；父母陪着孩子玩耍，孩子必然喜欢探究新事物；父母明辨是非，孩子必定通情达理；父母勤劳有为，孩子定能学有所成……父母是孩子第一任老师，有其父母的形象，必有其孩子的样子。

《圣经》言，你们只要信，就必得着！

我相信一切都会好起来。冲着这样一个目标，我尽力保持意识与潜意识的协调和谐。癌症是我的，是我自己的身体培育了它，我不能把它当作敌人对待，不能与它斗，要让它与我和平相处，甚至慢慢把它改变。

我相信用教育孩子的方法来对待癌症，是一种可行的方法。首先，与之交流。癌症是身体的一部分，与之交流，就是与身体的一部分交流。我会找个安静的地方，像修道之人打坐一样，闭上眼睛深呼吸，然后慢慢用"眼睛"内视身体的各部位。每到一处，就试着让这个地方呼吸，并感觉它的状况，然后在内心安慰它：你一定要好好的，我会对你很好的，我们都会好好的。我把这种宽慰当作对它的治疗。其次，与之互动。除了交流，还需要其他的方式改变它，那就是饮食和锻炼。这好比借助外力对孩子行为进行规范。最后，长时间追踪。我患癌的时间准确说是五年或者更长久。那几年每年我都定时吃药、定时锻炼、定时休息、定时检查等。一切生活都是按着安排好的定时做。长久地监督，良好的生物钟养成了，身体素质自然提升，癌细胞也就悄然离去。

生而存在，逝而消散。一个时代造就了生活的艰辛与拮据，也让我们体悟了不一样的时代特征。生养、安息，蹚过一个时代的脚步，可以为史。

第十节　身体知道答案

生命如花，盛开在岁月中。身体如树，前行在征途上，为花提供养分。人生最有趣的部分，就是驮着健康的身体，行走在"江湖"，看庭前花开花落、云卷云舒，听窗外鸟语虫鸣、雷电风雨。生命最有分量的部分，正是我们要做健康的自己，承担所有的责任。好好做自己，保持身体的安康，才是生命中最重要的事情。

类似"冥想"的方法

疗愈我癌症的方法不是单一的，是多种方法配合的结果，那就是"冥想+药物+食物+锻炼+休息"。满足这几个条件，我想不止癌症，其他疾病也会相应治愈。

我姑且把"内视"自己身体的方法叫作冥想。冥想这种方法很多人都会觉得玄乎。其实，学过心理学的人就会明白，这是一种心理暗示，这种心理暗示是最好的一味治疗药。

冥想在瑜伽师的眼里，是一种告别负面情绪，把人引导到解脱的境界。是一种重新掌控生活的方法。通过想象来制服心灵或心思意念，使人超脱物质欲念，与人的原始动因直接沟通，把心、意、灵完全专注在心智初原。

　　神经学家发现，人如果经常让大脑冥想，它不仅会更加擅长冥想，还能提升自控能力、注意能力，提升管理压力的能力、克制冲动的能力和自我认识的能力。这些能力，正好是管控一个人思维的主导力，在它们的调控下，人的心灵就不会长时间让负面情绪困扰，细胞就不会过于紧张或忧虑，使身心趋于平缓。只有对幸福不感兴趣的人才能真正幸福，这个见解会带领我们把注意力放在自己对身体整体的服务上，会让精神之爱的力量推动身体忘却周遭环境的影响或者某些指令的操控。

　　我在冥想时会加上暗示语言，这和瑜伽语音冥想不谋而合。通过暗示性的语言，不断加深对正面词汇的接收，把人的心灵从种种世俗的思潮、忧患、欲望、负担、压力等非本体因素中引离开来。当定时冥想，不断把注意力集中在自己叨念的语音上时，就能逐渐超越自己的心智，脱离愤怒、激动、郁闷等品质，使人处在一种善意品质的高度。久之，心态就会完全趋于平静，最终进入静止状态，即是我们说的"心如止水"。

　　其实，瑜伽冥想的最终目的是让心思空无一物或者达到无我境界，这种境界其实就是摒弃世俗里的一切烦恼纷争，寻找自我本真：无欲无求。这与西涅里尼科夫谈到的和潜意识直接接触与沟通有异曲同工之妙。他在《爱上自己的疾病》一书中指出，通过对潜意识进行直接接触，可以揭示疾病和问题产生的直接原因，使大脑参与保健工作。这其实就是一种暗示，一种通过大脑设定程序，控制思想采用不同方法与身体交流的方式。

　　如何与身体里的潜意识交流，我一直在寻求方法。寻找安静的环境，避开纷繁复杂的外界干扰很重要。给予它宁静，潜意识才会乐意与我们交流。或者说，只有自己静下来，才能把控身体的感知，才能与身体的感觉相约，才能内探身体各部分的状况，探究状况后重新将我们身体"编程"，利用信息流产生正面诱导。

我们经常都会听说这样的话：每个人身体里都有癌细胞，只不过表现出来没有而已。其实，生命的基本原则是身体保持平衡，生命健康的基本状态就是身体保持平衡的状态。每个生命体如果打破了这种平衡状态，身体就会做出反馈。疾病，就是身体平衡被打破的信号。

身体某个部位疼痛了，这是神经末梢在警告我们，在有机体的某个部位正发生着某种异样变化。痛，是一种警示。如果我们不高度重视，它就会变本加厉折腾。这实际也是潜意识在提醒我们，身体豢养的某个部分正在痛苦中，需要我们拯救。所以，我们应该加倍疼爱它们，而不是对抗收拾它们。

我们经常会听到有人这么宽慰生病的人：要勇敢与病魔做斗争，争取早日康复。我个人觉得这种宽慰是在扼杀病人。病是身体的一部分，不能只简单粗暴与之斗争。我认为现代医学中之所以有病不能治愈，正是鼓励病人与疾病作斗争，试图一味镇压的原因。试想我们现实的生活中，哪个单位、哪个民族、哪个国家是靠镇压能解决矛盾纠纷的？爱上自己的疾病，西涅里尼科夫说得太好了，身体的某个部位生病，难道不像我们身体养育的"孩子"生病一样？他正处在水深火热之中，我们有理由更加爱他，而不是责骂他、批斗他。

不错，我就是要说，在治病的过程中，要改变自己的观念，疾病不是我们的敌人，不是我们需要斗争的对象，哪怕这种病可能会致命，我们也要把它当成自己最亲近的"孩子"，好好呵护。

并不是说，有了这种认识就是不去看医生。我认为，我们去医院的目的是要让那些专业技能高超的医生帮助我们的"体内医生",使其促进我们提升自愈能力。我把自己的思维意念称作"体内医生",而自己通过思维意念"内视"与身体各部分产生交流的这种能力称为"自愈"。

很多病人都会把一切希望寄托在医生身上,遇到一点点病就会不遗余力往大医院挤。如我刚遇到咯血一样,吓得赶紧往大医院跑。而医生就会像判官一样,金口一开,决定了很多病人的生死。我还清楚记得接收我的那个主治医生说我的存活期只有半年时,我那碎掉的心和萎靡的生命气息。还好,我还算"见多识广",没有被医生的"恐吓"吓倒,反而大大培育了自己的自愈能力,克服了心理障碍,寻得了解救自己的方法。

"我自己就是一个医生,一定要对自己的疾病负责"。我总是这么告诉自己。在医院里,医生先是让我们检查,然后给我们的病命名并标注其破坏性,最后用药来消灭。其实,我认为,纯粹的这种方法是不能治愈机体里的病根的。很多患癌症的病人,我们往往会听说其癌细胞转移的情况,其实就是医生只顾外在的扶持,忽视了对病人内在自愈能力的激发。

一个病人要想治好病,我认为必须是内外结合:医院的医生看现象治标,"体内医生"寻病因治本,两位"医生"配合,才能彻底根除疾病。

保持健康,我们的潜意识要这么鼓励自己。身体、意识、潜意识构成了我们的机体,这个机体自己创造了自己的世界和生活,疾病也是其中一个成员,它反映了机体一些错误的思想方法和不良行为习惯。一个人的身体,其实就像一个国家,里面住着各种思维意识的居民,要让他们一个个都是好公民,那是不可能的事情。所以我们会设置公检法各路兵将来管治,但只要国家理念正确，一切都会向着好的方向发展，国家自然会走向繁荣昌盛。

一个人，也要有自己良好的生活理念和生存意识。不要被自己身体里的"坏公民"要挟，要像国家设置"监狱"一样，让它们犯了错误去"受教"，他们总会被改造过来的。

也就是说，病因躲藏在我们自己的机体里。平时我们都很关心身体状况，对于意识与潜意识层面却关心极少。如果身体表征为患疾病了，则说明意识与潜意识早就有了问题，只是我们从未关注而已。

这种问题可能就是我们不健康的人生观、世界观和价值观。疾病要想痊愈，就要修正它们。人是自然界的分子，一切都应顺应自然法则生活，如果机体内部和谐统一，外部也将和乐融融。

《老子》第二十五章中书："人法地，地法天，天法道，道法自然。"

"人效法大地，地效法上天，天效法道，道效法整个大自然"。也就是说，整个大自然，都是在"道"的管理下，按照一定的法则在运行着。这个"道"是指自然规律，包括自然之道，社会之道，人为之道。我们每个人要顺应这种"道"，关心精神姿势的发展，生产出具有巨大能量的意念。当然，这种能量必须是正面积极的，否则它将是毁灭性的——表征为不治之症。

意念由人生成，是一种潜能。一个人如果意念里蕴含对世界的爱与恋，那么，它表现出来的将会是积极健康的一面，身体则自然健康。如果表现出来的是怨与恨，身体则会滋生疾病。

那么，我要告诉大家：生病的人如果能找到内在的原因，并在潜意识里冥思慢慢治疗它，那么他的病会慢慢自愈，并在身体周围形成一个特别的磁场空间，对周遭的人都会产生有益的影响，他也可能会是一个很好的心理咨询师，他也将是生命的优胜者，是走在人类思想前端的精神领袖之一。

医生的作用

俗话说，病来如山倒，病去如抽丝。指人的病发作起来会像山崩地裂一样，很快；而要康复却像从蚕茧里抽丝一样，很慢。得病容易治病难。在我看来，得病与治病都得有一个过程。一个人生病，尤其是重症，它一定是日积月累形成的。许多慢性病应该都会有外在的刺激物，会有一个很长的潜伏期，不会一下就蹦跶出来。

有人说，平时没怎么生病的人，突然不舒服去检查就得了重症，真是难以相信。其实，疾病没有展露出来不代表它没有在体内诞生。或许它早已有了雏形，只不过它还是"婴幼儿"时候，很脆弱，没有与我们身体抗衡的能力，所以我们感觉不到。等它长大后我们的身体斗不过它了，它自然就展现出凶狠的一面了。这时它已经到了"青壮年"，对于绝症病人说，也就到了中晚期。

绝症的中晚期，医生就会告知病人，存活期不多了，说不定还会发一张病危通知书。如果没有强大内心的病人，他们遇到这样的结果一定是极其惊恐的。这也就是很多病人查出绝症，不久就撒手人寰的主要原因。

有人说很多癌症病人都是被吓死的，我完全相信这句话。就如当初我，听到医生告知，即使做了手术也只有半年的存活期时，被医生吓得够呛的。医生们或许是本着实际，按照现代医学总结的经验，想把这个事实告知病人，使其有充分的心理准备。可现代医学完全忽略了人是具有主观能动性的，只从病理分析，却忽略了心理对病情的操控能力。

　　人的身体有了症状，这个症状是要告诉我们什么？这是每个病人应该自己探究的。当然，作为医生，应该引导病人探究。那么，这就要对病人的生存工种、生活环境、生活习惯、家庭成员、社交圈子等做调查了解。

　　我们家的亲人里共有四个人得了癌症，并有三人已经去世。我的奶奶患肺癌去世；父亲患食道癌去世；公公患胃癌，后转化成肝癌去世；婆婆患过淋巴癌，现在还健在。其实，自从我父亲2005年患食道癌去世时，我的内心是很恐惧的，这种恐惧就像慢性毒药，一直浸润着我。癌症会不会遗传，以前我是非常纠结这个问题的。外加生活中的不如意事情，叠在一起就成了滋生癌细胞的丰腴沃土。所以，最终我也患了肺癌。

　　我的奶奶曾是开打米厂的。天天在粉尘中生活，导致她最终患上了肺癌。那时候我在外读书，极少照顾她，生病后她具体表现的症状是什么，不太清楚。但我与奶奶亲，每次外出读书她都会补贴我生活费，所以，在1994年秋她去世那天，我虽远远在外，却以泪洗面了一个下午。那时没有通信设备，我根本不知道那天下午她辞世。可我当时就是很伤感，想着她对我的好就掉泪，说来真是很神奇。我想，这是亲人间的心灵感应。

　　我的父亲患食道癌，与他的生活习惯与工作分不开。他吃饭非常快，而且很烫也不怕，并且醉酒，烟瘾也很大。父亲是木匠，曾专门做漆工，常年遭受甲醛侵蚀。父亲查出食道癌时，我们隐瞒了他的病情。他没有读过书，不认识字。所以，手术后几年恢复得不错。但因为太操劳，后来复发。以前父亲看医生，我与母亲一起总是有一个人要先去医院，先告诉医生千万不要告知他真病情，然后才让他与医生见面，医生就按照我们的意图，随便编一个感冒什么的小病由给他。他每次看完病后，吃点药也就控制住了。可有一次，他咳嗽很久都没有痊愈，就一个人瞒着我们悄悄去看了医生，结果医生就老老实实地告诉他病情了。他听说患癌后，整个人就完全没有了生气，不再吃药、不再锻炼，什么也不做，就等着死亡。从他知道自己患的是癌症到去世，前后不足一个月。

我一直想，如果父亲不知道自己的病情，肯定还可以多活很长一段时间。可惜，那医生不懂得要从病人内心维护病人，让他很快扎进了死亡的旋涡。

我公公的病也与生活习惯有关。他烟瘾也很大，每天要抽很多支叶子烟。而且特别爱酒，早上都要喝酒。最关键的是，他吃酒可以不吃饭菜。我们劝他改掉那样的生活习惯，他却说，早死晚死都是死，怕啥？似乎，他早就把自己看成要死的人了。后来，查出他患病到去世，前后不足一个月时间。最关键的是，我们还是没有告诉他实情，他不在乎病怎么样，只说七十多岁了，可以死了，真的就去世了。公公是一个胸无大志的人，人生于他没什么特别价值，每天无所事事，对生活根本不抱任何希望。死，于他似乎被认定为最好的解脱。所以，一个人还是应该有自己的事业，或者自己的爱好，那样才有惦念，才能找到生活的意义及自己存在的价值。

我婆婆的晚期淋巴癌应该与心情有关——公公的去世。但七八年过去了，她现在依然活得好好的，对于她的病之所以现在也没啥事儿，那是因为我们都瞒着她，而且，她也不识字，没有造成任何心理压力，外加我们都很注重宽慰她，所以康复了。婆婆有所惦念，她总希望自己的儿孙每一个都能幸福健康，也希望自己能为我们多做一点事情，她天天都有盼头，找到了自己存在的价值与意义，所以她的内心是强大的，对病痛也就能轻看，生存意识就会非常浓烈，反映到身体上便是精神很好，生命力超级顽强。

我有时就想，这癌症究竟是真的绝症还是假的绝症？说它假的吧，有那么多人谈癌色变，我也有三位亲人因此而辞世。但说它真的是绝症吧？其实只要不告诉病人，或者病人懂得心理调剂，又可以痊愈。癌症真的是很奇怪的病，可控性多在于病人的心理因素。

心理够强大的人，癌症是可以被赶走的，比如我自己。对于内心不强大的人，如果不告诉他真实情况，一样可以痊愈，比如我婆婆。但对于没有生命欲望的人，什么病都可能压垮他，比如我公公，虽然没有告诉他患了癌症，可他认为自己可以死了，完全丧失了生的信念，生命也会很快结束。

浮生一命，全在一心闪动间。

所谓"心想事成"

小时候，因为奶奶总是偷偷给我零花钱，我便与她亲，她对我的照顾一直是我想感恩的。可惜她因肺癌早早辞世。我一直在想：为什么我偏偏患的就是肺癌？难道肺癌有遗传？

奶奶去世后，我一直很担心自己的肺功能。因为自己是教师，每天都要与粉尘打交道，与奶奶的工作性质有点相似。而且，总担心癌症会遗传。所以，心里总是想着会不会像奶奶一样患病。结果，我居然"心想事成"了。

可惜这个愿望是我极不想实现的。我亲自践行了墨菲定律：事情如果有变坏的可能，不管这种可能性有多小，它总会发生。

真的很狗血。墨菲定律是在我患病好几年以后学习心理学才知道的一个定律。这个定律暗示着，当你意识到某件事情可能会变糟的时候，它就有可能真的变糟。如果早知道这个定律，我一定要想法控制自己的思维意识，坚决不去担惊受怕。

所以当我熟知这个定律后，我完全改变了自己的生活态度，基本上都是微笑示人，整天都用积极向上的态度面对任何事情，总是给自己积极的心理暗示。任何犹豫的时候，我都立即选择偏向良好方向。因为我坚信，我的病是我的意念造成的。我再也不想要那些破坏性的意念，不能让自己有过多的负罪感、忧虑感等负面情绪。尽可能减少对不满情绪的追究、对那些不存在事实的担忧，遇到不太舒心的事情尽量改变自己的注意力，尽量不启动身体里的"自毁"程序。

这种对自己的负能量不断修正的同时，直接也让自己对他人的态度发生了很大的改变。微笑示人后，别人也会回以笑容。内心瞬间就会升起一种柔软的感觉，传递到身体里，会产生一种愉悦的心理感受。它会给身体带来幸福、健康和快乐。

所以，事情如果变坏了，请接受这个事实。重要的是如何从中吸取教训、总结经验，以便确保以后变好的可能性。我的身体出现了故障，昭示我先前的生活状态存在问题，我需要不断提升自己的生活品质，包括自己身体及思想意识，从有形的物质世界到无形的精神世界，都需要我竭尽所能去向着良性方向发展，甚至这将会是我一辈子都需要做的事情。

当没有患病时，或许我们还意识不到自己在"期待"，疾病是意念及行为的外部表现。它的出现把我们推到了一个前所未有的困境里。从某种意义上来讲，在困境中提高自己的生活品质比在顺境中提高更加可贵。我在患癌后各方面都发生了质的飞跃，这一生最困难的疾病都经历过来了，现在害怕啥呢？只管选择健康快乐的生活之路继续走下去就是。

　　用微笑的态度对待这个世界，世界将会在欢声笑语中生成令人愉悦的人生旅程。欢快地生活，那该是我们的生活常态。

养生秘籍

　　因为生病，年轻的我慢慢开始学习养生。

　　养生，即休养生息。通过怡养心神、调摄情志、调剂生活等方法，从而达到保养身体、减少疾病、增强体质、促进健康、延年益寿的目的的一种医事活动。所谓养，即调养、保养、补养；所谓生，即生命、生存、生长。

　　生病了要吃药，这似乎是天经地义的事情。很多病人也会把吃药当成治病必须环节。凡病必药的观念让很多人对药物有了依赖性。我告诉自己，药只能是调剂品。真正的治愈疾病的药方必须是"复方"。健康饮食起居加适当的药物调理，配上思想积极向上才能将病治愈。

　　食疗是现在很多人追捧的。食疗，先有"食"再有"疗"，选择什么东西吃进肚子，的确是科学性较强的问题。

　　择食是第一步，需要遴选出补充身体营养的食物类型。择食不是挑食，不是忌讳这样不吃那样不吃。恰恰相反，择食需要更多更丰富的食物。只是更加关注这种食物如何烹调更利于身体接收，不会产生副作用。我在生病后吃的东西都比较偏淡味。烧烤类、煎炸类、麻辣类吃得相对较少。于身体而言，温和的食物更能让身体趋于协调发展。我的体质比较容易上火，经不住燥，清淡口味对身体保持平衡有益。身体平衡恰恰就是各种细胞和平共处的环境，是保持健康的关键。

　　我在选择食物时，注重的是营养平衡。粗粮、精粮搭配，即使不喜欢的也要吃。时令水果、蔬菜，尽量选择天然生长的。我还给自己配了"特别供给"，即有利于提升抵抗力的补给品坚持长期吃，如阿胶颗粒、蛋白粉、蜂蜜、酸奶制品等，当然必须要选择适合自己体质的。

　　选择食物适不适合自己，从大小便可以判断。如果每天大便软硬适中，且基本准时排除，小便颜色正常，那么吃进去的食物就是有利于身体健康的。如果大小便都有些问题，那么就需要注意自己的食物选择了。在我患病前，大便是很不规则的。有时候三四天才大便一次，完全是便秘，对身体的健康是非常不利的。相应地，那时我比较喜欢吃烧烤之类的具有烤香味的食品，后来改为吃清淡饮食，配上帮助肠胃蠕动的酸奶，逐渐地把胃肠养得很健康后，便秘现象就消失了。

　　除了健康饮食，我在患癌后的前五年，按照医生的意图一直在吃药：一种是中成药剂和自己熬的中药水剂。药方是医生根据脉象开的，对于中医的选择，以能判定身体特质为主。根据身体症状，量身定制一服药方，坚持吃一段时间，直到体内液态环境改变，那么十之八九，身体素质就会扭转。

　　中西药比较，我更信赖中药。我始终认为西药既然讲究药到病除，那么一定是比较凶猛的药物，是治标不治本的。中药注重身体整体恢复，讲究从根本解决问题，是比较温和的，其治疗疾病是一个循序渐进的过程，是一种缓缓改变身体内环境的过程。所以我愿意相信那个本家医生的话，坚持用药五年。用温和的中药帮助调节身体液态环境，从根本上平衡了身体的内环境。

　　我更加相信中药的原因是，中医医生在给病人药方时，一定是先把脉再开处方，是一种量身定制，是专门针对某种体质的现状，更加具有科学性。有本事的中医一定可以从脉象推断出病患的病征，完全令病人信服。而西药医治的是一个范围的人群，是针对某种症状、针对某一类病患，副作用肯定要大些。

当然，如果不是患上癌症这种绝症，其实我更建议不吃药或少吃药。在心理学上有一种心理疗法，即通过催眠寻找造就疾病的根源并积极暗示。通过减轻心理负担来减少精神压力，从而减掉疾病源，使身体自然康复。我偶尔没休息好或者稍微有点轻度感冒就会头疼。以前我喜欢用一颗"散利痛"解决问题，后来，我慢慢试着用"内视"的方式：平息自己的内心世界，将自己的意念集中在疼痛的地方，然后静观它，感觉它，并试着"宽慰"它。很快，会发觉疼痛减轻或消失，真的很神奇。

在《身体知道答案》一书中介绍了一种方法：闭上眼睛感觉自己的身体疼痛的地方，看着它，让它呼吸，慢慢去感觉，往往这种感觉就会消失。这是人最典型地使用心理暗示的方法，让自己内心去关心病灶所在之处，通过信任使其感觉到身体本尊对它的重视。自然地，它就渐渐"息怒"。

说到这里，我其实更想说，我们自己要善于与身体里的"我"交流。是的，与"我"交流。很多人会觉得，难道我平时不是自己吗？怎么还要和自己交流呢？平时我们表现出来的，都是展示给外人看的那个自己，带有很强的社会功利性。我们都喜欢把自己最好的表现给别人看，所以做的很多事可能不遂人愿，讲出来的话可能也是违心的。比如，工作中可能会遇到一些比自己能力弱的上司，或许你的心里会非常鄙视他，但在与他相处时，你肯定不会说你鄙视他，反而会适当地赞扬他。其实你在说这话时，不是真心的。但迫于自己的地位，又不得不说。我个人不建议说太多这样违心的话，这会折磨我们自己的思想意识，也就是违背了真"我",即身体里的那个"我"。但如果已经做了呢?那么我们就要与身体里的那个"我"沟通,让她原谅自己,并经常交流思想,让"她"快乐地帮助我们打理好身体各部分,使其健康。

与身体里的那个"我"交流时,我建议找一个安静的地方,先感觉一下身体里的各个器官,可以从头部开始,慢慢地移动到眼耳口鼻,再到上肢、体内各器官,然后到下肢脚趾。每到一处可以用上让它呼吸的方法,感觉它的主导地位。每一个部位可以适当停留几秒钟,使其与我们的大脑神经完全连接,并能感觉它的存在。完毕再与身体里的"我"对话。这种对话也可以叫作"心理建设""心理沟通",或者叫"内省"。通过与内心的本我交流,不断强大自己的内心世界,提升自己的思想境界,不纠结于那些令人烦躁的琐事,这就是一种心理释怀。

其实,不管食疗还是药疗,都只能算是一种理疗。能发挥极致作用还是要配上心理疗法。有强大的内心世界是其他任何药物不能替代的。

资料:

《爱上自己的疾病》P38

产生疾病的主要机制

1.隐蔽的动机,也就是潜意识借助疾病实现某种证明的意图;

2.破坏性意念的影响:疾病是我们意念和行动的外部反映;

3.过去的痛苦经验——经历过的情绪波动;

4.灌输效应——通过灌输造成疾病;

5.使用双关语。

因此:

1.人们自己造成了自己的病,也就可以通过去除病因自己治愈它们。

2. 病因在我们自己的内部，而不是外部，包括如下几种：

a. 不了解自己生活的目的、意义和使命；

b. 不了解和不顺应宇宙的规律；

c. 在意识和潜意识中有不良的意念、感情和情绪。

3. 疾病是平衡以及与宇宙和谐遭到破坏的信号。要抱着尊重的态度对待自己的病，要接受和感谢自己的病。

4. 疾病是我们不良的意念、行为和意图的反映，是潜意识对我们的保护，保护我们免受自己的破坏性行为或意念的伤害。

睡眠是身体的保障品

药疗、食疗与强大心理的治疗方法，主要都是在与疾病进行"沟通"。与此同时，我们还应该强化未生病的那些身体机能。只有让身体健康的部分越发健康，整个身躯才能焕发勃勃生机。

一直都要健康。这是我经常暗示自己的一句最常用的话，同时，我也把它当成自己的生活信条之一。尤其在锻炼和休息时特别坚持这个意念。

于身体而言，有规律的休息比吃补药更加可贵。休息能使大脑和身体各个系统都得到放松和修复，对于内分泌紊乱、脏器受损、皮肤衰老、免疫力下降等，能给予调剂和营养补给。

我的休息分为两个部分，一部分是晚间睡眠，另一部分是午间小歇。晚间的睡眠时间和质量，是身体健康的首要保障。清代李渔说过，"养生之诀，当以睡眠为先"。莎士比亚把睡眠称为"生命宴席"上的"滋补品"，"睡眠是一切精力的源泉，是病人的灵药。"巴普洛夫称"睡眠是神经系统的镇定剂"。睡眠于病人而言，更是必需品和保障品。

关于睡眠与健康的研究证实，一个健康人不吃不喝，可以存活7天，但如果一秒也不睡，就只能存活4天，足见睡眠对生命的重要性。于健康人是如此，那么对于抵抗力低下的病患就不言而喻了。

睡眠是人的一种生理需求，是人累了以后对身体能量的恢复过程，具有保护大脑皮层神经细胞的作用。脑神经细胞兴奋时，会消耗细胞内的物质，得到抑制时，就会通过生物化学反应得到补偿。在睡眠状态下，大脑处于抑制状态，体内各种生理指标都会减弱：呼吸变缓慢，体温下降、血压下降、肌肉松弛、心率减慢、代谢降低，一切器官都处于低能状态。就像电脑，当不需要用它的时候，就会让它进入"睡眠状态"，使其在能量消耗最小的条件下保证机体的基本生命活动。睡眠就是抑制大脑皮层神经细胞，使脑的工作能力得以恢复。这是其他任何休息方式都不能代替的康复模式。

午间小歇可能也会进入睡眠模式，但也可能睡不着。但午饭后的倦怠感是每个人都会产生的。国外的一项研究发现，人的睡眠周期是由大脑控制的，午睡也是自然睡眠周期的一部分，是人自我保护的方式之一。所以，养成午休习惯其实就是顺应身体的要求，是尊重人的发展规律的。

作息时间我比较固定，现在每天基本保持6到8小时的休息时间。晚上10:00—11:30上床休息，一般十二点前"瞌睡虫"一定会光顾，好看的电视、小说都没法吸引；午间一般1:00—2:00点会躺下休息，有时候会睡得很好，有时候可能也睡不着。但每天晚上与中午的睡眠时间叠加起来，一定有七个小时以上。现在已经养成了"生物钟"，什么时候该干什么，身体非常敏感。

作息时间规范可能是很多人不容易遵守的。上班族白天上班晚上才有时间放松，要想遵循有规律的作息，必将斩断很多应酬。我以前晚上喜欢比较晚睡觉，有空打打小牌，熬夜到一两点钟很正常。有时候即使没有应酬活动，看看韩剧读读小说什么的也会弄到比较晚才睡觉。早上上班早又必须早起，每天几乎都在透支生命。久而久之，身体吃不消是肯定的。自从患癌之后，我斩断了晚间的大部分应酬，打牌也戒掉了。规定自己十二点以前必须睡觉，电视搬出了卧室，手机有时候直接放到客厅，不带进卧室。后来，睡眠生物钟养成后身体就逐渐趋于健康，慢慢地肤色、气色都有了很大的改善。

百度小百科：

充足的睡眠、均衡的饮食与适量的运动，被懂得生活的人们列为健康的法宝，可见睡眠与食物和水一样，在人的一生中不可缺席，对我们的精神健康和身体健康意义重大。先回忆一下当你工作繁忙，应酬较多造成睡眠不足的时候，特别是熬夜后，是不是有这样的感觉：自己就像一个喝醉酒的人，头重脚轻，反应迟钝，手眼不协调，决策困难，判断失误，甚至连讲话都理不清思路……

你可不要以为睡眠只是仅仅等到累了以后对身体能量的恢复过程，睡眠也具有保护大脑皮层神经细胞的作用。神经细胞兴奋时，会消耗细胞内的物质，而当它们感觉到抑制时，就会通过生物化学反应得到补偿。睡眠能使大脑皮层神经细胞得以抑制，使脑力工作能力得以恢复，这是其他任何休息方式都不能代替的。

因为，不睡觉意味着记忆错乱、内分泌紊乱、脏器受损、皮肤衰老、免疫力下降……而睡眠之所以如此必不可少，正是因为趁着你睡着的机会，身体在进行限时修复。

眼睛：保护视力并滋润眼球

比起看绿色植物，睡眠是更有效的"养眼"举措。当你闭眼入睡后，劳累已久的眼球睫状肌终于得到休息，防止了视力下降和"老花眼"提前报到。此时，白天处于抑制状态的泪腺分泌也增加，开始滋润因长时间用眼而干涩的眼球；角膜的温度也上升，其细胞新陈代谢加快。

免疫：增强抗病功能

生病后人总是特别嗜睡，因为机体通过睡眠来抑制其他生理功能，突出免疫功能，帮助人体早日恢复健康，由此可见充足的睡眠能增强人体免疫力。医学实验也发现，人如果减少4个小时的睡眠，体内免疫细胞活力就减弱28%；而获得充足睡眠后便可恢复。

内分泌：规律分泌激素

睡眠状态下，规律分泌的各种激素积极发挥着作用。以生长激素为例，当你进入深睡状态1小时后，其分泌进入高峰，是白天的3倍多。该激素除了促进生长，还能加速体内脂肪燃烧。相反，若睡眠不足，内分泌紊乱，激素分泌丧失规律，不仅情绪变得容易激动，还可能影响生育能力。

皮肤：孕育美丽

皮肤的新陈代谢在睡眠状态下最为旺盛。因为当你睡着时，肌肉、内脏器官等的消耗都减少，其血管处于相对瓶颈状态，而皮肤血管则完全开放，血液可充分到达皮肤，为其提供营养，进行自身修复和细胞更新，起到延缓皮肤衰老的作用。如果错过了"睡眠"这个孕育美丽的最佳时机，皮肤容易变得干涩、粗糙、晦暗、多皱，尤其眼睛附近容易出现黑眼圈。

大脑：形成并巩固记忆

很难想象，人的记忆完全是在睡眠过程中形成和巩固的。但当你睡着时，大脑确实在重播、分析、储存一天的事务，并留下记忆痕迹。更让人意外的是，睡眠状态下大脑的神经变化程度是清醒状态下的2倍，一些神经路径的讯号增强并形成细胞间的新连接，另一些路径的讯号变弱并失去连接，使得大脑内的记忆远比持续工作状态下清晰得多。

植物神经：放松内脏器官

除了大脑，人体大多数内脏器官如心脏、肠胃等都受植物神经支配。植物神经分为交感神经和副交感神经。白天，交感神经活跃，心跳及肠胃蠕动都加快；当你睡着时，交感神经变得抑制，副交感神经呈现活跃状态，内脏器官得到休息放松。如果疲倦时不睡觉，不仅内脏器官得不到休息，容易因劳累过度感到不适，植物神经也容易紊乱，埋下失眠隐患。

头发：获得营养

俗话说，吃人参不如睡五更！如果晚上睡眠不好头发最易受伤。从中医角度看，头发不良状况（如发白、脱发、发质干、脆、黄等）都与肾虚有关。而目前造成肾虚的最大原因就是睡眠质量不高，这不光包括失眠症造成的睡不着或是睡眠较浅、易醒，更主要的是指不良的睡眠习惯。长此以往必定会影响身体，导致肾虚，就会出现腰酸，然后头发会掉得很厉害。

锻炼是身体的"护驾品"

有人不好运动，把自己比作千年乌龟，觉得静能长寿。这种理论我不反对，但我个人经验而言，还是比较鼓励常锻炼。我用了锻炼和不锻炼两种方法对比身体的反应，总结出，锻炼身体后人感觉更舒服。

我的锻炼主要分早晨和晚上两部分，中途也可能会有小幅度的锻炼。有些人不建议早上锻炼，但我觉得，除了大雾天气，其他时候是可以锻炼的，但不能在树林里。一觉醒来，走出屋外，把自己与大自然紧密接触，那不但是身体的锻炼，更是心灵的锻炼。

早上我锻炼很有规律，如果不是遇到下大雨和大雾天，一般不会缺席。夏天早晨我会六点起床，冬天早上六点半起。起床后慢慢走到江边，慢跑二十分钟左右，再做做操，活动活动关节，尤其我喜好压腿，拉扯筋骨和做深呼吸锻炼肺功能。睡在床上永远也感觉不到江边清新空气带给身体的那种清爽感觉。我患的是肺癌，之前又切除了两页肺，对肺部功能的锻炼我更加关注，每天我会做上百次的深呼吸，充分打开胸腔，接纳新鲜空气注入。如果闭上双眼，那种空灵的感觉更加会使人摒弃一切杂念，还给心灵一个宁静的享受与自然亲近的机会。

每天早起锻炼的人很多，成为他们一员，看到大家都有积极生活的状态，这种锻炼的氛围会感染我们的心灵，带动我们一天从大清早就有一种对美好生活向往的冲劲儿，带给我们一整天愉悦之感。

早起的锻炼，不仅是一种身体的锻炼，也是一种意志品质的培养。勤能养坚，能坚持起来锻炼，那么意志力就强大了很多倍，对于我们战胜一切生活中的困难都是有利的。看到大家都那么拼搏地行走在自己的人生道路上，心中也会升起一种敬畏，对生命的敬畏，对自己的敬畏，对自己的爱就会自然流露。

没有什么比培养爱自己的感觉更好。一个积极向上的自己，是内心强大的基础。积极的心态带动生活、工作向着良性方向发展，一切都会感觉变得很美好。

我晚间的锻炼没有早上那么有规律。根据自己的时间安排，分两种情况。一种是下班后如果没有安排应酬，则走路回家。有意绕个大圈子，到江边去看看，舒展四肢。在单位工作了一天，换个更宽阔的环境犒劳自己，舒缓自己紧绷的神经，释放工作带来的压力，会无比惬意。

如果有应酬，则晚饭后出去走步。古人云，饭后百步走，活到九十九。虽然这有点夸张，但散步对于我们身体来说就是一种释放，一些负面的情绪会在自己静默行走中缓缓丢失，甚至可以在散步时加上自己的冥想，陶冶自己的内心世界，培育一种属于自己的、散发着正能量的思维密码。

我的观念是：想要得到什么，自己首先要想到什么，然后改变自己的行为和意念，直到生活圈里有人发觉我们的愿望，并自发给予。有些东西是自己的意志品质坚持所获得的。甚至有人会说：想到就能得到。其实这个过程中，我们的期望是在慢慢加强的，如果这个期望是合理的，那么就有实现的可能。

锻炼身体时，我们的潜意识都会告诉自己：我一定会很健康。所以，慢慢地，我们真的就会很健康。尤其病人，这种意念是最具意义的，是带给我们身体生的希望的关键。

总的来说，我的锻炼以走走、跑跑、伸伸、压压为主，伴着自己的意识修炼，从身心两个方面予以磨砺，终使身体向着健康方向发展。

知识：

体育锻炼对人的影响

1. 对新陈代谢的影响

（1）体育锻炼能促进体内组织细胞对糖的摄取和利用能力，增加肝糖原和肌糖原储存。体育锻炼还能改善机体对糖代谢的调节能力。如在长期体育锻炼的影响下，胰高血糖素分泌表现对运动的适应，即在同样强度的运动情况下，胰高血糖素分泌量减少，其意义是推迟肝糖原的排空，从而推迟衰竭的到来，增加人体持续运动的时间。

（2）脂肪是在人体中含量较多的能量物质，它在体内氧化分解时放出能量，约为同等量的糖或蛋白质的两倍，长期坚持体育锻炼能提高机体对脂肪的动用能力，为人体从事各项活动提供更多的能量来源。

2. 对运动系统的影响

坚持体育锻炼，对骨骼、肌肉、关节和韧带都会产生良好的影响，经常运动可是肌肉保持正常的张力，并通过肌肉活动给骨组织以刺激，促进骨骼中钙的储存，预防骨质疏松，同时使关节保持较好的灵活性，韧带保持较佳的弹性，锻炼可以增强运动系统的准确性和协调性，保持手脚的灵便，使人可以轻松自如，有条不紊地完成各种复杂的动作。

3. 对心血管系统的影响

适当的运动是心脏健康的必由之路，有规律的运动锻炼，可以减慢静息时和锻炼时的心率，这就大大减少了心脏的工作时间，增加了心脏功能，保持了冠状动脉血流畅通，可更好地供给心肌所需要的营养，可使心脏病的危险率减少。

（1）经常参加体育锻炼可使心肌细胞内的蛋白质合成增加，心肌纤维增粗，使得心肌收缩力量增加，这样可使心脏在每次收缩时将更多的血液射入血管，导致心脏的每博输出量增加，长时间的体育锻炼可使心室容量增大。

（2）体育锻炼可以增加血管壁的弹性，这对人健康的远期效果来说是十分有益的，人随着年龄的增加，血管壁的弹性逐渐下降，因而可诱发高血压等退行性疾病，通过体育锻炼，可增加血管壁的弹性，可以预防或缓解退行性高血压症状。

（3）体育锻炼可以促使大量毛细血管开放，因此加快血液与组织液的交换，加快了新陈代谢的水平，增强机体能量物质的供应和代谢物质的排出能力。

（4）体育锻炼可以显著降低血脂含量（胆固醇、b-蛋白质、三酰甘油等）、改变血脂质量，有效地防治冠心病、高血压和动脉粥样硬化等疾病。

（5）体育锻炼还可以使安静时脉搏徐缓和血压降低。

4.对呼吸系统的影响

（1）经常参加体育锻炼，特别是做一些伸展扩胸运动，可以使呼吸肌力量加强，胸廓扩大，有利于肺组织的生长发育和肺的扩张，使肺活量增加。经常性的深呼吸运动，也可以促使肺活量的增长。大量实验表明，经常参加体育锻炼的人，肺活量值高于一般人。

（2）体育锻炼由于加强了呼吸力量，可使呼吸深度增加，以有效地增加肺的通气效率。研究表明，一般人在运动时肺通气量能增加到60升/分左右，有体育锻炼习惯的人运动时肺通气量可达100升/分以上。

（3）一般人在进行体育活动时只能利用其氧气最大摄入值的60%左右，而经过体育锻炼后可以使这种能力大大地提高，体育活动时，即使氧气的需要量增加，也能满足机体的需要，而不致使机体缺氧。

5.对消化系统的影响

体育锻炼加速机体能量消耗的过程，能量物质的最终来源是通过摄取食物获得，因此，运动后会促进消化系统的功能变化，饭量增多，消化功能增强。

6.对中枢神经系统的影响

体育锻炼能改善神经系统的调节功能，提高神经系统对人体活动时错综复杂的变化的判断能力，并及时做出协调、准确、迅速的反映。研究指出，经常参加体育锻炼，能明显提高脑神经细胞的工作能力。反之，如缺乏必要的体育活动，大脑皮层的调节能力将相应地下降，造成平衡失调，甚至引起某些疾病。

7.对心理方面的影响

体育锻炼对心理的发展（如增强信心、建立良好的环境、培养稳定的情绪、培养独立和处事果断的能力、提高智力发展，等等）有巨大的推动作用。相反，不积极从事体育活动，不良情绪得不到彻底宣泄，对心理健康有负面影响。尤其要从小开始运动，从小参加体育锻炼。

运动的好处

1.在生理上

（1）体育锻炼有利于人体骨骼、肌肉的生长，增强心肺功能，改善血液循环系统、呼吸系统、消化系统的机能状况，有利于人体的生长发育，提高抗病能力，增强有机体的适应能力。

（2）减低儿童在成年后患上心脏病、高血压、糖尿病等疾病的机会。

（3）体育锻炼是增强体质的最积极、有效的手段之一。

（4）可以减少人过早进入衰老期的危险。

（5）体育锻炼能改善神经系统的调节功能，提高神经系统对人体活动时错综复杂变化的判断能力，并及时做出协调、准确、迅速的反应；使人体适应内外环境的变化，保持肌体生命活动的正常进行。

2.在心理上

（1）体育锻炼具有调节人体紧张情绪的作用，能改善生理和心理状态，恢复体力和精力。

（2）体育锻炼能增进身体健康，使疲劳的身体得到积极的休息，使人精力充沛地投入学习、工作。

（3）舒展身心，有助安眠及消除读书带来的压力。

（4）体育锻炼可以陶冶情操，保持健康的心态，充分发挥个体的积极性、创造性和主动性，从而提高自信心和价值观，使个性在融洽的氛围中获得健康、和谐的发展。

（5）体育锻炼中的集体项目与竞赛活动可以培养人的团结、协作及集体主义精神。

少年是人一生中身心发育趋向成熟的重要转折时期，这时你会惊异地发现，在生理和心理方面出现许多前所未有的变化，并明显地感到，我长大了。随着人民生活水平和文化素质的提高，"爱美之心，人皆有之"，我们要在体育运动中茁壮成长、在运动中保持健美。

不运动的坏处

　　世界卫生组织估计，全球因缺乏运动而引致的死亡人数，每年超过二百万。注意：不运动，会使身体的免疫能力下降，某些疾病和病毒不能得到有效免疫而诱发猝死。还有一个重要的情况，如果小孩不进行足够多的体育锻炼的话，他们的大脑发育也不会很好，就影响到智力稍微不明显的低下。

日常生活中的运动机会

　　1.多利用楼梯，少乘电梯；

　　2.多争取机会走路，少乘汽车；

　　3.看电视时，可在广告时间做一些伸展运动，如弯腰、踢脚等；

　　4.与同学或朋友作定期运动，如慢跑、打羽毛球、游泳等，并培养自己对个别运动的兴趣，养成有规律的运动习惯。

结束语　来日许方长

时间飞逝，曾经那度日如年的日子早已一去不返。如今我已迎来患癌后的第十个年头，身体还不错。以往怕冷不经热的身体现在能抗寒耐温，俨然就是扛得住风吹雨打、日晒雨淋的"国防身体"。

我是一个从上帝"魔掌"的指缝里滑落出来偷生的幸运生命。当同事朋友们感叹我身体还真不错时，我都会愉悦微笑。这具身体，它总算没有辜负我对它的期望，总算力挺过来，而且还非常健壮。如今已经很久没有吃药打针，这是我十年前不曾奢望的美好。健康也会是一个良性的循环，我相信，这种循环会持续很久很久。

还记得曾反复诵吟过的苏轼吊念亡妻的词句"十年生死两茫茫"，那是一种无以言表的伤痛。还好，我没有让老公中年丧妻，没有让女儿少年丧母，没有让亲人清明时节忆伤痛。我成了家里健康的一员，保全了我们这个家庭的完整。我构建了一个负责任的人生形象，是一个值得期待的胜利者。

当每天日出而作日落而息，身心愉悦完成工作后，无限感激总会攒集心头，那是一种为生而演奏的交响乐，为人生之旅谱写的胜利悦诗，具有悲情却更有内涵。

翘首打望，上帝那只大手覆盖了整个天穹，每一个人都会经历这个飘浮着阴郁与光彩的天空。当阴郁积攒成黑压压的浓云时，那便成了一只"魔掌"遮挡住我们的骄阳，让我们生活在阴暗而潮湿的冰冷世界，备受痛苦的煎熬。但那"魔掌"终有缝隙，如果滑落出来，循着骄阳的光亮而去，那将是一个崭新的光明世界，将有无穷的美好充斥未来的时空。

我有幸从上帝的魔掌指缝里滑落，找到了一片阳光明媚的天空。从此一路兴奋一路精彩，人生苦悲被远远抛弃在身后。

生活总会给我们答案。不必急着知道生活会立即给予我们什么，只要我们有足够的耐心和信心等待，总会有一个让我们满意的答案，但这个答案不会立即就揭晓。

岁月就像长满纵横交错树木的森林。而生命，就像生活在林子里的动物，诸如那些林中的鸟儿。如果哪一天遇到了生命旅程的冷风冻雨，请不要着急，林子里总能找到躲避风雨的一隅。只要你坚信能找到，那么，请慢慢去寻找，或许这个躲风避雨的地方不能及时找到，但只要你愿意，生活的美好就会在你不经意的时候盛装莅临。

每一个生命的路途，一切都是最好的安排。

当我们身处逆境，感到诸事不顺，希望变成失望，万念俱灰之际，不妨换个角度看问题，告诉自己：一切都是自己人生之路最好的安排，福祸相依，安知未来不会发生翻天覆地的变化呢？

当我们遇到不如意，一切定是必须翻越的沟壑。不要沮丧、不要懊恼、不要怨恨，不要只看当前，不要放弃信念。放眼长远，扩大人生的视野，拓展生命的宽度，乐观向上、积极进取、奋斗不止，相信，天无绝人之路。

一场与肺癌细胞们的对话，持续十年多，于我而言，是一个生命时代的更迭，就像历史上所有朝代更迭一样，一个朝代衰败了，另一个更加兴盛的朝代来临。相信，生命历程会有无数个姿色各异的朝代，让我们为之倾心，为之努力，为之竭尽所能。

"与癌共舞"的时代过去，健康时代来临，相信这个时代定能持续"掌政"数载，带着理想、带着夙愿、带着创意、带着惬意，冶炼品质，拓展胸怀，领着生命之魂走向一个个新高地。

希望，就像东升的太阳，总会在那里，总会拨开乌云跳出来，值得期待。

生命，就像一棵成长的绿树，需要培育适宜生长的土壤。身体环境的营造是使其健康的关键，是一项浩大的工程，值得一辈子研究。

灵魂，就是一缕冉冉升起的彩虹，只有紧紧跟随阳光，才会五彩斑斓。

幸福，总是在痛苦之后，总是要经历苦难才能摘取。人生只有跨越那痛苦的沟壑，才能抵达幸福的山脉，并站在山顶享受幸福安康，欣赏盛世繁华。

身体，携带病痛，是入世出尘的责任与义务，无须拒接。

生活，向往美好，是万千生命的期望与目标，需不懈努力。

生命，活出极致，是一种对来到人世的极度负责，值得一生追求。

人生，你期待什么就会获得什么，在职业生涯中学会修行，世界终将会如你所愿。

世界终将会如我们所愿。

生病，是踏上一条修行路；

治病，是一种修行。

人生，沿着这条修行路前行，

痛苦靠左，悲伤靠右，

欢乐幸福在路中间。